U0095769

水木会客厅

武晓峰 ◎ 主编

清华大学出版社
北　京

图书在版编目(CIP)数据
水木会客厅/武晓峰　主编.—北京：清华大学出版社，2011.4
ISBN 978-7-302-25374-7

Ⅰ.水…　Ⅱ.武…　Ⅲ.社会科学—文集　Ⅳ.C53

中国版本图书馆 CIP 数据核字(2011)第 056906 号

责任编辑：张　颖　高晓晴
封面设计：周周设计局
版式设计：孔祥丰
责任校对：成凤进
责任印制：杨　艳
出版发行：清华大学出版社　　**地　　址**：北京清华大学学研大厦 A 座
http://www.tup.com.cn　　**邮　　编**：100084
社　总　机：010-62770175　　**邮　　购**：010-62786544
投稿与读者服务：010-62776969，c-service@tup.tsinghua.edu.cn
质　量　反　馈：010-62772015，zhiliang@tup.tsinghua.edu.cn
印　刷　者：清华大学印刷厂
装　订　者：三河市新茂装订有限公司
经　　销：全国新华书店
开　　本：180×250　**印　张**：12.75　**字　数**：243 千字
版　　次：2011 年 4 月第 1 版　　**印　　次**：2011 年 4 月第1 次印刷
印　　数：1～4000
定　　价：32.00 元

产品编号：042376-01

《水木会客厅》编委会

序言

水木清润，以智惠人

在北京的春天如约而至的日子里，我们已积极准备了半年之久的《水木会客厅》书稿放在了案头。品读一页页的书稿，嘉宾们的才思、智慧跃然纸上。“财富论坛”是清华大学研究生会主办的一个品牌学生活动，至今已走过了10个春秋。在2006年出版的《财富·清华》的基础上，《水木会客厅》又一次将“财富嘉宾们”的演讲集结出版，以期能启迪更多的人。

在大学校园里强调文化建设已成为大家的一个共识。因为大学不仅是传授知识、培养人才之地，更是播种品格、孕育文化的沃土。文化之于大学，如精神、品格之于人类，广大青年在优秀的大学文化氛围中耳濡目染、汲取养分、砥砺精神、塑造品格。可以说，大学文化对学生成长成才的影响比知识的传授更持久，也更重要。

在长期的实践中我们认识到，必须给予学生主动而为的平台，鼓励学生成为大学文化的创造主体，让他们通过自身的积极努力去创造和延续丰富多彩的大学文化，只有这样才能使大学文化具有长远的生命力与旺盛的青春活力；同时，学生也是大学文化熏陶的目标群体，是大学文化的服务客体，只有采用学生喜闻乐见的形式来推动大学文化建设，才能使学生认同大学文化的发展方向，乐于接受大学文化的熏陶，主动吸收先进的文化、知识，培养出众的能力素质，锻造过硬的人格品质，使今日的芬芳桃李成长为明日的栋梁之才。正是基于这样的思考和认识，学校鼓励同学们基于自身的需求，主动开展独具特色的文化活动，为学生的全面发展营造良好的环境和氛围。

在清华园里，除了上课、自习以外，听高水平的讲座、报告是每一位清华学子生活中必不可少的内容。为数众多的讲座报告以其独有的现场感、近距离、高水平，吸引着众多求知若渴的学子们，校园里时常有学生站在窗外听完整场讲座的景象。由于受到同学们的广泛欢迎，多种讲座报告也如雨后春笋般纷纷出现，最近这些年，出现了“新人文讲座”、“时事大讲堂”、“时代论坛”、“文新论坛”等诸多品牌，“财富论坛”即是其中之一。这一论坛以“人生财富”、“精神财富”、“经济财富”等为主要内容， 提出“聆听智者之音，品读成功之道”的活动主题，先后邀请到几十位知名人士作为主讲嘉宾，与清华的同学们品读人生，共享智慧。

2006年底，财富论坛的嘉宾演讲及访谈合辑《财富·清华》在清华大学出版社付梓发行，受到了读者朋友们的欢迎。时隔4年多时间，《水木会客厅》也即将面世。“观乎人文，以化成天下”，要让学生将外在的知识在运用中融会贯通，内化为淡定从容的生活态度与清朗高远的精神气质，我们还有很多工作要做。希望这一辑《水木会客厅》能为此尽绵薄之力，在清华百年校庆之际，也藉此记录我们的努力和心愿，也希望本书能给更多的读者们带来收获和启迪。

编者

2011年4月

目录

第一篇　志存高远　情系中华

第二篇　传承奥运　超越梦想

第三篇 清音一脉 德艺双馨

第四篇 谋划未来 起航人生

第五篇 纵横经济 运筹于心

后记

第一篇

志存高远 情系中华

搏击天穹路，清华“飞天”人

中国古人对浩渺苍穹无比向往，遨游九天更是中国人数千年来的梦想。在21世纪初，“神舟”驰来，载着无数国人的梦想，飞向茫茫宇宙，将中国人的足迹印在了浩瀚星空。这一伟大壮举凝聚了无数科研工作者辛勤的汗水和智慧。王永志，作为这批民族脊梁的杰出代表，作为2003年国家最高科技奖获得者，作为清华航院的院长，走上讲坛，和清华莘莘学子们分享这份丰收的喜悦。

时间：2008年10月23日

地点：清华大学主楼报告厅

嘉宾：王永志，中共党员，1932年11月17日出生于辽宁省昌图县。1952年考入清华大学航空系，1955年至1961年留学苏联，在莫斯科航空学院学习飞机设计，1957年服从祖国的安排改学火箭导弹设计专业。1987年成为“863”计划航天领域专家委员会成员，1992年当选国际宇航科学院院士、俄罗斯宇航科学院外籍院士，1994年5月当选中国工程院首批院士。航天技术专家，是中国载人航天工程的开创者之一和学术技术带头人，担任首任设计师达14年之久。40多年来在中国战略火箭、地地战术火箭以及运载火箭的研制工作中作出了突出贡献，特别是在载人航天工程中作出了重大贡献。获得2003年度国家最高科学技术奖。2005年胡锦涛主席签署命令，授予他“载人航天功勋科学家”荣誉称号。

尊敬的各位领导、老师们、同学们，感谢学生会和研究生会给我这个机会返回母校和年轻的校友们聚会，我心中是非常高兴的。我想在这里和大家做一些交流，今天就讲这样一个主题——“神七任务和中国载人航天”。在演讲的过程中，我将会讲到我们下一步要干的事，那就是建设载人空间站的问题。

神七任务

先说一下关于神舟七号飞船任务。2008 年 9 月 28 日，翟志刚、刘伯明、景海鹏三位航天员安全地返回了祖国大地，神舟七号圆满地完成了任务。实际上这个任务早就开始准备了，策划和方案始于几年前。2008 年 7 月 10 日飞船就进入了发射场，8 月 4 日火箭也最后一个进入了发射场，各路兵马齐聚大西北的载人航天发射中心。

当全国人民把目光都聚焦在2008年8月8日晚上8点北京奥运会开幕式的时候，大西北的载人发射场却是一片忙碌的景象，在准备发射的事情。这次发射和以往的情况是相近的，在准备一段时间之后，于几个月前就确定了 9 月 25 日晚上 9 点 10 分发射。发射后各种状况很好，翟志刚出舱的过程很顺利，很安全；最后的返回也是很顺利，很安全的。因此可以说我们圆满地完成了这次任务。

神七收获

我们已经进行了三次载人飞行，这次的载人飞行有哪些重大的收获？我想主要有以下几点：

第一，实现了中国人的太空行走。这说明了中国自己研制的舱外航天服是可用的、成功的。

第二，飞船上的轨道舱改为气闸舱，使得任务顺利地完成了。因为航天员出舱要卸压，把压力降至和太空一样低，需要紧急复压时，得在十几分钟内完成，这次完成得很好。另外，要求只用 16 公斤的力就能打开舱门，关的时候气密性要非常好，不然就会很危险。

第三，这次的飞行计划除了这些之外，还有一颗伴飞的卫星，这颗小卫星的发射也很成功。它后来一直绕着气闸舱在飞行，这也是很有意义的。

第四，除了这些，其他各大系统的实验也都很有收获。比如测控通信系统，这次试验使用数据中继卫星，结果很好。如果用中继卫星进行测控，将来我们的空间站以及飞船的测控覆盖率就会很高。计划再发射一颗中继卫星，对运行轨道的测控覆盖率能够达到 80%。现在没有中继卫星的时候覆盖率仅有 15%多一点，可靠性、安全性要差得多。

第五，对各大系统继续进行考验和完善。整个飞船系统和庞大的火箭系统得到了检验。杨利伟乘坐的神舟五号在发射后，飞行到120~140秒时有个耦合振动，神舟六号对此采取了解决措施，有改进，但不彻底，这一次把它解决得比较干净利索了。当翟志刚他们返回后，见面时我问的第一句话就是："这个振动还有没有？"他们说："没有，一点都没感觉到。"这个问题总算基本解决了，实现了技术上的突破。

神舟七号飞行成功，我们很顺利地完成了任务，收获很大。所有科研人员和大家一样非常兴奋，但是，搞载人航天这件事每次都得兢兢业业、严肃认真，绝对不能掉以轻心。因为它的规律是一次成功不等于次次成功，所以每次都得严谨地做。尽管已经是第七次发射了，但是大家还得非常注重每个细节。我想也正因为如此，与以往一样，任务成功的时候总是那么令人激动和兴奋。我已经多次参与，虽然这次已经不是总设计师，只是总指挥部的成员，但是参与决策，签发发射命令，还是同此前几次一样让我激动和兴奋。

"三步走"计划

刚才说了一些我们认为的在神舟七号任务中取得的成绩。在这次发射之后，国外也有很多评论，他们看到中国实现了航天员出舱活动，猜测中国大概是要建自己的空间站。事实上他们猜对了，中国就是准备建设自己的载人空间站。出舱活动最主要目的是什么？就是建设空间站。空间站是通过组装建立起来的，特别是上面一些大的构件，比如大型天线、太阳能帆板等，都很关键。如果它们出现故障，比如有的太阳能帆板没能打开，人工到那儿就很容易把它打开，还有就是更换暴露在外太空的实验设备。

这样的太空行走计划是我们十几年前规划好的，是我们一个既定的发展计划。我们的载人航天计划是从"863"计划开始论证的，工程上马实施是在1992年9月21日由中央决策的。当时中央感到这个工程规模很大，持续时间很长，所以同意把它分成三大阶段实施，三步走，持续一二十年时间。当时制定的第一步是发射两艘无人飞船和一艘载人飞船，这一阶段是建成初步配套的实验性载人飞船工程和开展空间应用实验；第二步，在首次载人飞船发射成功后，突破载人飞船和空间飞行器的出舱活动技术和交会对接技术，并利用载人飞船技术改装、发射一个8吨级的空间实验室，解决有一定规模的、短期有人照料的空间应用问题；第三步，建造20吨级的空间站，解决有较大规模的、长期有人照料的空间应用问题。

这就是常说的三步走，现在已经走到了第二步。出舱活动是一部分，将来还有两个空间飞行器在轨道上进行交会对接，航天员在其间穿舱、驻留。把这些事情都准备好了之后，第三步就是建造空间站。

“三步走”计划的实施过程

大家知道有载人航天这回事，基本上是从1999年11月20日神舟一号发射后开始的。这源于我们1992年在中南海向中央政治局常委汇报的时候，江泽民同志在会议结束时说的一句话：“这件事情很大，很重要，今天我们就作一个决定，立即上马研制。但是有一个要求，这项工作不登报，不上电视，只干不说。”因此对于前7年，大概大家都不知道我们在干什么。等到神舟一号发射，全国都知道了，全世界都知道了，不说不行了。

其实，工程建设的头7年是非常关键也非常紧张的。在这个时候工程的总体、各大系统和各有关单位进行了顽强的拼搏，完成了“攻关键、定方案、抓短线，组建全国协作网，创建各种研制、试验条件，通过全部地面验证试验”等一系列工作。1999年发射神舟一号飞船，这才是进入了飞行验证阶段，用了7年的时间。就这样神舟一号、神舟二号，一直到神舟四号，都是无人的。在证明了可以载人上去后，就有了载人的神舟五号、神舟六号、神舟七号，各有不同，这也是事先计划好的。第一次就上杨利伟一个人，他就一直待在返回舱里，飞一天就回来了。第二次上了两个航天员飞了五天，他们不仅待在返回舱里，还进入了轨道舱，并且进行了科学实验的操作，这又是前进了一大步。第三次上了三个人，两个人进入了轨道舱，打开气闸舱的舱门后，一位进入了外太空，为将来建设空间站迈出了一大步。所以每一步都有特定的目的，每一次发射任务都有特殊的技术要求和技术进步。

下一步该做什么？下一步准备进行两个空间飞行器的交会对接。先发射一个目标飞行器，实际上就是简化了的空间实验室，然后发射三艘飞船和它对接。先是无人飞船和它对接，之后是有人飞船和它对接。无人对接是因为神舟八号飞船进行了一次比较大的改装，出于安全考虑，第一次不上人，等到成功了再上人。2011年将建设天宫一号，然后是天宫二号、天宫三号几个空间实验室。

空间实验室是为下一步进行空间站建设作准备，解决空间站一些大的问题。人要做短期的逗留，比如说10天或者是两周，同时开展再生式生命保障系统的实验，空间实验室推进剂补给、水的补给试验，以及其他各种涉及长期飞行的实验。比如说长期飞行中电源的问题，特别是蓄电池充放电一天就有十五六次，为保证能持续几年，蓄电池都要重新研制。蓄电池在空间实验室寿命是两年，但是延长寿命又是一个问题，所以建空间站的情况就大不相同，许多的基数要在空间实验室演练。结构能否使用十几年不坏？这都要进行实验测试。再比如，我们现在的飞船飞行的寿命是7天，一般用到5天，留两天余量，万一出问题，再用那两天。如果要建成空间站就不是7天了，甚至也不止7年，要求都是十几年的寿命，这么大的变化，空间站上的补给、电源、结构都需要多长寿命？大型组合体怎么进行控制？构件如何更换？等等。

当然，这个计划的安排，最主要的还是突破和掌握空间交会对接技术。这些工作对于我们搞载人航天，对于整个中国航天事业的后续发展，意义都是非常重大的。这些技术通过第二步任务掌握后，我们将进入第三步——在2020年左右发射空间站各舱段，建立起我国的空间站工程大系统。我们的航天活动在这个时候将进入一个更高级的阶段，即中国人不是进入太空几天就回来了，而是进驻太空。这个时候我们就有航天员，其中也包括一些专家，在空间站工作，在近地轨道每天飞行15、16圈，并且要常年飞下去，开展有人参与的、规模较大的空间实验和基础实验。比如通过多手段观测，我们对地球的研究将更加透彻，这对于国家的安全、灾害的防治都是很有价值的；当然还有一些基础实验，像一些新式技术，别人无法破译的密码等等，这些都是非常值得期待的。空间站建成之后，中国和平利用太空资源的能力将得到质的提升。

任何伟大的计划都是一步步完成的，在作出一个伟大计划的同时，要有一个良好的、分步执行方案。有一个伟大的目标才不会走错方向，有一个切实可行的方案之后，才能够把一个伟大的计划变成现实。

迈出航天计划第三步

经过16年的发展，中国载人航天工程目前正处在继续发展的关键时期。在中央专委1992年4号文件当中，关于空间站的目标只有一句话——建造20吨级的空间站，解决有较大规模的、长期有人照料的空间应用问题。与第一步、第二步不同的是：当时既没有明确日期，也没有具体方案。在1992年对载人航天工程进行技术经济可行性论证的时候，我就是论证组组长。当时向中央提出的第一步、第二步都有具体的方案和具体的时间进度。第三步没有，这是因为当时离实现第三步还有十多年的时间，看不准，所以没提。

2005年岁末，国务院下发的《国家中长期科学和技术发展规划纲要(2006－2020)》把载人航天与探月工程列为重大专项之一，2007年1月，这一重大专项领导小组一组第一次会议研究确定了载人空间站工程实施方案编制专家组成员，组长又是我。1992年的时候没有做，现在开始做这件事，接续起来了。这是件大事，一定要明确地提出技术途径和技术方案，合理地确定目标，确定以何种技术途径应对各个阶段的任务，哪些地方应该制订详细的方案。这些工作扎实有序，合理可行，对于确保我国载人航天事业的发展意义非常大。

建造空间站的意义

载人航天三步走是一个大的工程，目标就是建立空间站。《国家中长期科学和技术发展规划纲要(2006－2020)》中也明确指出：建立载人空间站，对控制和掌握近地空间，维护国家安全具有至关重要的意义。

对于建设空间站，国内外一直都存在不小的争议，即对空间站的地位和作用有不同的认识，主要是空间站的建设成本很昂贵，运营费用也很高，所以就提出了问题：我们能够承受得起吗？或者是有承受的必要吗？因此成立实施方案编制专家组，首先研究的也就是这些问题。现在，编制专家组(梁新刚副院长也是专家组的成员)经过近两年的工作，基本上统一认识，认为我们建造自己的空间站是完全有必要的，而且这个空间站应该是小型的，有三个基本舱段，有自己的特色，经济上咱们可承受，它所采用的技术应该具有创新性和持续发展的潜力。

这里大家关心的是建设空间站的必要性。必要性即人驻留在太空这个新的战略制高点，对于国家安全是非常必要的。建造和运营空间站对于掌握人类在太空长期生存、生活和工作的相关技术以及开展大规模的空间实验和空间应用具有不可替代的作用。从世界航天技术发展的趋势看，在载人航天领域能够凝聚 16 个国家共识的只有建设空间站。由此可见，空间站的重大实用价值是世界公认的，否则那些国家也不会达成这个共识。

国外虽有很多反对的声音，但是参加建设空间站的国家越来越多，因为看到了它的用途。从载人航天活动来看，如果国际空间站在 2010 年左右能够建成，并且再使用十年，那么从 1971 年苏联发射礼炮 1 号试验性空间站起，到 2020 年左右的 50 年间，唯一没有间断的载人航天活动就是空间站的建设和应用，其他的如登月之类都中断了，由此可见空间站的重大使用价值。从这里也可看出党中央在十几年前批准的三步走的最终目标就是建设空间站，这是高瞻远瞩、符合世界发展潮流的，我们应当依照着三步走的规划坚定不移地走下去。我们更应该看到，建造空间站是通向未来更高、更远目标的必由之路。

做任何一件伟大的事情，一定要有高瞻远瞩的眼光，在确定了一个伟大的目标之后，也要准备好足够的勇气顶住压力，勇往直前。

建造符合国情的空间站

我们要建什么样的空间站才能符合我国的国情？这几年大家讨论的结果是：我们一定要控制住规模，通过创新技术来降低成本。苏联的和平号空间站有 138 吨，是很大的空间站。它在建设过程中发射了 6 次，在之后的运营中每年要发射两次载人飞船，4 次货运飞船，这个价格是昂贵的。按照我们现在的价格判断，发射一次要 10 亿左右。要是我们这样干的话，一年就是几十亿。所以经过大家研究得出：一定要控制规模，这才符合我国的国情。

在建造规模上我们就发射 3 次，届时利用已立项研制的新型运载火箭发射入轨，相当于发射 3 个大吨位的卫星。在运营费用上，俄罗斯货运飞船只能运 2.5 吨，发射一个载人飞船就得发射两个货运飞船补充给养。而我们准备将空间实验室改造成一个大货运飞船，一次可以运 5.5 吨东西上去，可以有效减少发射次数，一年发射两次载人飞船，一次货运飞船，3 次就够了。这样，我们空间站规模小，发射的次数少，建造的费用少了，运营的费用也少了，我们干得起。

16 个国家才建一个空间站，我们中国独自一家建，而且是一个发展中国家搞空间站，能搞得起吗？答案是：就看我们怎么个搞法。现在国际合作、政治环境和政治条件很恶劣，国外空间站不让中国人参加。2007 年美国宇航局局长发表过一次言论，说载人航天上不与中国合作，但是今年有所变化。因为他们看见中国航天事业进展快，也想了解一下。我想根据我们的条件完全可以建立自己的空间站。

不论做什么事情，一定要结合自己的现实条件和自我需要，不能盲目设计自己的计划。在这个过程中，需要参考别人的意见和以往成功或者失败的经验，但是不能拘泥于经验，更不能夸夸其谈，不切实际。

载人航天工程的意义

简单说一下我们做这些工程的意义。载人航天是航天技术向更高阶段的发展，它能体现一个国家的综合国力，进而提升国际威望。因为航天技术的水平和成就是一个国家经济、科学和技术实力的综合体现，载人航天的突破——将航天员送入太空再安全返回，更是一个国家综合国力强大的标志。发展载人航天需要依靠先进的技术、发达的工业和雄厚的经济实力，直到 20 世纪末也只有苏联和美国实现了载人航天。独立发展载人航天技术提升了我国的国际地位，振奋了我们的民族精神，增强了民族凝聚力。这和党中央过去的判断是完全一致的。

载人航天体现了现代科技多个领域的成就，同时又给现代科技各个领域提出新的发展需求，从而可以促进整个科学的发展。例如载人航天器本身的研制和运行对通讯、遥感、测量、材料、计算机系统工程、自动控制、环境控制、生命保障等都提出了很高的要求。载人航天的发展能促进太空资源的开发，为地球上的人类造福。载人航天器所处的高远位置和微重力等特殊环境可为科研提供一个独特的实验场所，它在推动生命科学和生物技术、微重力科学和应用的各个方面发挥着重要的作用，并有望令我们在前沿科学上取得突破性进展，为人类带来巨大的效益。一些国家已经在太空制药、太空育种、太空材料加工等领域取得显著的成果，它们准备扩大太空生产规模，其效益是很可观的。

我们现在准备规划的空间站，将来它的科学实验能力要到十五六吨，这样就可以做很多项实验，现在有计划进行新的通讯实验，还有对宇宙奥秘的探测等等。科学家们断定，我们见到的宇宙是发光的，还有暗物质你根本看不见。而且暗物质比发光体要多 10 倍，但是它们在哪儿？就要进行探测，这都是对宇宙的认识。

宇宙是无边无际的，人类探索宇宙的活动也必将是无止境的。要使中国载人航天具备持续的发展潜力，必须瞄准统一的目标，前后衔接一致，及时地在前期安排一些关键技术的实验，以为后期的目标服务，打牢基础。

载人航天未来的发展

在我们这次载人空间站工程实施方案编制工作中，空间站建成之后，载人航天更长远的目标应该着眼于哪里？这个大家也进行了议论，仅带有方向性，并不是计划，但是要报个意向性的意见。

现代航天理论的奠基人之一，俄国的齐奥尔科夫斯基说过：“地球是人类的摇篮，但是人类不能永远生活在摇篮里，他们不断地探索新的天体和空间。”所以载人航天从一开始就有一个基本的宗旨——星际航行，要飞离地球寻找另外的对人类有用的直至适合于人类生存的星体，人类要冲出地球。

当前世界主要航天大国都有相关的月球探测计划，几个主要国家包括美国、俄罗斯、欧洲、日本、印度都提出了在 2020 年到 2030 年之间实现载人航天，都有探测月球这个愿望。对于中国载人航天而言，这也同样是下一个目标，专家们认为虽然中国并没有载人登月这项计划，但是对中国来说也是迟早要做的，从中国现在的技术水平和经济实力来看也有可能。大家可以这样判断，只要是国家下定决心干这件事情，估计在 15 年到 20 年内这个目标完全可以实现。中国人登月这件事也建议及早进行规划，开展关键技术攻关，使中国人早日踏入更高远深邃的空间。神舟七号之后载人航天的整个发展大体上如此，可以说很快就着手实施建空间站了。再下一步更长远的目标可能就是载人登月。

传承希望

我想向大家交流介绍的主要情况就是这些。今天回到母校，和年轻的校友在一起，看到我们这么多年轻的同学，跟你们在一起我也是非常高兴的。因此就回忆起了1957年11月17日毛泽东主席在莫斯科大学接见包括我在内的3000多名中国留学生的时候发表的著名讲话：“世界是你们的，也是我们的，但是归根结底是你们的。你们青年人朝气蓬勃，正在兴旺时期，好像早晨八九点钟的太阳，希望寄托在你们身上。”毛主席这句话一直回荡了半个世纪，始终激励着我们这一代人。

今天，我想把这段话再转达给你们。同学们，载人航天未来的建设和发展需要你们青年一代，我国的各行各业也都需要你们。为了我们伟大祖国的美好明天，希望你们秉承清华大学“自强不息、厚德载物”的校训，行胜于言的校风和严谨、勤奋、求实、创新的学风，认真对待学习和科研工作，注重理论和实践的结合，打好基础，争取创造出不凡的业绩，争取在实现我们中华民族伟大复兴的过程中作出自己应有的贡献！希望寄托在你们身上！

现场交流

主持人：谢谢王院长精彩的演讲。刚才王院长带我们一起畅想未来的空间站，畅想未来航天事业进一步的发展，畅想未来的太空。我想大家一定被王院长这种卓绝的精神所感动。刚才您提到了中国航天的魅力，您觉得您自己最大的魅力何在？

王永志(以下简称王)：就我自己而言，我在工作中非常认真，交给我什么样的任务我一定要认真负责，有一种责任感、使命感。

主持人：从对王院长的了解中，我们发现了您一个特点，就是“特别能攻关，特别能奉献”，非常严谨和严格。您曾经说过：“我的职责是不放任何疑点上天。”只要您在现场，所有的发射都会成功，您也被誉为发射场上的常胜将军。请问您是如何保持这种一丝不苟、严谨认真的态度的？

王：实际工作中，搞航天，尤其是载人航天，责任重大，不允许有任何的闪失，这一点恐怕大家也都是理解的。神舟五号发射成功之后，全世界有50多个国家的元首和政府首脑给中国发来贺电，祝贺中国的伟大成功，可见意义非常重大。假设不成功，将是什么结果？如果没搞好，甚至把航天员摔了又是什么后果？所以一种责任感油然而生。不仅我，整个的载人航天队伍里每个人都有这样的自我要求：绝不能在我们这里发生问题。所以我过去也说过，我们各路大军一会师，提口号，打标语——使命高于一切，责任重于泰山。什么使命？一定要把中国人送到太空，实现飞天的梦想，这就是使命。责任重于泰山，责任很大，这么重的责任你能不认真去做吗？所以不仅我自己，整个的队伍都这么理解：一定把这件事做好。这是从远处说的。

从近处说，是因为这件事重要，全国那么多人关注，也为我们担心，因此不能让翘首以待的全国人民失望，如果失败，就太对不起大家了。另外，中央首长非常关心，发射“神五”时是总书记到现场亲自指挥，发射“神六”时是总理到场，这次发射神舟七号又是总书记到场。在中央领导和全国人民十分关注这种大背景下，从我自己到整个载人航天的研制队伍都有一种强烈的使命感：无论如何都要把自己的使命完成好，只能成功，没有退路。什么样的使命？就是把工作做到家，所有的技术都做到位，我们提出一系列的质量控制要求和规范，其中大概有两点是值得称道的。一个是进入发射场之前各个系统绝不带问题出厂，一定在家里把所有的地方都检验到了，不能把问题带去发射场。到发射场进行测试检查，又提出一个口号，绝不许带任何疑点上天。按点火按钮之前一定是什么疑问也没有，如果有疑问，处理了、解决了再按。就是这样一种使命感、责任感。

主持人：王院长，您自己身上的使命感和航天队伍的使命感使我们心中的敬意油然而生。我们知道您曾在苏联求学，您刚才也提到了毛主席的讲话。您觉得那段经历给您最大的收获是什么？

王：应该说我们这些人是很幸运的，我学火箭导弹设计，当时国内是开不了这课的，于是送到苏联学习。当时在苏联，其他的社会主义国家的学生都不能学这个，只破例允许中国留学生学这个专业。另外一方面，我们深切地感到国家对留学生的殷切希望，这使我们非常感动。当时提供给我们的条件是非常好的，我们下大决心一定要安心学习。出国的时候是中央领导送行，咱们的中央领导只要一到莫斯科或者是哪个城市就一定要接见留学生，我当年就见过周总理。当时甚至有人跟我们说：要用50个中农的收入才能培养一个留学生。所以这也给了大家一种激励，让我们更努力。国家下这么大的决心，我们一定要学好，事实上也是如此。中国留学生当时给苏联的青年和同学留下了很好的印象，大家特别努力，特别勤奋，而且学习成绩也好。比如高等数学这类的课程，如果班里有一个5分，那一定是中国人的。毛主席的接见可以说是影响了我们的一生，大礼堂当时有3000多人，毛主席也特别兴奋，看到中国青年都西装革履的，知道我们在这儿好好学习，他也很欣慰。主席没有别的寒暄，第一句话就是：“世界是你们的，也是我们的，但是归根结底是你们的。你们青年人朝气蓬勃，正在兴旺时期，好像早晨八九点钟的太阳，希望寄托在你们身上。”主席的讲话使我们暗下决心，一定要刻苦努力，不辜负党和人民的期望，回来报效祖国。

主持人：王院长，您在苏联的留学经历令您不仅是在知识上成长了，而且在人格上、精神上也获得了巨大的成长。我们也知道当时要50个中农的收入才能供养一个留学生，但其实您和很多同学的学习生活还是很艰难的。有人说苦难是一种财富，在您看来，您觉得航天事业给您最大的财富是什么？

王：我学习航天，一毕业就进入航天领域，在航天领域工作这么多年，应该说受到了非常大的影响，得到过奖励，也承担了一定责任。我觉得影响我毕生的还是航天领域培育出来的“两弹一星”精神，就是热爱祖国，无私奉献，自力更生，艰苦奋斗，大力协同，勇于攀登。这个精神影响深远，在当时的环境下，我们就是按照这个精神来实践的，形成了我们巨大的财富。

主持人：王院长一定是富有的，中国航天也是富有的。应该说您是中国航天事业最大的贡献者之一了，从留学回来到现在已经为中国航天工作了近半个世纪，我们想知道是什么激励了您对祖国、对航天的热情？

王：有共性的，也有一些个性方面的。共性是党的号召、国家的发展，我们那一代青年基本上都是我这样的想法。至于个性方面，我出生在一个贫农家庭，社会最底层，从小就目睹很多受压迫的情况，解放了就觉得已经翻身做主人了，不会再受压迫了。上了高中劲头十足地学习，结果爆发了朝鲜战争，又不能安心学习了。按照当时的说法，深感帝国主义欺人太甚。毛主席有一句话：“帝国主义者如此欺负我们，这是需要认真对付的。”我本来兴趣是学生物，当时一下就改变了，我要搞国防！帝国主义者如此欺负我们，我们就是要认真对付。当时我看到朝鲜战场最威风的就是战斗机，所以当时就想学航空。

怎么学？我找到我的班主任老师。我本来想当飞行员，学校不让去，说不行，没有抗美援朝的任务，继续学习。我就想制造飞机。我问大学报考哪儿？班主任毫不犹豫地告诉我，要想学航空就去清华大学航空系。但是他告诉我，清华大学很难考，估计我们班只有你们3个人有希望。结果我们3个人都大胆地报考了清华大学航空系，天遂人愿，这3个人都考上了，一下就走上了国防建设这条道路。

我留学苏联时，刚开始没有学航天，而是在莫斯科航空学院学飞机设计。3年级的时候，当时党中央、毛主席下决心要搞“两弹”。1957年，中苏两国政府签署协议，苏联在“两弹”上帮助中国。于是在导弹这方面苏联提出可以接受一部分中国的留学生学习相关专业，因此我从学习飞机设计一下就改成了火箭导弹设计。当时我还真的舍不得离开飞机，因为我觉得飞机很威风。但是苏联学生说学火箭更好，飞机只能在家门口打，但是火箭可以打到地球任何角落，洲际火箭一下可以打到敌人老巢去，更厉害，所以我就安心学习。最后我也真做了洲际火箭的副总设计师、总设计师。我到60岁的时候才干载人航天。

主持人： 从最开始的生物到后来的飞机、火箭、载人航天，我们知道祖国的召唤时时刻刻警醒着王院长。您也提到了毛主席1957年在苏联的那一次接见，他的一句话真是激励了您那一代人。今天学生的身上一定会有很多不足的地方，可能我们会比较浮躁，可能安于享受，可能我们没有进取心，诸如此类的不足，您能不能给同学们说一说，提点指导性的意见，鼓励鼓励同学们的劲头？

王： 我觉得现在我们国家发展很快，可以说已经和我们年轻时候的情况有很大不同了。我们那时候大学毕业肯定是安排到哪儿都行，现在就完全不一样了，但是现在可以向多个方向发展。我们过去选择面挺窄的，选择余地比较小，除了我上清华、报清华是自己选的，剩下的都是组织安排的。可是你们现在不同了，不像我们当时那么简单。但是在选择面多元的情况下，我想可能要注意一个最根本性的东西：一个青年一定要有理想。有理想、有追求，这样的话你才能作出你的贡献，实现人生价值。你要想能够实现这个理想，你的理想必须和国家的需求紧密地结合在一起，和整个大潮同时前进，而不是在一条小河流里。这样的话，才能有永不枯竭的推动力量使得你前进。所以我想还是把握住一些基本的东西，要有理想，理想要符合祖国的需要。

另外，如果祖国需要，我们就应该到需要的地方去。特别是我们能够进到清华大学的青年们，今后不会为衣食而忧虑，这样的话你可以有更高的理想，那就是为国家作更多的贡献，而不是自己的一点事。有的人为衣食而忧虑，不得不只顾着自己的那点小事，但是我们大家不应当是那样的，要有更高的理想。这就是怎么能够为中华民族的伟大复兴出力、作贡献，使得你将来回味一生的时候感到无怨无悔、很有价值，我想这才是更重要的。

主持人： 真的从王院长的身上体会到了投身祖国事业，上大舞台，做大事业，作出大贡献的精神。在座的同学，我想现在心里肯定在想这样的事情了。谢谢您之前的访谈，现在我们进入下一个环节，即观众提问环节。同学们，现在有提问的机会啦！

观众： 王院长您好，我是清华大学航天航空学院的研究生，也是北京航天飞行控制中心的一员。很高兴今天能有这个机会跟您面对面地交流。2008年9月30日，当我们国家“神七”任务刚刚完成不久，一位大约60岁的美国富翁乘坐俄罗斯的联盟号飞船成功进入了太空。我们都知道我们国家的航天员在升空之前进行了严格的体能训练和身体素质训练。对于一位60岁的美国老人，他是否也要经过相应的体能训练，承受太空里面的重力变化？请您给我们分析一下神舟系列载人飞船和美国、俄罗斯的相关飞船舒适度的差别？

王：我想作为航天员来说，他必须生活在一个很特殊、很严酷的环境下，因而体能各个方面都要受过专门的训练。这是他们很艰苦的一个方面，特殊的训练是必需的。对于我国来说，将来年龄大的人也可以遨游太空，但是在实验阶段还是谨慎些好。航天员的太空漫步，说得很轻松，挺浪漫，其实太空环境是很凶险的，舱外航天服一旦出问题将会很危险。

咱们的飞船、火箭保障条件怎么样？我们的技术水平怎么样？应该说现在我们的飞船技术对于保障航天员来说是相当好的，也就是说技术水平挺高的，可靠性、安全性都是很高的。不知道大家注意没有，前不久俄罗斯联盟号连续两次出现航天员险些遭遇危险的情况。现在像这些防范措施我们都有，我们做得很细，弹道式载入都有防范措施。我们在火箭方面下了很大工夫，现在用的火箭源于长征二号捆绑火箭，它的前身是长征二号火箭，再前身是洲际火箭，都是经过长期使用，是很可靠的。在神舟五号上出现的频率耦合问题，神舟七号基本解决了。

这次出舱活动，舱外航天服是极其关键的，全部的生命保障系统都在这件衣服上。清华大学也参加了舱外航天服研制，航院有位教授一直是专家组的成员，作出了自己的贡献。对于舱外航天服，出舱时阳面温度可以到100多度，阴面温度有时候可以到零下90多度。在这种情况下，航天员就要看到他的衣服上的各种显示，各种情况下要有相应的显示。一般液晶的显示屏在这样的环境下是不行的，怎么能够让它显示出来？这个显示屏是清华大学做的，解决了这个问题，所以清华作出了很多的贡献。

观众：请问王院长，刚才您提到考虑我国的国情，我们将来发射的太空站将会采取规模较小的，比起俄罗斯的百吨级来讲，我们会在费用方面减少一点，规模会减小一点，但是有一句俗语说一分钱一分货。规模大的空间站自然有更多的功能，更大的发展空间。我国是想先发展一个规模较小，然后慢慢扩大的空间站还是说一次性发射一个规模较小，只是作为发展中国家应该发展的空间站呢？

王：既然中国有自己的空间站，好像这个空间站的规模也应该和大国相称，太小了似乎不合适。我们也曾有这样的考虑。实际上，空间站是一个舱段一个舱段对接起来的，我们每个舱段的大小，和国际上都是一样的，20吨级，直径4米2。他们舱段多些，我们则只有3个舱段，但是我们的同样是可扩展型的，将来不够了还可以再对接，4个、5个都可以接上。它的单体舱段一点不比外国的小，都是一样的。

观众：我是清华航院的大一新生。欧阳自远先生说希望运载火箭能发展等离子推进技术。您对未来运载火箭采取的技术有什么看法？比如说太阳帆、离子推进这类的。

主持人：去年中国探月工程设计师欧阳自远先生做客清华，当时他说我们还是需要在推进上发展，比如说可以采用等离子推进这样更新、更高的推进技术。您看我们发展上还需要什么？

王：探月工程原来的规划是绕月，然后是落月，再回来。基本上还是发射卫星无人探测。对于无人探测，现在中国运载火箭的运载能力已经是足够了。但是要涉及载人登月，在运载能力方面，从目前来看我们国家的确还不行，必须发展更大运载能力的火箭。登月有各种不同的方式：1969年美国人登月，他们是一下把飞船送到月球轨道上。但是也可以不这样做，还可以在近地轨道上多次对接；对接过几次之后从近地轨道上起飞、奔月。这样的话，对火箭运送能力的要求就低了，比如说直接登月必须有100吨以上的轨道运送能力，如果是多次发射，多次对接然后再进入月球轨道，火箭的运载能力也就是45吨到50吨就够了。这样的话，我们利用中国现有的火箭基础，比如说发动机，就可以组合出来这样规模的运载火箭。所以我说，国家真是要下决心将来制订这个计划，从现在起需要15年到20年的时间，这些问题就都可以解决，可以实现。如果将来要求飞行更远，飞行时间更长，等离子等推进技术是必要的。

主持人：实现这样的梦想就看在座各位今后的努力了。今天的提问环节到这里也要结束了。我们想请王院长最后送给清华学子一句话作为对我们的激励。

王：希望同学们下定决心，立志成才，为中华民族的伟大复兴作贡献！

胸中丘壑，清华园五年蓄力
眼底河川，唐家山一朝化险

2008 年 5 月 12 日，汶川 8 级强震猝然袭来，大地颤抖，山河移位，满目疮痍。震区范围内多处水利工程遭到严重破坏，唐家山告急、紫坪铺告急，人民的生命安全再次受到极大威胁。如何在余震不断、道路不通、物资紧缺的情况下排除险情？这背后有着怎样的感人故事？水利部总工程师刘宁为您一一讲述。

时间：2008 年 11 月 13 日

地点：清华大学主楼报告厅

嘉宾：刘宁，时任水利部总工程师，现任水利部副部长、党组成员、国家防汛抗旱总指挥部秘书长兼办公室主任。2008 年 5 月，汶川大地震后作为水利部抗震救灾指挥部前方领导小组副组长，唐家山堰塞湖抗震抢险指挥部专家组组长、前线指挥部副总指挥、总工程师，为抗震救灾作出了杰出的贡献，被中组部授予“抗震救灾优秀共产党员”称号，被人力资源和社会保障部、水利部联合授予“水利系统抗震救灾英雄”称号。

尊敬的各位老师、同学，今天能有机会来到清华和大家交流关于汶川大地震后水工抗震工作的一些认识和思考，我感到非常荣幸。

险情无处不在

大家都知道，汶川大地震是新中国成立以来影响最大的一次地震，其具有震级强度大、波及范围广、持续时间长、震源浅、发生在岩层脆弱的山区等主要特点。从震级上看，汶川大地震超过了 1976 年唐山的 7.8 级地震，所释放的能量是唐山地震的 3 倍。从破裂特点看，汶川地震的破裂长度约 300 公里，是唐山地震的 3 倍；产生的最大垂直位错达 9 米，最大水平位错达 4 米；破裂过程总持续时间达 120 秒，错动时间 22.2 秒(唐山地震仅 12.9 秒)。从断层错动方式看，唐山地震是上盘向下呈拉张性，汶川地震是以上盘往上升的逆冲为主，影响更大。

汶川大地震为主余震型，余震沿着长约 300 公里、宽约 40 公里的窄长区域带分布，到 2008 年 8 月上旬检测到的余震就有两万多次，其中大于 4 级以上的余震有 250 多次，大于五六级的将近 40 次。

上述这些资料都是研究地震的一些权威专家的研究成果。

地震发生了以后，据当时水利部门统计，地震造成四川、甘肃等 8 省市 2473 座水库、822 座水电站不同程度受损出险。四川、重庆等 5 省市有 1057 公里、899 段堤防因地震发生损毁。地震共损毁供水工程 7.24 万处、供水管道 3.65 万公里，影响人口 955.6 万人。地震还形成 105 处堰塞湖，其中较大规模 35 处。实际上还远不止这些，统计到的山体滑坡、岩崩、泥石流等加在一起差不多有一万多处，这些造成了巨大的灾难或潜在的次生灾害。

触目惊心的一组数字，让我们仿佛回到了那些险情四伏的日子，地震带来的后续灾难似乎并没有结束，如何保障人民群众的生命安全，抢险人员面临着一次巨大的挑战和考验！

在这次地震的高烈度区分布着众多的水利水电工程，位于震中附近的岷江干流紫坪铺水库和映秀湾、太平驿、福堂等水电站都发生了不同程度的险情。强震后，水坝有局部震损，如坝体开裂、沉降或者面板错动，但影响最大的却是金属结构和机电设备的损坏。它们损坏后，水电站就无法运行，泄水闸门也提不起来，导致泄流能力减小甚至失去，可能最终造成水流漫溢坝顶，直至垮坝溃决。

紫坪坝——“生命通道”

而距这次地震震中仅有17公里的紫坪铺水库的安危更是事关重大。因为其关系着下游都江堰市和成都平原1180万人的生命安全。紫坪铺水库有11亿立方米的库容，当时有3亿的蓄水，但在紫坪铺的上游还有几十座小水电站，都出现了不同程度的震险，任何一座水电站漫溢溃决，都可能会导致连锁反应，后果不堪设想。情况紧急，地震当晚我们就带领专家工作组，迅速赶赴紫坪铺指挥抢险。

当时，紫坪铺水库经受强震后，泄洪洞受损，闸门无法开启，不能泄流；四台机组全部停止运转；坝顶明显震陷，背面护坡局部隆起、坍塌；厂房、启闭机房等建筑物被震垮。我们勘察完现场，随即成立了紫坪铺抗震救灾现场指挥部。由于紫坪铺水库设计的特殊性，其日常泄洪的主要通道就是水力发电站，而通常不用的两条泄洪洞当时也已震损，闸门短时间提不起来，虽然傍晚冒险打开了坝下排沙底孔，但出流能力极其有限，如不迅速恢复机组运行，紫坪铺将成为一座不能泄洪的“死库”。

紫坪铺发电机组的全封闭配电装置即GIS系统是从日本进口的，机组重新启动就要对GIS系统进行检测，经与日方联系，他们反馈的意见是：如要启动机组，需要他们派专家来检测GIS系统，这需要10到15天时间，若不经日方专家检测即启动开机，则日方概不负责。当时推算分析，如冒险启动机组，一旦GIS系统出了问题，损失巨大，且短期恢复泄流能力的目标基本不能实现；但如要等日方专家来，在当时抗震救灾的关键时期，什么情况都可能出现，如果上游已出现漫坝的水电站发生溃决或汛期洪水来临，后果不堪设想。

紫坪坝遇险，下游民众的生命安全受到极大威胁，而外国专家不可能在短时期内到达，如何以最安全的方式和最快的速度排除险情，成为抢险人员和科技工作者面临的艰巨使命。

因此，在万分紧急的情况下，为了尽快排除险情，我们决定不能等！为尽可能降低风险，我们请国内专业技术人员反复多次进行了全面检查检测之后，经现场会商研究，决定启动。2008年5月15日，在发生地震3天后凌晨两点，紫坪铺水库机组重新运行，使工程的泄流能力基本得到恢复。这是一次风险极大的抢险决策，但也是一次应急、审慎、科学的决策。接下来，经过一系列科学、有力、高效的应急处置工作，紫坪铺水库险情得以及时排除，确保了人民群众的生命安全。

值得一提的是，在救人、救人、再救人的关键时期，紫坪铺大坝和水库是进入汶川的唯一水陆通道。当时我们的一项重要任务就是配合解放军和交通部门打通水运和坝上交通通道，把抢险和救护人员及时运进去，并及时协助做好转移出来的震区群众的运送、救治和临时安置工作。为此，我们选址开辟了专用码头，紧急调配了防汛物资，其中包括 64 艘冲锋舟，用于往返接送战士，并调来可能找到的挖掘装载和钻爆设备，冒险指挥坝肩公路的疏通。前一时期进入汶川的部队武警官兵、救护人员都是从坝顶公路或库区里面坐冲锋舟抵达现场开展紧急救援的。

此外，我们还与国家发改委、交通部、电监会、有关发电公司以及部队的同志一起乘坐直升机对抢险救人的条件、打通道路的可行性以及上游数十座水电站漫溢的状态等进行了勘查，就排险除险方案及措施的制定和实施进行了充分磋商、组织和安排，并及时向后方反馈了十分重要的情况，为抗震抢险争取了主动。

万众一心、排除万难

地震持续时间对大坝地震响应有重要影响，特别是土坝的坝体强度随振动次数增加而降低，对地震持续时间十分敏感。汶川大地震持续时间长，对水利水电工程造成的损害非常大。

原本脆弱的岩层遭强震后雪上加霜，形成大量滑坡、崩塌和堰塞湖及串珠式堰塞湖群，不仅在发生时形成了巨大灾害，同时也给救灾造成巨大困难和威胁。现场有很多的表现，一是滑坡，二是山头崩塌，三是泥石流。地震灾害，加上区域天气灾害，使得救灾和次生灾害防御极为困难。

震后山体滑坡形成了大量的堰塞湖。堰塞湖的堰塞体有的虽体积庞大，但极易失稳和渗透破坏。控制堰塞湖水位是关键，一旦漫顶溢流则极易导致冲刷溃决，将对下游造成严重次生灾害。串珠式堰塞湖群更是发生次生灾害的重大威胁。在唐家山堰塞湖下面有一连串的堰塞湖，为尽可能减轻唐家山堰塞湖一旦溃决造成的水力冲击波，最初我们曾经设想，把这一连串的堰塞湖作为一个个消力池来考虑，研究其当唐家山这座大型堰塞湖溃决后的消能作用，以尽可能减少下游转移人员，甚至我还带领有关设计施工人员到北川县城查勘，考虑设置人工消能体的可行性与方案。从卫星图片上我们发现，在北川县城有一座严重震损的连跨桥，连跨桥中间有一块山体，我们曾经想把这块山体连同这座桥一起炸掉作为消能设施，但到现场一看，那里交通阻断，工作条件十分恶劣，这一方案是不可能实现的，也难以达到期望的效果，最终放弃了这一方案。

事实上，堰塞湖一旦溃决，其能流势不可挡。四川省有 1803 座水坝都遭受了不同程度的震损，虽然这些水库的库容都不大，其中约 96%是库容不足 500 万方的小型水库，但绝大部分为均质土坝，主要分布在德阳和绵阳两市及汶川东部平原地区的强震区。震害的主要表现为坝体纵向裂缝、坝顶开裂、护坡局部脱落、坝坡局部滑移等。这些震损水库均已经纳入灾后重建规划或病险水库除险加固规划中。

除了众多的中小型工程以外，还有 4 座百米以上不同类型的高坝，一个是 158 米高的紫坪铺面板堆石坝，第二个是目前世界上最高(132 米)的碾压混凝土拱坝——沙牌水电站。再有就是碧口心墙土坝和宝珠寺混凝土重力坝。要说明的是，一旦发生地震，首当其冲的是这些百米以上的水坝，要确保这些水坝的安全。

在紫坪铺抢险的关键时候，为摸清上游的情况，我们和国家发改委张平主任、时任华电公司总经理的李小鹏同志，还有电监会史玉波副主席等一起乘坐直升机查看岷江河谷滑坡和水电站震损情况。从直升机上望下去，铁塔扭歪，电站漫流，一段段的断路上还停有为数众多的汽车，可以说是山崩路断、河谷再造。刚才提到的福堂、映秀湾等数座水电站已经漫流，存在着溃决风险。当时我们曾经研究制定了爆破映秀湾等一些水电站闸门泄流，以免溃决的方案，但没有实施。这主要是因为后来还是采用了空运大马力柴油发动机把闸门硬提起来的方案，达到了泄流抢险和便于后期改造维修的目的。通过这样应急而有效的处置，没有一座水电站溃决。

在震后山区，不仅是夜晚，白天也能听到连续不断的山岩崩落和滚石的声音，那时就是在路上走，风险也很大。就在 2008 年 7 月 31 日，降雨引发的山体泥石流还掩埋了正行驶在路上的水电五局 5 位同志。可以说，那段时日在灾区的吃住行都存在极大的困难和风险。

就是在那样的情况下，在党中央、国务院的高度重视和坚强领导下，在人民解放军和武警官兵、地方各级党委政府、各有关部门以及社会各界的大力支持下，水利部举全行业之力，从全国水利系统紧急抽调水利专家、勘测设计和工程抢险人员组成 80 个工作组、46 支应急抢险抢修队、91 个设计组，调集数千台(套)大型施工机械和应急供水设备及大量防汛物资，与灾区人民一道开展了艰苦卓绝的抗震救灾工作，震区经过应急处置的堰塞湖基本未形成次生灾害，没有一人因堰塞湖处置不当而造成伤亡，出险堤防无一处决口，灾区临时应急饮水基本解决，震区众多水坝虽有震害，但无一垮坝，经受超设计水平强震的百米以上高坝，仍可维持结构整体稳定和挡水功能，水利水电工程总体上经受住了特大地震的考验，取得了水利抗震救灾的决定性胜利。

取得这样的成绩归功于 6 个方面：一是党中央、国务院的坚强领导和有力指挥；二是解放军和武警官兵的舍生忘死和英勇奋战；三是各方面水利专家，也包括清华大学的教授学者，在除险方案、工程技术等方面给予的大力支持和援助；四是地方政府的全力支持和有力保障；五是各方面的有力协作和配合；六是国际上的援助。

抗震抢险期间，水利部的工作组、抢修队和设计组要在道路阻断、飞石滚落的条件下，冒着生命危险徒步赶赴现场，实地勘察测量，精心设计方案，组织指挥抢险、抢修工作。水利人奋不顾身、英勇战斗的精神，是水利抗震救灾取得胜利的关键。

有关汶川大地震的几个问题

对于汶川大地震，和地震之后的水利相关工作，人们往往会提出以下问题，现在我就对大家关心的一些问题进行简要的解答。

汶川地震为何出人意料？

据我国地震地质专家分析，龙门山断裂带是青藏高原诸断裂带中变形速率最低、历史上记录到的最大震级为 6.5 级的区域，导致对其活动频度虽低但长期积累能量、具有发生超强地震危险性断裂的特殊性认识不足。汶川地震发生在龙门山断裂带上历史地震活动相对较弱，但块体运动的缩短变形和应力集中最为显著的区段。汶川地震显示了目前对地震认识的局限性，地震预报仍属尚未解决的世界性难题。地震预报和气象预报一样都是很难的，而这两个预报对预防灾难发生和抢险都是非常重要的。

地震以后水坝的设防标准要不要调整？

我国水工结构专家朱伯芳院士作了分析，认为水工建筑物特别是水坝在这次地震灾害中没有发生溃决，也没有像房屋一样的轰然倒塌，有一个很重要的原因，就是水坝的设计考虑了巨大的水平荷载，因为水库充满水时水平荷载是很大的。当遇到地震发生水平或者是斜水平震动的时候，大坝抵抗能力就很强，并且水本身有一定的消能缓冲作用。更重要的是，我们的水坝都是严格遵照设计规范要求按照抗震设计标准来设计和建造的。

紫坪铺水库蓄水与汶川地震到底有没有关系？

有人认为是由于紫坪铺水库蓄水触发了地震，甚至还有人认为是三峡工程导致了这次地震。我国水工抗震专家陈厚群院士经过研究认为：紫坪铺水库位于龙门山断裂带的北川—映秀、江油—灌县断裂带之间，紫坪铺水库的最高运行蓄水位 875.24m，而映秀镇一带河道的天然水位约为 877m，最高洪水位为 884m。很显然，紫坪铺水库最高蓄水位还没有超过北川—映秀断裂通过岷江当地的天然水位；加之紫坪铺水库位于汶川地震发震的北川—映秀断裂的下盘。紫坪铺水利枢纽 2005 年 10 月 1 日下闸蓄水之前，已于 2004 年 8 月 16 日建成由 7 个固定测震子台和 1 个中继站组成的紫坪铺水库地震监测台网，用于监测库区及邻近地区的地震活动情况。从蓄水前后地震监测资料的对比分析看，从 2005 年 10 月 1 日下闸蓄水到 2008 年 4 月的两年零七个月期间，紫坪铺水库的库盆和邻近地区的地震活动，从发震的地域、地震的频度和强度等方面，都处在本地区多年地震活动正常的变动范围内。

而三峡工程就更远了。三峡工程蓄水后，所产生的压强等级是非常小的，水库触发的局部地震频次虽高，但目前最大等级没有超过 4.3 级。汶川地震时三峡工程附近记录到的震级是 3 级左右，所以对三峡工程没有造成什么影响。后来我们在三峡工程蓄水 175 米检查时还专门就此进行了安全核查。

世界上有个统计，由于水库蓄水诱发的地震最高不超过 6.5 级。而汶川地震的序列特征、余震分布与震源深度都不符合水库诱发地震的特点。因此，紫坪铺水库蓄水运行不具有诱发汶川大地震的条件，汶川大地震也不具备由水库诱发地震的特点。

我国人口众多，人均水资源极为短缺，且时空分布又很不均匀，尽可能调节和利用汛期洪水，对抗旱防洪都有重大意义。我国水能资源位居世界之首，水电是可再生清洁能源，但现在水电装机仅占发电总装机的约 23%，大力发展水电是我国能源发展战略中的重要环节。在重视生态和环境影响的前提下，充分而合理地利用水资源，积极有序地进行水库大坝建设，发挥其综合效益，是切合我国国情和符合经济发展方式加快转变所需的。

我国大江大河的源头和水能资源集中在西部高山峻岭的陡峻河谷中，地形地质条件适宜于修建移民淹地相对较少而调节性能好的高坝大库。目前世界上最高的拱坝在中国，最高的面板堆石坝在中国，最高的碾压混凝土坝也在中国。我国是地震频繁的国家，也是水坝建设最多的国家。陡峻河谷和引发强震的大断裂都与区域构造有关。因此说高坝抗震是无可避让而必须面对的严峻挑战。因此地震工况常常成为设计中的控制因素，在以往的设计中都是这样考虑的。所以我们说建设大坝切合国情，是发展所需，高坝抗震安全难以避让，是必须面对的挑战。

汶川大地震对于大坝抗震安全的检验表明，震中众多小型均质土坝无一垮坝，显示了历年除险加固工程的效果和地震中对高危水库及时泄流降低水位措施的有效作用；震区 4 座百米以上不同类型高坝经受(8 到 9 级)强震，大多超过设防水准，而未溃决。说明按现行规范进行抗震设计并保证施工质量的工程，具有较好的抗震性能。我国现行抗震规范的设防标准是基本合理的。由于地震作用和大坝的复杂性，在建和拟建中的 300 米级高坝与汶川地震中的百米高坝相比，可能会有本质差异，而目前仍无此类超高坝的震例，对其抗震安全的评价仍不应掉以轻心。

汶川大地震并不是一次由水利工程引发的地震，但是在地震中确实暴露了我国现有水利设施的不足，我们应当总结经验教训，加强水利设施的抗震安全建设，防止类似灾难的再次发生。

灾后思考

通过这次水利抗震减灾，积累了一系列行之有效的动员、组织方法和模式，实际中收获了良好的减灾效果，值得好好思考和总结。

一是要主动从速排险避险。处置重大、复杂的灾害事件，面临的往往不是单一风险因素。此时一定要认真分析各种风险影响因素，按照统筹兼顾、综合风险最小的原则处置风险事件。排险减灾往往时间紧、任务重、风险大，尤其要注意规避风险的叠加，坚持对灾害事件主动从速排险避险。

二是要建立应急工作机制。良好的应急工作机制是提高排险减灾工作质量和水平的保障，要实行“广泛合作、信息共享、相互协调、形成合力”的风险管理合作机制，相关各方密切协作，统筹兼顾，即时会商，有效地开展减灾工作。

三是要制订科学排险减灾方案。工程措施是减灾除险的重要手段，要充分利用先进的科学技术和工程手段，结合地形地质、水文条件等，合理利用大自然的力量，因地制宜地制订施工方案并进行科学评估，用先进的科学技术保障安全、快速地排除灾害风险，最大限度地保障人民群众的生命财产安全。如在唐家山堰塞湖处置中，开渠引流，通过溯源冲淘逐步扩大过流断面加速泄流，泄流渠引流效果良好，有效控制了水流下泄时间，避免了突然溃决的灾害发生。

四是要合理分担灾害风险。灾区是风险的承担者，政府是风险的消除者。在复杂的风险条件下，要合理地分担风险，即灾区群众应主动承担规避风险的义务，政府应承担解除风险的责任。消除、减轻灾害的风险是一个系统工程，需要政府、居民、专业机构和专家等密切配合，共同努力，化解灾害风险威胁。

在大的自然灾害面前，应该加强这四个方面的工作，增强我们应对灾害的能力，做到及时应急的处理。

今天能够来到这里与大家交流一些想法，我觉得非常荣幸，并切实的感受到大家的热情，在此我要感谢老师和同学们的支持，感谢学校对我的培养和关心。最后衷心祝愿大家身心健康，学业有成，早日为国家经济建设献一份力，添一份彩！

现场交流

主持人：非常感谢您的精彩演讲。据我所知，今天在场的很多同学对您当时临危受命，最后成功解决堰塞湖难题都非常钦佩。当时在唐家山堰顶的情况是非常危险的。我们想知道当您第一次登上堰顶的时候，是一种什么样的感受？

刘宁(以下简称刘)：我是2008年5月21日首次登上唐家山堰塞湖堰顶的。当时去可以说没有更多的个人考虑，主要目的就是想弄清楚两件事：一个是这个堰塞湖的真实情况到底什么样，因为当时情况不明，有各种传言，下游老百姓，包括一些救援人员都是人心惶惶。上去就是要看看究竟是什么样，湖水位离堰顶还有多少，滑塌的滑坡体处于什么样的状态。

第二个是想根据实地勘察的情况，判别一下能否采取工程措施，看看我们还有没有时间采取工程措施，如果时间允许，采取什么样的工程措施，设计怎样的工程方案。

主持人：我们知道您随后又在堰顶上经历了惊心动魄的153个小时。为什么在这么长的时间内，要一直坚守在堰顶？

刘：实际上，在唐家山堰顶我们头一次的7天6夜是153个小时，后来再上去又连续盯守了5天4夜。我们之所以要坚守堰顶，首先，是因为武警官兵、解放军战士都在山上进行昼夜不停的施工，而在当时的条件下，要随时根据出现的情况调整施工方案，这不像常规的工程施工，方案设计好了照图施工就行了。

其次，要在现场协调各类物资设备的调配。要根据施工的进度，随时与后方联系，用直升机调运施工设备、油料和生活物资等。这些都必须要在现场进行。

第三，要尽可能顺畅地保证设计意图的实现。部队战士在上面昼夜不停地施工，有的战士累得虚脱，但是你如果不跟他们吃住在一起，让他们充分理解你的设计意图，施工中可能会出现一些偏颇。这些都是要考虑的。

第四，也要及时向抢险指挥部和有关领导报告抢险工程进展情况，以便及时决策部署。

主持人：您刚才主要是从工作的需要来解释为什么一直要在堰顶上坚守接近300个小时，您在这期间有没有考虑过个人的安危？

刘：上了唐家山，不光我，山上的所有人都将个人安危置之度外，那里的环境也让你无法考虑，因为危险因素太多，也不需要考虑。我觉得当时的情况下自己就是一个运转的机器，要正确执行各方面的指令、命令，要配合部队的战士进行紧急施工。

主持人：谢谢您，我们都知道在堰塞湖的处理过程中，除了要考虑复杂的自然条件，考虑如何施工，作为一名专家和决策者，您还需要考虑社会效益、社会影响。全国人民当时对这个问题都是非常关注的，当时的社会压力和舆论压力也非常大。您认为这种压力会不会影响您对方案的确定，会不会影响您的决策？

刘：应该说堰塞湖的处理要考虑方方面面的因素，如果方案不合理、不科学，不仅是误工误时，更重要的是处置不当就会给下游数百万人民群众造成巨大的生命财产损失。所以，我们在确定方案的时候一定要“精打”，但不能“细算”，因为没有条件细算，但是一定要把各方面的风险和条件考虑到。当时唐家山是舆论关注的焦点，山上看不到电视，也没想到透明度会这么高。频频接受电视记者采访，并不是我的本愿，只是在当时情况下，要及时向下游老百姓甚至全国人民通报有关情况，把施工方案、抢险进度和其他一些情况等加以介绍，让老百姓踏实下来，安定下来。事实说明，这次抗震抢险救灾，整个宣传工作做得是非常好的。

主持人：当时需要考虑的问题这么复杂，选择非常艰难。您有没有想过万一决策失败会怎么样？

刘：这个问题很尖锐，在当时的状况下，确实自然的风险很多，施工的风险也很多。刚才我提到了 2008 年 9 月份这场大雨，如果抢险施工时下这样的大雨，它引发的泥石流或者是堰塞湖的溃决都会影响堰上施工部队和下游百姓的生命安危，甚至会带来灭顶之灾。

来自社会的压力就更大了。事后我在某些互联网论坛上看到，有很多热议的帖子，有的看法很尖锐，批评用语很苛刻，当然支持的占多数，特别是后来，赞扬的帖子就更多了。但当时，我在山上根本就看不到，也无暇顾及，只是觉得应该从最不利的情况考虑，向最好的结果努力。对了，当时我也想到了，如果这件事不成功，那就只能成仁了。但我自己很坚定对方案的合理性和结果的判断，一点也不动摇。

主持人：我们的刘宁学长不仅非常严谨，而且非常乐观、非常幽默。我知道您在事后形容堰塞湖的抢险用了三个“最”，最艰辛的设计，最艰巨的施工，最艰难的选择。但是即使这样，您仍然是带领着专家和部队指战员一起圆满地完成了这次抢险任务。我想问您一下，这是不是得益于您几十年来水利施工建设相关方面的工作经验？

刘：我用这三个“最”是说从事水利工作这么多年来，这是我经历的最艰辛的设计，没有地质勘探资料，没有时间进行更充分的论证，顶着巨大的压力，冒着极大的风险，我和专家组、工程技术人员夜以继日、精心设计方案，许多专家学者也提供了很好的建议，我们在最短的时间里，完成了排险、避险方案，并迅即得到了国务院抗震救灾前线指挥部的批准。

第二是最艰巨的施工，时间紧、任务重、强度大、要求高。为解决施工中意想不到的问题，起早贪黑，动态设计，随时调整渠线位置，及时确定各部位开挖断面；并肩战斗，组织施工，编写施工简明要领，紧急安排重点施工项目。余震、滑坡、土石结构不明的堰体，以及严重的渗流，时刻威胁着下游百姓安全，也威胁着堰顶近600名施工部队官兵。这也是水利工程有史以来由空运进行施工组织的案例。短短十数日，陆航部队开辟空中专线，持续飞行了731架次，远道而来的米-26重型直升机不间断作业92架次，吊运大型施工设备和油料。经过周密安排，快速施工，为了尽早排险，提前、超额完成了任务。

第三是最艰难的抉择，泄流渠降低了12米过流水头，减少了近1亿吨的可能蓄水量。根据预报，6月3日将要过流，但是老天却开了一个很大的玩笑，预报的大雨无影无踪，替代的是连日高温酷暑。下游避险的群众住在帐篷中，望眼欲穿。汛期一旦遭遇特大暴雨，高水位与洪水叠加，堰体溃决，一切都将功亏一篑。冒险大爆破，爆除可能长时间冲淘不下却有利于防止溃决的岩石渠段，可以加快过流后的排险，但很可能促成人为溃决，给下游带来巨大灾难！如不爆除，若过流后长时间不能排险，将可能使抗震救灾、重建家园的局面更为紧迫，这是我们面临的最艰难的抉择。那几天，我的全部精力都倾注在如何做到安全、科学、快速排险上！要从最坏的可能去转移避险，应向最好的效果去努力排险。

主持人：回顾一下您的大学生活，您认为给您印象最深刻的是什么？

刘：印象最深刻的首先还是教育过、指导过我的老师们。虽然我后来也来过学校多次，但较少看到他们，很多老教授都退休了。但是他们教书育人的学风传承了清华“自强不息，厚德载物”的精神。看那些校园里骑着自行车、衣着普通的老师，正是他们培育了一代又一代清华学子。就我而言，对老师们的敬仰、感激之情将会永存心间。

主持人：您认为在清华学习5年的时间最大的收获是什么？

刘：我觉得在校学习的最大收获还是锤炼的一种学风。现在好多学校都讲究学分，但相对而言，学风更加重要。学风将会影响到你一生的学习、工作、生活，对清华的学生，包括其他大学的学生来说，我丝毫不怀疑大家的智力水平，绝对是高智力、高智商。但如果没有好的学风，很难学到真正的东西，也很难在事业上有大的成就。

另外一点就是科学性，我们常提的“7加1大于8”，以及“为祖国健康工作50年”等，里面都暗含着要德智体全面发展，要加强锻炼，有一个健康的体魄。死钻书本是不行的，怎么说在学堂里学的东西都有限，关键是养成好的学习习惯、思考习惯、生活习惯，在今后实际工作中才能游刃有余，从容应对。

主持人：我认为您的这些收获对于在场的同学很有借鉴意义。您今天能够取得如此卓越的成绩，有什么经验和体会与在场的同学分享一下？

刘：首先，我做得还很不够，就是取得的一点微不足道的成绩，也是在特定的条件下取得的，是一名清华学子、一名共产党员应该做到的。经验和体会有一些，但仁者见仁、智者见智。我觉得：

第一，要传承清华人的学风。校训说得非常好，“自强不息，厚德载物”。刚才也说了，人要讲品德，要讲本质，而不是仅仅讲学识。

第二，要脚踏实地投入工作。有可能毕业了到一个小单位或小科室去工作，但是你要通过这样貌似平凡的工作认识到在这个社会当中的作用，一旦你认识到它的价值，就会全心全意投入这个工作。不要追求一开始就包打天下，要做一番惊天动地的事业，要有这样的志向，但工作一定要脚踏实地。

第三，要互相协作、加强配合。同学们都是高才生，将来的抱负都很远大，但是在这个社会上，国家的发展越来越需要集体的协作。如果我们能够互相配合，形成合力，相信会取得更大的成就。

主持人：非常感谢刘宁学长。下面让我们把时间留给现场的同学。

观众：请您介绍一下地震后三峡工程和唐家山堰塞湖的情况。

刘：记得1996年为了三峡工程建设施工方案研究的事我去了趟日本，那是我第一次出国。日本是一个地震多发的国家，我们参观了一些已建和在建的水坝，水坝做得都很厚实，当时我戏言说“一胖遮百丑”，抗震问题解决了，其他稳定、结构等问题也迎刃而解。而过去我们的一些水坝都做得比较优化，体型优美。在经济社会又好又快发展的今天，对水坝这样重要的工程而言，我认为，应更提高和重视工程的安全度和耐久性。

关于三峡工程和地震的关系，前面已提到了。三峡工程离汶川有300多公里，主要是在花岗岩地区。三峡库容393亿立方米，正常蓄水位175米，实际上在地震前最高只到了156米。它的蓄水量和周边地质构造的作用，都不足以触发出这么大的地震。

对于唐家山堰塞湖，四川省水利厅正在按我们专家组审定的永久处置治理方案，组织有关单位进行后续施工处置，计划在明年汛期来以前基本完成综合治理，我想不仅是我，水利部与有关部门和单位都会继续给予关注和支持。

观众：*当时您去唐家山堰顶的时候，第一次上去153小时又撤下来，当时水位也才1点几亿立方，为什么当时没有炸？而到后面3亿立方的时候，温总理在后面说早动比晚动好，要尽快动，您才炸，这中间的时间我不知道是因决策还是因方案而耽搁了，到底是怎么样的情况？*

刘：2008年5月22日晚上，在绵阳专列上召开了一次国务院抗震救灾指挥部的会议，温家宝总理指示："要早动不要晚动，要主动不要被动，要工程除险和下游避险相结合。"那天我参加了会议。之前大家只知道这儿有一个大的堰塞湖，水位在不断上升，因为道路全部阻断，人上不去，具体情况都不掌握。后来我们乘直升机到堰顶勘查后认为可以采取工程措施，并且了解到米-26 运输机可以吊运设备，于是紧急做了排险和避险方案，迅速向国务院前指报告，并得到批准。7天6夜要挖出一条泄流渠，施工工程量是非常大的。受直升机吊运能力的限制，只能吊运15吨以下的推土机、挖掘机、装载机等，土方施工的效率比较低。再加上当地山区区域性气候复杂多变，而直升机需要一定天气条件和能见度才能飞，这直接影响着施工的进度和安排。

原定7天6夜施工任务提前超额完成后，部队撤了下去，这是出于多方面的考虑。一是堰塞湖的堰塞体是受到地震引起的滑坡体构成，其土石结构不明，可能存在薄弱部位，且已出现了较大渗流，存在随时溃决的可能；二是上游流域面积是3550平方公里，经测算上游每降2毫米的雨，坝前水位就会上涨一米，当时有关方面预报6月初上游将会出现强降雨；三是堰塞湖区域还在不断遭受余震，堰塞湖处于高度危险状态；四是在堰塞体上游约3公里处还有一处近$1700\times10^{8}m^{3}$的马玲岩潜在滑坡体存在，如果这一大型滑坡体滑落，将激起巨大涌浪，可能会对唐家山堰塞体造成严重冲击，继而溃决的可能性极大，同时在堰塞体右岸也堆积有大量的泥石流活体。当时，我们也曾请战留下继续工作，但出于对解放军、武警部队施工官兵安全的考虑，还是按照命令撤离了唐家山堰顶。

后来，大家都知道，预报的大雨没有来，我们又和施工部队再上唐家山，开挖泄流支槽，清除漂浮物，加快水流冲刷和下泄。2008 年 6 月 7 日 7 时，泄流渠开始过流，湖水逐步大量下泄，最大下泄流量为 6500 立方米每秒，11 日 14 时，堰塞湖水位下降了近 29 米，蓄水量减少了 1.5 亿立方米，险情成功排除，下游河道上无一座桥梁被冲垮，无一人伤亡，唐家山堰塞湖应急处置取得决定性重大胜利。国务院抗震救灾总指挥部发来贺电，称赞这是世界上处理大型堰塞湖的奇迹！

观众：首先向您在这次大灾难当中为挽救人民生命财产而付出的辛勤努力致以敬意。今天在座的很多同学是研究生，但也有许多一年级的同学，对于您刚才提出的专业知识不是太了解，尤其是我们今年才入校的新生。您能不能对师弟师妹们有什么特别的补充？

刘：其实我只是做了该做的事、分内的事，没有什么可夸耀的。我非常羡慕在场的各位同学，你们确实成长在一个好的时代。你们年轻，充满朝气，相信经过在学校里的学习、雕琢，一定能成为国家的栋梁之材。

水利工程是沟通人类和自然的桥梁。胡锦涛总书记号召的建设社会主义和谐社会的 28 个字里面最后 8 个字就是“人与自然和谐相处”。所以说，作为水利工作者，也包括在座的各位同学，无论你们将来从事什么工作，都要特别注意，在人类向大自然索取的同时，更重要的是要保护大自然，不能以“人类要发展，自然要贡献”的心理去工作，那就会不按规律办事，造成难以为继的后果。因此，在工作中一定要树立科学发展观，走可持续发展的道路。

第二篇

传承奥运 超越梦想

命运强者，美丽人生
——残奥走进清华

他，默默关怀，用情去呵护；他，无臂英雄，用爱去奉献；她，独自聆听，用心去感受。他们的身上闪烁着克服困难的勇气，挑战困难的决心，直面人生的坚强。他们将带领我们走进残奥会，走进残疾人的世界，为我们讲述平凡中的伟大，带我们领略残奥会不一样的精彩！

时间：2008 年 3 月 27 日

地点：清华大学公共管理学院报告厅

嘉宾：胡俊福，时任奥林匹克公共区委员会副秘书长，兼 2008 北京残奥会经理。

何军权，雅典残奥会四枚金牌获得者，游泳运动员。他在游泳赛场上共获得省级以上金牌 26 枚(其中世界级金牌 12 枚)、银牌 7 枚、铜牌 7 枚，5 次打破世界纪录。个人格言：我认为我是一个强者，我的翅膀是我的理想，因为别人不能够做到的，我一定要去做到。

陈凤青，中国女子盲人门球队球员，世界盲人门球锦标赛银牌获得者，被评为北京奥运会、残奥会先进个人。陈凤青说，有时走在街上，她能听到来自健全人的各种吵闹声，他们在为各自的生活奔忙。能看见这个世界是美好的，但只要能够看见就是幸福吗？她经常听到发生在健全人身上的可怕故事，暴力、欺骗、谎言…… 她觉得他们失去了内心的声音。 她是幸运的，她能听到它。

胡俊福先生演讲

尊敬的各位老师，各位同学，大家晚上好！刚才主持人说请我来演讲，吓得我都不敢往台上走了，因为我就是一个普普通通的残疾人工作者。我应该感谢今天活动的组织者，也感谢在座的全体朋友们，是你们给我这个机会能够走上这个讲台，这是我做梦都不敢想的。清华大学，最高学府的讲台，站在这儿我心里面忐忑不安。但我觉得好在后面还有军权和凤青，他们的经历，以及他们的事迹将会弥补我汇报的不足。

我想从三个方面向在座的朋友们做一个汇报：勇敢者；残奥会；奥林匹克公园。

勇敢者

谈到残疾人，我想到邓朴方同志的一句话，他说社会对残疾人事业和残疾人“不是不人道，而是不知道”。对他这句话我深有体会。因为10年前，当区委领导找我谈话，要调动我的工作，让我到“残联”去，说老实话，残疾人联合会的工作内容是什么，工作职责是什么，我都不清楚。尽管我心里面不太情愿，但还是服从了组织的分配。当我在“残联”开展工作以后，在实践当中我接触了越来越多的残疾人朋友。他们当中一些人生活困难的状况使我的心灵受到了震撼。而他们当中更多人的那种不向命运低头、自强自立的精神更让我感动。

在残联工作心态的转变——从“牢骚”到“感化”

到残联工作一年多以后，我在一次会议上发言，总结我的感受，说了这么几句话。我说：“权利小了，收入少了，仔细一比不得了了。转过头来，调整方向，跟党跑吧！”我为什么这么说？因为到残联之前我在乡镇政府工作。那个时候也主管着一百多个企业，十几万人。而到残疾人联合会以后，工作上确实遇到了很多困难。但是许许多多的残疾人朋友们感动了我，教育了我。

残疾人知识知多少——天地“无情”

我不知在座的朋友，你们对残疾人有多少了解，接触过多少残疾人。按照《中华人民共和国残疾人保障法》的规定，我们把残疾人朋友分为七类：视力残疾、听力残疾、言语残疾、肢体残疾、智力残疾、精神残疾、多重残疾。多重残疾是说在一个人身上有两种或者两种以上不同的残疾。

根据联合国国际残疾人组织机构的调查和统计，全球有 6.5 亿残疾人，约占全人类总数的 10%。我们国家在 2006 年组织了第二次全国残疾人抽样调查，调查统计结果显示，我国现有残疾人 8296 万，占全国人口总数的 6.34%，也就是说，每 16 个人当中就有一个残疾人。这是一个非常庞大的数字。

有中国特色的残疾人观——尊重与保护

试想，如果没有这些残疾朋友及与他们有千丝万缕关系的亲友们的小康，那么实现全社会的小康将是一句空话。如果没有全社会对这些残疾朋友们的尊重与保护，我们又怎么能谈人权保障的实现呢？

我们应该看到，新中国成立以后，特别是改革开放这 30 年，伴随着我国经济发展和社会进步，我国的残疾人事业也得到了发展。广大残疾人朋友的生活状况、生活水平也得到了明显的改善和逐步的提高。在这个实践过程当中，我们不断地探索、总结，形成了有中国特色的现代文明社会残疾人观。

“反应停”事件——人类社会发展的悲剧

自有人类就有残疾人，残疾是人类发展过程中不可避免要付出的一种代价。20 世纪 50 年代末 60 年代初，欧洲各国和北美以及世界其他一些地方发生了一场悲剧。当时有一种药品叫反应停，厂商在广告词中讲这是孕妇最佳的选择、最理想的选择，说它能有效防止和治疗呕吐、恶心等妊娠反应。不长的时间内，很多孕妇服用了这种药品。结果产科医生发现，在众多的新生儿当中出现了一种从来没有见过的症状，即他们四肢发育不全，短的就像海豹的鳍，所以医生们称其为“海豹肢”。医生们经过调查发现，这些婴儿的母亲无一例外都服用过这种叫做“反应停”的药品，从而造成了这种悲剧。在当时，世界各地有 1.2 万多例这样的“海豹肢”新生婴儿。

残疾人的巨大贡献——社会发展的参与者和推动者

这样一个悲剧引起了人们对药物毒副作用的警觉，也促进了现代药物评审制度的完善。由此我们可以联想，如果没有交通事故造成的残疾，怎么会有逐步完善的交通法规？如果没有生产事故造成的残疾，又怎么会颁布劳动安全保护条例？如果没有小儿麻痹造成的残疾，怎么会促使我们的医学工作者研究、发明、生产了预防脊髓灰质炎的糖丸？如果没有白内障造成的残疾，又怎么会发明人工晶体，现在有了白内障复明手术。可以说正是因为一部分人，他们承受了残疾带来的痛苦才促进了整个人类的全面进步与发展。

数学泰斗华罗庚、著名的作家史铁生、独臂军人丁晓兵、端庄美丽的聋人舞蹈家邰丽华，还有乘坐轮椅入主白宫的美国前总统罗斯福、现代著名科学家霍金以及尽管双耳失聪，却创作了不朽的《第九交响曲》的贝多芬。

古今中外，历史和现实都证明了这样一个道理，即残疾人有尊严和权利，有参与社会生活的愿望和能力，他们同样是社会财富的创造者，社会进步的参与者和推动者。

残疾人也是社会财富的创造者，社会进步的参与者和推动者，所以应该得到这个社会的尊重。不管你的身体是否有缺陷，你都拥有参与社会生活的权利，你的人格和尊严都同样受到尊重。

残疾人权利保障的实现——社会扶助与自强不息

当然，残疾人的权利由于残疾的影响和外界的障碍使他们处于某种不利的地位。但在现实生活当中，我们既随处可见扶残助残的感人场景，同时也见到那些忽视残疾人的存在、无意或有意侵犯残疾人权利的现象。所以我们说残疾人权利的实现和能力的发挥需要消除外界障碍，让全社会给予他们特别的扶助。

残疾人权利的实现也需要他们树立求生存、图发展的志气。正所谓“天行健，君子以自强不息”。就像我们今天有幸请到的军权、凤青。尽管他们的躯体有所残缺，他们的行动有所障碍，但是他们却以顽强的毅力不断拼搏。在他们自己从事的事业领域当中取得了辉煌的成就，是我们大家心目中的英雄，也是我们应该尊重的人。

残疾人的解放——人类实现和谐社会的基本要素

我们完全有理由相信，残疾人——这个社会最困难群体的解放是人类文明发展和社会进步的一个重要标志。当残疾人以平等的地位、平等的身份积极参与推动社会进步发展的过程之中，与我们大家一起共同来享受社会文明所带来的丰硕成果之时，我想那将是我们孜孜以求的和谐社会实现之日。

残奥会

说到残疾人就要讲到残奥会。说到残疾人的体育运动，我想大家了解更多的是残奥会。刚才听学校老师说，2007 年 10 月，小施莱佛先生曾经来清华做过特奥的演讲。我想我的发言汇报和他的不可同日而语，我没有那样的水平。

残疾人的三个奥林匹克——社会的关怀

但是我想给在座的朋友们介绍一下，除了残奥会、特奥会之外，还有一个聋奥会。有时候我想对残疾人朋友说，他们也非常幸运。健全人有一个奥运会，而残疾人朋友享受三个奥林匹克。聋奥会是为听力残疾的朋友们提供的运动会。最早在1888年，德国的柏林就有了残疾人、聋哑人的体育俱乐部。而在1922年，就有了聋人的体育联合会，即国际聋人体育联合会。这个联合会成立两年以后，也就是1924年，在法国巴黎就举办了第一届国际聋人奥林匹克运动会。特奥会是美国前总统肯尼迪的妹妹施莱佛女士创办的，并且在1968年于美国纽约举办了第一届夏季世界特殊奥林匹克运动会。

残奥会的历史——身残志不“残”

现在我向朋友们重点介绍残奥会。残奥会是为肢体残疾的朋友和视力残疾的朋友们提供的一个实现他们奥林匹克梦想的舞台。说到残奥会的历史，应该追溯到第二次世界大战以后。两次世界大战造成了很多伤残军人。为了帮助那些在战争中因为脊髓受伤而导致下肢瘫痪的士兵能够尽快得到恢复，英国神经外科医生路德维格·古特曼博士和一些热心于残疾人事业的知名人士一起在1948年第14届夏季奥运会举办期间，在英国的斯托克·曼德维尔举办了一个由16人参加的残疾人运动会。当时只有一个项目，就是射箭。伤残的士兵坐在轮椅上参加射箭的比赛，16个人当中有两名女士。因为在斯托克·曼德维尔这个地方举行了运动会，我们就把它叫做斯托克·曼德维尔运动会。

4年之后，也就是1952年，荷兰的伤残军人也参加进来，形成了由两个国家、130名运动员参加的运动会，于是就成为一个国际斯托克·曼德维尔运动会。并且从1952年开始，决定每年都要举办一次。依此类推，到了1960年，也就是意大利罗马举办第17届奥运会结束两周后，正好是第九届国际斯托克·曼德维尔运动会在罗马举行。当时有23个国家、400名残疾人运动员参加。规模在扩大，人员在增加。于是在1984年，国际奥委会正式承认1960年举办的第九届国际斯托克·曼德维尔运动会成为第一届残疾人奥林匹克运动会。

从那以后，残疾人奥林匹克运动会逐步扩大规模，也逐步扩大影响。1989年国际残疾人奥林匹克委员会，简称IPC正式成立。在它成立之前的1988年，在韩国汉城(即现在的首尔)举办了第七届残奥会。1988年韩国汉城残奥会上使用的是五只蝌蚪形状组成的会标。在1991年，根据国际奥委会的建议以及市场开发工作的需要，国际残奥委会决定把这个徽标改为三只蝌蚪形状，红色、绿色、蓝色。这个徽标1991年残奥委会正式通过，1992年在西班牙巴塞罗那举办的残奥会上正式使用，一直延续到2004年雅典第12届残奥会。

2004年，雅典残奥会的闭幕式上，IPC的主席飞利浦克雷文先生向世人展示了新的残奥委会会标。这个会标有幸将由北京残奥会第一次使用。它由三个富有动感的扇叶组成，三种颜色是参与残奥会的国家和地区国旗、区旗中用得最多的三个颜色，代表着来自世界各国的残疾人运动员团结在一起，走到一起，走向奥林匹克的舞台。

40多年过去了，残奥会的规模从23个国家400人，到了2004年雅典残奥会的136个国家、3000多名运动员。其规模不断扩大，影响不断扩大。这不仅标志着时代的发展，也充分体现了人类社会文明的进步。

残奥会的发展史本身也是一部残疾人运动的发展史，深刻说明了残疾人作为这个社会的重要组成部分，正在发挥着自己的力量。残奥运动是勇敢的事业，它告诉遭遇困难的人，挑战并不可怕，有信心相伴，你就会变得越来越坚强；残奥运动是希望的事业，它使我们看到，真善美就在人们心里，希望的曙光在前方。

2008年北京残奥会——残奥史上新的篇章

2001年7月13日，当我们在莫斯科申奥成功的同时，中国北京也获得了主持第13届残奥会的权利。我们大家都把它叫做2008年北京残奥会。它将于2008年9月6日—17日举行，大约有150多个国家和地区的4000多名残疾健儿齐聚北京。我为什么说150多个？前不久，国际残奥委会发来电函告诉我们黑山共和国已经成为国际残奥委员会的第160个成员国，并且表示他们一定要参加北京的残奥会。刚才我向大家介绍了，雅典的残奥会有136个国家、3000多名运动员参赛。而截至目前，尽管报名没有最后结束，报名的大门还没有最后关上，我们已经远远超过了这个数字。

2008年的残奥会除了有150多个国家、4000多名残疾健儿参加以外，还将有随队的教练、官员2500多人，新闻媒体记者4000多人，观众大约要达到150万。

北京残奥会的理念——超越，融合，共享

同学们可能对奥运会的口号、奥运会的理念了解得更多，“同一个世界，同一个梦想”，“绿色奥运、科技奥运、人文奥运”。那么北京残奥会的口号是什么？“同一个世界，同一个梦想。”因为残疾朋友也是我们这个世界大家庭的一员。“更高，更快，更强”同样是残疾运动员的追求和梦想。北京残奥会的理念是“超越，融合，共享”。它与联合国提出的残疾人奋斗纲领，奋斗目标“平等，参与，共享”是一致的。

北京残奥会的吉祥物——福牛乐乐

福牛乐乐是北京残奥会的会徽，它与北京奥运会会徽中国印以及吉祥物五个福娃相得益彰，充分体现了中国的传统文化，向世人展示了中国人民的聪明与智慧。

北京残奥会的项目——特色与专长

北京残奥会一共设 20 个大项，472 个小项。大项少，小项多，这是残奥会的一个特点，也是残奥会与奥运会最大的不同之处。为什么？因为我们要根据残疾运动员的残疾种类、残疾程度进行详细、认真的医学分析，为他们提供最公平的比赛机会。

为了帮助大家熟悉这 20 个大项，有的同志编了一句顺口溜：

盲柔游举二射田(盲人柔道、游泳、举重、射击、射箭、田径)

自行乒剑与轮篮(自行车、乒乓球、轮椅击剑、轮椅篮球)

盲门坐排双足硬(盲人门球、坐式排球、五人制盲人足球、七人制脑瘫足球、硬地滚球)

马赛轮网橄帆船(马术、赛艇、轮椅网球、轮椅橄榄球、帆船)

北京 2008 年残奥会上设立了 20 个项目，下面为大家作简要介绍：

- 射箭是肢体残疾运动员的参赛项目，有的乘坐轮椅，有的是上肢残疾。他单臂持弓，用牙拉弓射箭。
- 田径是肢体残疾和视力残疾运动员的参赛项目。有轮椅竞速和盲人跳远。李端是中国著名的跳远运动员。
- 硬地滚球，是脑瘫运动员的参赛项目，他也归于肢体残疾。但是参加硬地滚球的运动员都是肢体残疾比较重的。
- 五人制盲人足球，七人制脑瘫足球。
- 游泳，现在在我们第一排坐着的军权就是该项目的选手。
- 轮椅篮球。
- 轮椅击剑是把轮椅固定在击剑台上进行比赛，这是肢体残疾运动员的参赛项目。
- 轮椅网球，这也是肢体残疾运动员的参赛项目。
- 自行车是肢体残疾和视力残疾运动员的参赛项目。视力残疾需要有一个领骑员。自行车的比赛分为场地比赛和公路比赛。
- 盲人门球，这是视力残疾运动员参加的。陈凤青是该项目的选手。
- 盲人柔道。
- 举重是肢体残疾运动员的参赛项目。

- 赛艇，将在顺义奥林匹克水上公园举行。
- 射击是肢体残疾运动员的参赛项目，有的是上肢残疾，有的是下肢残疾。上肢残疾需要用一个支架把枪托起。
- 坐式排球，将在农业大学体育馆举行。
- 轮椅橄榄球，它的比赛场馆在北科大体育馆。
- 乒乓球分为站姿和坐姿。站姿是上肢残疾，坐姿是下肢残疾。它的比赛地点在北大体育馆。
- 帆船是肢体残疾和视力残疾运动员参加的比赛，它的比赛地点在青岛。
- 最后一个项目是马术，马术是肢体残疾和视力残疾的运动员参加的，只进行盛装舞步的比赛。比赛地点在香港。

给大家介绍了北京残奥会的理念、吉祥物，以及一些特色运动项目这些基本知识。相信通过这次残奥会的举办，残疾人事业会在我国有一个极大的提升，全社会关注残疾人、关爱残疾人、尊重残疾人也会形成一种良性的社会风气，社会文明与社会进步也将会呈现出一个新的面貌。

奥林匹克公园

奥林匹克公园设计效果图——华丽的构思

在北京奥林匹克公园设计效果图中可以看到鸟巢、水立方、国家馆、国家会议中心。在北边白色的是龙形水系的龙头，它的北侧是森林公园的主峰。这是奥运村，是北区场馆群。在目前奥林匹克公园各个场馆，各项建筑基本上已经竣工，只有国家体育场，也就是大家说的鸟巢，因为它承担着开幕式的任务，所以还在做最后的装修和准备。

奥林匹克公园平面图——有序的规划

奥林匹克公园南起北三环北土城路，北至清河，东起安立路、北辰东路，西到北辰西路和林翠路。它占地面积 12 平方公里。如果绕场一周，总距离为 18 公里。北京的奥林匹克公园将是历届奥运会和残奥会当中场馆最多、规模最大、活动最丰富的最大场馆群。残奥会期间，在奥林匹克公园当中，有南部的 3 个训练场馆：英东游泳馆、奥体中心体育馆、奥体中心体育场，还有 7 个竞赛场馆，它们将承担 9 项比赛，包括国家体育馆的田径、国家游泳中心的游泳、国家体育馆的轮椅篮球、国家会议中心击剑馆的轮椅击剑和硬地滚球，以及北区场馆群网球中心的轮椅网球、射箭场的射箭以及曲棍球场将要举办的五人制盲人足球和七人制脑瘫足球。

北京残奥会一共有 472 块金牌，在这个 12 平方公里的范围之内，这 7 个竞赛场馆之中将要诞生 336 块金牌，占到整个残奥会金牌总数的 71%还要多一点。

奥林匹克公园之残奥——体育与文化的“盛宴”

不仅如此，在奥运会和残奥会期间，奥林匹克公园除了承担竞赛项目、竞赛任务以外，还要举办“燃情剧场”、“福娃福牛流动秀”以及“中国故事”、赞助商展示等各种文化活动。根据我们的设计图设计，分布在其中的白色区域是祥云小屋，一共 30 多个。每一个祥云小屋都将由全国各省市自治区将他们本省本市本地区最有代表性的非物质文化遗产放在这里向世人展示，供人参观游览。所以可以告诉大家，在奥运会和残奥会期间，奥林匹克公园将为来自国内外的各类客户群体和数以百万计的观众提供休闲、娱乐等各种文化活动，让他们在奥林匹克公园充分感受到奥林匹克的节日氛围。

北京残奥会的价值——宝贵的精神财富

作为一个残疾人工作者，我衷心希望，也相信，通过北京残奥会的成功举办，不仅将为我们留下丰厚的物质遗产，更会使我们广大人民群众的文明素质得到一个新的飞跃，那将是更为宝贵的精神财富。

同学们，朋友们，在希腊奥林匹亚点燃的圣火再过 4 天就要来到北京。今天距北京奥运会的开幕还有 134 天，距北京残奥会的开幕也只剩 163 天了。

北京残奥会欢迎你——同一个世界，同一个梦想

举办一届高水平、有特色的奥运会和残奥会是我国政府的庄严承诺。我想它更是我们所有炎黄子孙共同的期盼和责任。有朋自远方来不亦乐乎，热情好客的中国人和我们 1600 万北京市民，当然也包括今天在座的你、我、他，我们大家都在努力学习，努力工作，认真准备。我们要以最清洁的城市环境，最先进的体育场馆设施，最完备的无障碍设施，最美好、最灿烂的笑容迎接来自世界各地朋友们的到来。让我们大家齐心协力，为了两个奥运同样精彩，作出我们共同的贡献！

谢谢大家！

现场交流

主持人：十分感谢胡先生精彩的演讲！今天雅典残奥会的游泳冠军何军权先生以及世界盲人锦标赛银牌获得者陈凤青女士也来到了我们节目的现场。让我们进一步了解一下两位运动员。

生命不息，奋斗不止

主持人：9月6日，北京残奥会就要开幕了。现在备战很紧张吧？您每天运动量大概会有多少？

何军权(以下简称何)：8000~9000多米。

主持人：换算成路上的运动量大概是多少？

何：30多公里。

主持人：那很辛苦啊！凤青呢？

陈凤青(以下简称陈)：我们每天训练七八个小时，感觉除了睡觉、吃饭就是训练了。

主持人：每天大约几点起床？

陈：6点多。

主持人：每天她的运动都包括哪些方面？

生活教练：投球、防守。

压力下的坚忍，生命中的赞歌

主持人：压力也很大吧？是不是每天都很累？身体状况还好吗？

陈：这段时间压力也挺大的。我受过一些伤，但是我会克服的。

主持人：这样的运动量是要一直坚持到残奥会开幕吗？

陈：以后还要比这更大吧。

主持人：同学们现在对于盲人门球可能还不是特别了解，大家看到现在我手上拿的就是盲人门球，它的体积跟篮球差不多，但是重量却有1.25公斤，上面有8个铃铛。陈凤青平常就是根据这个声音判断球的位置。凤青是18岁才开始接触盲人门球这项运动的，是吗？

陈：对。

无悔的选择，不懈的奋斗

主持人：当时是谁把你带到这项运动中的？

陈：当时在家里，可能因为我们省里面要准备一场运动会，他们决定组建盲人门球队就把我选上了。

主持人：最初喜欢这项运动吗？

陈：最初我一点都不了解，就是抱着试试看的心态。

生命中的美丽“邂逅”

主持人：那军权是怎样与游泳结缘的呢？

何：参加选拔。

主持人：多大开始学的游泳？

何：我从小就喜欢在水里玩。1995年的时候我开始到市里参加训练。

主持人：1995年参加训练，2004年的残奥会上就获得了4项冠军，真是非常不容易。我想对于很多健全人来说，学习游泳都是一件非常困难的事情，在军权平时的训练中会遇到很多我们常人无法想象的困难。

打破世界纪录

主持人：大家可能看到了，比赛时，军权游到终点时是直接用头撞壁，当时是什么感觉？

何：当时撞到了就感觉头一缩。

主持人：很疼，是吗？

何：当时想不到了。

主持人：是不是当时在想成绩是多少？

何：那个时候50米仰泳已经打破世界纪录了。

主持人：平时训练的时候，每一次也都需要头部这样撞计时屏吗？

何：平时没有计时板，边上都是用瓷砖贴的。

主持人：那你怎么判断的？每次也是碰到瓷砖上吗？

何：除非是冲刺太快的时候，到边上没反应过来就撞上了。

主持人：受过伤吗？

何：受过。我2005年在省队训练的时候，在我们市里面的游泳馆，游泳都是不戴眼镜的。有一次25米仰泳计时是最好的成绩，到边的时候因为看不见，我就多加了一个动作，因为要跃出水面，头往上顶的时候就撞了上去。后来头盖骨边上的缝都疼了20多天。

主持人：流血了吗？

何：头倒没出血，但是却把舌头咬破了，嘴里出血了。

签名留言：永不放弃，坚持到底

主持人：军权在受伤的时候、压力大的时候有没有想过要放弃？

何：想过。2004 年在备战雅典残奥会的时候。

主持人：是不是压力太大了？

何：也不是压力大，2002 年的时候，我就得了胃病。回到家里也吃了很多胃药，一直没有效果，最后到医院检查是胆囊炎，胃也有问题。所以在 2004 年雅典残奥会之前那段时间疼得非常厉害，晚上睡不着觉，白天也吃不下饭。而且 8 月份的时候，正好我儿子出生，那段时间我也回不了家。我的家人和亲戚朋友没有任何一个人知道我生病了，每次打电话我都没有说，不想让他们担心。有一次病得特别严重，训练都无法进行了，在水面漂的时候都要吐了，于是就趴在游泳池边吐。因为我爱人进医院生小孩，我父母年纪也大了。我想回去看一看，其实我感觉已经坚持不住了。我爱人说：你不用担心，好好训练，而且马上要比赛了。我跟她说：你想我回来，我就回来。她说不用回来，家里都很好。

亲情的慰藉

主持人：儿子出生后多久你才见到他？

何：1 个多月，不到两个月。

主持人：那时候带的是兴奋、喜悦与胜利的心情见到了自己的儿子？

何：对。

百折不屈的铿锵玫瑰

主持人：凤青，据教练介绍，盲人门球可能是所有残奥会运动当中最容易受伤，训练也是最艰苦的项目。凤青受过什么样的伤？

陈：受伤太多了。防守是最容易受伤的，总是用自己的身体在地上磕。滑动的过程中，肘关节、髋关节、膝关节这些部位都要在地上磕，每次都会青一块紫一块。

主持人：凤青受过最重的伤是在什么时候？

陈：应该是我的肘关节。2007 年 10 月 26 日的时候，我的肘关节因为受伤不能正常训练，做了一个手术。到现在我还没有恢复太好。

主持人：会影响现在的训练吗？

陈：现在感觉每天训练都会受影响吧，发挥不出我最好的训练状态。但我信心还是比较足的。

坚持不懈的拼搏精神

主持人：可能大家有所不知，当初和凤青一起进入云南队的有几百人之多，但是到最后坚持下来的只有几个人，凤青就是其中一个。

陈：当时女队只剩我一个，男队有三个。

主持人：是什么力量支撑着你一直到现在？

陈：其实我也没想那么多，我一开始也没有那么远大的志向，就是想着要改变自己的命运，改变自己的家庭环境，因为当时我的家庭环境不是很乐观，就这么想的。但来到队里时间长了，自己的运动水平也逐渐提高。特别是进入国家队以后，想法也不一样了，2008 奥运会在北京，就想通过自己的努力为国家争光。

期待 2008 残奥夺冠

主持人：可以问一下凤青现在最大的梦想是什么吗？

陈：在 2008 年残奥会上我们队能够拿到金牌，升起五星红旗。

主持人：这也是在座各位共同的梦想，先预祝你们成功。军权这次在残奥会上设定的目标是什么？

何：争取超越我自己最好的成绩。

冠军，不是巅峰

她，曾4次获得奥运会金牌、18次获得世界冠军头衔；她，曾连续8年世界乒坛排名第一，被誉为乒乓球场上的奇迹；她，在乒乓球场上书写了神话，离开赛场之后又续写了另一段传奇；她是垄断时代的乒坛勇将，是不让须眉的清华才女；她是拳拳为国的奥运使者，心系民殇的国之栋梁；卸下冠军的光环之后，她又是如何在更广阔的人生舞台上再创辉煌的呢？

时间：2008年6月2日晚

地点：清华大学西阶报告厅

嘉宾：邓亚萍，世界冠军、著名乒乓球运动员，时任北京奥运村副部长，现任共青团北京市委副书记。从1990年至1997年，邓亚萍占据国际乒联的世界女子排行榜首位8年之久。1988年她进入中国国家队，先后获得14次世界冠军头衔，并且连续两届奥运会包揽单双打4枚金牌，是名副其实的世界乒坛皇后。

各位老师，各位同学们，我今天非常高兴，非常荣幸能够重新回到母校与大家共享我的奥林匹克人生！

我今天给大家讲的题目是“冠军，不是巅峰”！为什么想用这个标题来演讲呢？对于我来说，我已经拿过许多的冠军了，但是仍然没有停步，仍然继续地在往前走。这也是奥林匹克更快、更高、更强的一种精神号召。而今天我也会沿着我的奥运之路给大家分享一下我成功的经历与经验。

渴求成功，勇攀高峰

从我个人来讲，我认为想要获得成功，就要不断地超越自我，不断地超越困难，最终追求卓越——这是我对奥林匹克精神的一种理解：永不满足，勇攀高峰，不断地追求卓越，没有最后，永不止步。

在我退役之前经常问自己，退役以后如果不当教练我能够做什么，我怎么和别人竞争？当时确实找不到很好的答案，所以我选择了来清华读书。1997 年来清华读书的时候，我自己也知道，单凭学习的知识来说，我可能是清华里最差的学生。但是我还必须要找到在这个地方站住脚的自信。当时我认为，虽然书本上的知识我可能不如你们，但是我的经历绝对不是多少学生能拥有的。我拥有这种经历和眼界，毕竟在竞技体育这么残酷的竞争状态下，我是一个成功者。我想在我们所有的清华学生里面也没有多少这样的学生。所以我还是有一点欣慰，最起码我能和你们打平。你们学习非常优秀，而我曾经在乒乓球上也取得过一些成绩。

要明确自己的志向，要有永不言败的精神，要相信自己，不畏艰险，通过更多的付出，超越自己、超越他人。正如巴斯得所说：立志、工作、成功是人类活动的三大要素。立志是事业的大门，工作是登堂入室的旅程，这旅程的尽头就有成功在等待着，来庆祝你的努力结果。

今天能进入清华学习，我坚信一点，任何事情，现在做都不晚。这就是我到清华来一个很重要的因素。

所以说冠军不是巅峰，一切从零开始，新的人生才刚刚起步。毕竟我在退役的时候才刚刚 24 岁，退役时仍然是连续世界排名第一，而且是连续 8 年的时间。作为一个乒乓球运动员来讲，那仍然是我的巅峰状态，但是我却想要继续完善自己，进入学府，一切就要从零开始。通过多年的训练，除了这些成绩，更重要的是，艰苦的训练条件磨炼了我良好的心态，永远都是朝着积极的方向去生活，抱有永不言败的生活态度。

在这个过程当中，清华给了我很大帮助，特别是在我的一些课程安排上。在这里，我也非常想感谢陈希书记，还有教务长、外籍的老师都帮我做了很多特殊的课程设置，甚至于在当时我被中国奥委会推荐去国际奥委会任职，由萨马兰奇主席任命为国际奥委会运动员委员会委员的时候，所有的课程都是围绕着怎样能够更好地发挥我的作用，怎样使我能够代表一方人，而不仅仅代表中国的运动员。老师们甚至给我安排了一些像国际关系这样的课程，所以我觉得我在清华是受益匪浅的。

我更想要讲的是在清华这段时间里，我们的老师起到了为人师表的作用。他们满腹经纶，就是希望把所有的知识都教给我们。所以我对清华可以说是非常有感情的。每一年的夏令营我都没有间断过，来了4年的时间。当然，因为这是母校，我也很感激学校给了我一切。

从 1997 年开始在清华读书，到后来有机会在英国的诺丁汉和剑桥学习。在2008年的3月7日我也顺利地通过了在剑桥的论文答辩。这11年的时间，确实收获很多，但是又确确实实是一条非常艰辛的道路。

刚刚开始到清华，第一堂课是在外语系上。老师们可能知道外语系的前任系主任程慕胜教授，她是我的老师。当时她给我上第一堂课时问我："你的英文什么水平？"我说我是初学者。"那你会看会写吗？"我说我不会看，不会写。"那你从26个字母来开始吧！你先写写26个字母让我看看怎么样。"结果26个字母大小写混在一起还没写全。这就是1997年11月份在清华开始的学习，就这么一个水平。但是通过11年的努力，通过自己认真的学习，只要有梦想并努力去实现它，而且一定是脚踏实地地去做，我想梦想就一定会实现，包括最后去剑桥。因为在1998年，当时我的老师建议我到英国去学习，那里的环境更好一点，学得更快一点。去了以后看了很多，正好赶上剑桥的毕业典礼。其实从某种程度上来说，我的感受是很深的，每当看到这些学生穿着毕业的衣服，从学院排队走到市中心，城里所有的钟声都响起，所有学生的胸脯都挺到了天堂的时候，我都为大家感到高兴。因为作为学生十几年，寒窗苦读终于有了这样的结果，某种程度上都不亚于我们在领奖台的感受，我完全能够体会到。

当时我也在想，如果有一天我也能够像他们一样在剑桥毕业，那该有多好。当时以为自己这辈子没机会了。只是仍然有这么一丝的闪念，如果有机会还是愿意尝试一下，最终通过11年的时间，现在梦想实现了。

耐心是成功的开端。一切急功近利、急于求成的心态，都将导致你的失败。因此，端正心态，耐心地实现自己的目标，是取得成功的必要条件。

为梦想而前行

1993年，我是代表中国的运动员做最后的陈述，2001年同样，和杨凌一起作为中国的运动员进行了最后的陈述，同时，做了更多的一些和国际奥委会委员有关的工作。短短的8年时间，却看到了中国的巨大进步。不仅仅是说我们的行为，更重要的是我们的思维，更多地、更好地了解了西方国家，了解了西方文化。怎么样用一种合适的方法，通过一些沟通的渠道让他们很好地来了解我们的思想。

这8年的时间无论是老百姓的生活、社会的经济，还是政府的工作，都发生了巨大的变化。因为我们有全体中国人对奥林匹克的热情，再加上我们从之前的失败中吸取了很多经验教训，最终，感动了国际社会，也感动了所有的国际奥委会委员。在2001年的7月13日，我们赢得了这个权利，对于中华民族来说，这是百年的期盼，我们终于梦想成真。而我也有幸见证了这个过程。

但是很多人经常在问，办一届奥运会到底对这个国家，特别是对老百姓们有什么好处。在2001年2月份的时候，国际奥委会的评估团到北京来作评估，我当时从英国回来参与了整个过程。当时我们做了一项调查，调查北京市民是否支持我们的申办。我们的调查结果是94%的市民支持申办。结果国际奥委会的调查反而比我们还高，95%的比例。这个数据也可以说是历届奥运会申办城市市民支持比例最高的一届。然而到底它对于一个普通人来讲意味着什么？对我们的普通老百姓意味着什么？

一项事业的成败，需要广大人民的支持。“君舟也，民水也。水能载舟，亦能覆舟。”所以，任何伟大的事业都是建立在广泛的社会支持下的，极大限度地争取人民和社会的支持，是取得成功的不二法门。

我想讲一下我自己的亲身经历，也是一个小故事。2001年2月份，我从英国回来加入评估团给国际奥委会委员作介绍的时候，有一天我到北京的商场买东西，一进商场里，有一个女售货员就认出我，很激动地跑到我这儿对我讲：“邓亚萍，你一定要努力工作，多拉选票，让我们北京办奥运会啊！”我当时觉得这是挺有意思的一件事，一个女售货员要求我努力工作，我反过来问她为什么。她当时告诉我说，如果北京办奥运会了，她们家马上就能拆了。当时我也没想到是这么一句话。这句话让我产生很多的思考，虽然只是一个普通的售货员说了这些话，但这却是一个阶层的代表，这个阶层，他们没钱、没势、没权，他们比任何人都需要机遇，比任何人都更加需要机会来改变他们的生活状况。所以说奥运会不仅仅是为中国政治、经济、文化带来了好处，同时最受益的人也是我们的普通老百姓。

你可以想象，如果我们没有申办成功，像她讲的，可能就拆到她家隔壁。因为申办奥运会没有成功，她可能还要再等一等，北京当然会发展，但是奥运会能够加速它的发展。1992 年的巴塞罗那奥运会，就使得这个城市的现代化提前了 20 年。所以说奥运会已经不是简单的一个体育赛事了，它对我们的政治、经济、文化，人与人之间的交流，东西方文化的交流都会起到极大的促进作用，同时也包括我们老百姓生活质量的提高。

看看今天的北京，看看我们的道路，看看我们的绿化……你可以感受到这 7 年来的巨大变化。这就是我认为奥运会直接给北京、给中国、给老百姓带来的东西。

为梦想而奋斗终生

作为运动员，在现役的时候我在前台比赛。而退役后，我被中国奥委会推荐，由萨马兰奇主席任命，又成为了国际奥委会运动员委员会的一员，从台前走向了幕后。我的工作是为了更好地保护运动员的权益，从各个方面，包括提供更好的条件给参赛的运动员。在整个运动员委员会的 19 名委员里，来自亚洲的只有两名，绝大多数是发达国家的运动员。所以说，我不仅仅是代表了中国运动员，还代表了亚洲运动员，更代表了第三世界、发展中国家的运动员。我们需要让世界知道我们的实际情况，在国际组织里制订的政策应该适应于绝大多数的国家，而不是只适应某些国家。我们必须要有这样的人去做这样的工作，而我非常荣幸的能从 1997 年到现在的 11 年时间里做这样的一些事情。

这些年在国际奥委会的经历，让我体会最深的是在国际体育组织里所有同事间的交流使我们更加需要彼此的了解、理解和支持，因为国际奥委会里都是来自不同文化、不同国家的人，甚至有着不同的宗教信仰，我们的背景都不一样。所以我们都应当有着更多的互相支持与理解，这也是在国际组织里做事的重要原则。只有这样，我们才能更好地推动奥林匹克运动向前发展，才能让奥运会真正成为人类的庆典、人民的节日。

迄今为止，我在北京奥组委前后工作了 5 年的时间，可以说是非常幸运，把自己的工作与民族、祖国的荣誉牢牢地绑在了一起。所有的奥组委工作人员也都是这样认为的，这是我们一生最值得骄傲的一份工作。

从奥组委市场开发部到奥运村部，大家都在努力着。这些年的努力和工作让我感受最深的一点就是细节决定成败。

奥运村在赛时是最大的一个非竞赛场馆，将有 1.6 万名随队官员和运动员进入运动员村。他们是来自 205 个国家和地区的代表团。对于这些运动员和官员来讲，他们来自于不同的国家，有着不同的文化和不同的宗教信仰。而我们怎么样才能够给他们提供舒适的居住环境？怎么样才能够让他们有回家一样的感觉？又怎么样才能够让他们感受到这是北京的奥运村，而不是雅典的，也不是悉尼的？这对于我们的工作是一个巨大的挑战。打个比方，一般饭店的接待量也不过就是每天几百人，这相当于在奥运村里要完成超过100家饭店的服务量。可想而知，吃住行加上安全，我们的工作量是非常大的。

举一个小的例子，用我们奥运村的生活类家具来给大家简单介绍一下。运动员村总共有42栋楼，生活类的家具多达80多万件，包括衣架、衣柜等所有细节的东西。光搬运人员、安装人员就动用了300人。而为了保证家具的质量，还要达到绿色环保的各项指标，我们还要专门派人到工厂进行监督。

进北京的货车是有时间限制的，只能半夜进来。运进来以后要卸货，早上才能有安装的师傅们来安装。但是即使这样，我们仍然每天平均完成一栋楼，每天移入和安装家具3000件，42天就把所有生活类的家具安装到位。这是一个非常大的协调工作。

我们所有的工作都是倒排工期，奥运村预开村是2008年7月20日，正式开村是7月27日。我们一切的工作都是按照7月27日倒排到现在，推到每天应该完成多少的工作量。不计时，只记事，以这项工作是否完成了为标准。整整1.6万人，而且要在一定的时间里完成，可以想象我们的工作量。

同时，我们所有的设计，无论是硬件设计，还是家具设计，都要首先考虑到不同项目、不同身材的运动员。家里的床，或者宿舍的床，有多长？如果两米。姚明睡的话，他2米26，脚肯定耷拉着，不仅是姚明，还有很多其他的高个子运动员的床我们都要加长。而在这些方面，我们都充分考虑到运动员的需要。

此外，我们还要办残疾人的奥运会，所以一个村要能满足两种需求，既要为健全运动员提供住宿，同时要为残奥会的运动员提供住宿。所以我们在设计家具的时候就特别考虑到了轮椅运动员等有肢体残疾的，甚至于盲人运动员的需要。

我们的宿舍里面，包括家里，衣柜上一般挂衣服的衣杆都会高一点，但是坐轮椅的运动员，他根本够不着。所以我们首先要考虑他的需求。坐轮椅的运动员伸手不能够到的位置，要把它降低。还有拉手，我们全部的拉手都没有突出来的。为什么？因为我们要考虑盲人运动员。突出来的地方会对他们造成伤害，因为他们看不到。拉手还要做成U型的，这样那些没有手指的，甚至没有胳膊的运动员仍然能够用其他的方式使用。这就是人文关怀，这就是以人为本。刚才讲的细节决定成败，正是这些小的细节体现了我们对人的一种尊重。

这样的小例子有很多，虽然非常繁琐，但却关系着奥运村运行的成败。细小，甚至乏味，但却又是所有的奥委会工作人员们对奥林匹克运动的巨大憧憬。

细节决定成败。因此，注重每一个细小的环节，一步一个脚印地做好，是通往成功的必经之路。

最后，讲点我自己的人生体会。冠军，不是巅峰——不断挑战自我，人生才更精彩。我总能找到自己行的理由——只要敢想，并为之而努力，就一定能够实现梦想。我到清华的时候可以说是当时最差的学生，但是我总能找到我行的理由，我有一些特长，这些特长你们还不一定有，因此我仍然可以站在清华这个地方，能够跟你们一样认真地学习。

在我的经历当中，我永远保持着三颗“心”，决心、恒心和自信心。做任何事情要有决心，而下定决心做一项事情的时候，一定会遇到困难和挫折，这时候就需要恒心，需要坚持。无论遇到再大的困难，总是能够看到把它坚持做完的希望。等到你决心也下了，恒心也有了，也都持之以恒地在做这些事情，最后那一刻的时候，你还要相信自己一定能够成功，就是要有自信心。一定要相信自己，不能有怀疑。在我打球的时候，就曾经和自己说这样一句话，我不比别人笨，我比任何人都刻苦，我训练的条件非常好，国家给我提供了方方面面的条件，甚至于男帮女的陪练。既然我不比别人笨，我训练的条件也很好，你给我一个输的理由。凭什么输？我们做事情必须要有这种信心，要有这种信念。而有这种信心和信念一定是以你在背后巨大的付出、巨大的实力作为依托的。没有这些实力，你的信心就是虚的。

我相信今天所有的清华学子也都是通过多年的学习才有今天的成绩，才能够到清华这个地方来学习。我相信你们，因为你们付出了巨大的努力，你们的自信源于你们背后的努力。所以我坚信这一点，就是决心，做一件事情一定要下定决心，然后是恒心，持之以恒，不管遇到再大的困难，一定要相信最后能成功，一定能为我们的国家，为我们的民族贡献你的一份力量。

祖国永远在我心中

今天这个时候，我也想跟大家分享一下前不久发生的自然灾害。通过媒体你们可能也看到了，我和其他一些冠军，和我们的心理专家被中国红十字会派到了绵阳。我们不仅仅是去给青少年做一些心理安抚的工作，同时还去看望了我们的武警官兵，为他们做一些心理安抚。因为心理专家包括我们都认为，心灵的创伤需要更长的时间去恢复，心灵受到创伤的不仅仅是受灾的人，还有我们的解放军、武警官兵、医护人员，以及我们新闻媒体的工作人员。心灵的伤是需要很长时间恢复的，我也很荣幸，很高兴能在这个方面尽自己的努力。因为多年来，无论是在国内还是在国际，作为体育工作者，我们相信体育有一种力量，这种力量不仅仅能够给人们带来快乐，更能够让人们在强壮身体的同时磨炼自己的意志，让自己的意志力更加坚强。体育具备这样的功能。在国际社会，我们也常去像阿富汗难民营这样的地方，帮助一些弱势的少年群体。包括中国十佳劳伦斯冠军委员会也常年致力于中国青少年弱势群体的心理安抚工作。所以为什么我们去？这是有准备和基础的。

这次大的自然灾害让我们13亿中国人更加团结起来，更加地拧成一股绳。天灾无情人有情，我们需要所有的人携起手来帮助受灾的人民渡过这个难关。同时我坚信一条，引用蒙古族朋友的一句话：爱自己的孩子是人，爱别人的孩子是神。今天的你们或许还没有自己的孩子，但是我希望你们用自己的爱来关注，来帮助受灾的同胞们。我们不仅仅是要做一个人，我更加期望大家争做一个神，把你的爱奉献出来。

一位成功的人必然热爱自己的祖国。唯有秉承“天下为公，报国为怀”的崇高精神，方能做出一番事业。一个自私、自立的人，很难在社会中成就一番伟业。

清华人秉承着“自强不息，厚德载物”的校训，在国家最危难的时候挺身而出，担起历史的重担，有太多的人在某一个阶段里，可以说都为我们这个国家，为我们这个民族贡献了自己的一份力量。所以我也希望新一代的清华学子能够继续秉承清华的传统，继承老一代清华人的精神，让我们这一代人真正为民族的和平崛起贡献自己的一份力量。

现场交流

观众：我也是一位奥运志愿者，听了您刚才的介绍，您在讲述自己成功背后所经历的困苦时语气非常平和，而且带着一丝诙谐。但是我想巨大的成功背后，肯定是经历过非常痛苦的磨难，还有我们所不知的挫折。我想问您在遇到这些挫折的时候是怎样激励自己的？最常对自己说的几句话是什么？或者是您用什么方式鼓励自己坚持下去？能给我们提供一个当我们遇到困难时的模板吗？

邓亚萍(以下简称邓)：我做事情，不管是遇到困难还是非常着急的时候，我都会冷静地思考问题在哪儿，这些问题到底出现在什么地方。一旦出现问题，你首先要冷静，甚至比任何时候都要冷静地思考，去回顾你在这个过程当中的每一个细节。因为任何一个细节都可能是造成你失败的原因，所以说我觉得首先是要冷静。

再一个，是冷静地分析你在哪一个环节出了问题。既然你已经冷静下来思考了，而且分析了问题出在什么地方，肯定要想尽办法解决它。我要讲的就是想到办法解决它的这个过程。有的时候我们紧张，对考试紧张，对事情的成败紧张，但恰恰忽视了最重要的环节，就是这个过程。如果你天天想着考试能考多好，最后能申请到哪个学校去留学，我相信你考试时肯定脑子一片空白。所以说我们应该多把注意力集中在这个过程上。每一个环节中哪些问题容易出现，你都要把它想到，甚至于想到更多。

就拿我打球的经历来讲，上场之前，是我最紧张的时候。因为我要在上场前把所有场上可能发生的问题和困难都想到解决方案，十个，几十个，甚至上百个(方案)。在我的运动生涯中真正输给外国人的仅仅有 3 次。对于我来讲很难，因为我总赢她们，我就很难去猜，去算她下一刻拿什么样的技术和战术跟我打，这就更加需要我冷静地思考、判断，甚至于去预判下一次她将采取哪些战术来对付我。我相信如果你把注意力集中在过程上，集中在怎么样解决问题和困难上，你就会忘记你的紧张。我想这个可能就是你所讲的模式。虽然不一定适合你们，但这是我自己的一点体会。

观众：我想问一下在您遇到困难的时候有没有过放弃的念头？

邓：在我 10 岁的时候，我的成绩在同年龄的小组里，甚至是在河南省里都可以说是不错的。但是因为自己身材的关系，当时的教练没有把我吸纳到专业队。当时我只有 10 岁，我父亲把所有的事实告诉我，自己当时不服，虽然我也不知道自己以后一定能够拿世界冠军。但是我更想做的是去试一试，想去证明自己，一个人的成功与否不能论他的外表，不能论他的身材，而是要看他一些本质的东西。所以我在 10 岁的时候就想必须要承担自己的一份责任，有了这份主动承担自己人生责任的压力才让自己比谁训练起来都刻苦。因为你想要证明自己，这也是一种非常好的教育方式。不管是进省队，还是进国家队时的磨难，都是因为自己身材的问题。但我就是希望能够通过自己的努力来一遍一遍证明自己在这个领域里是可以有一些成就的。所以从来没有想到过要放弃，甚至我比任何人都珍惜这个来之不易的机会。因为对比其他人，这个机会对我来说更加难得，也正因如此我才会有今天的成绩。换句话讲，我非常感谢给我制造困难的这些人，正是这么多的困难，才让我比谁都更加坚强。

观众：刚才说到您的身材矮小，比起其他的运动员没有优势。我想问您是如何通过拼搏精神取得成功的，请您诠释一下拼搏精神的涵义。

邓：我觉得任何成功固然需要巨大的努力，但是也不能蛮干，你再去拼搏，把命搭上打不赢别人还是打不赢，你跑不快还是跑不快。所以很重要的是我们怎样能够取长补短。我举一个小例子，当时10岁的我知道因为身材的关系不被大家看好。这是事实，我没有办法让我长得更高，这是天生的。但是，我可以用其他的方法来弥补身材的不足。这就必须要研究乒乓球的核心原理。比如说大家知道打乒乓球速度非常快，旋转非常强。对于我来讲，如果我打球的速度跟你一样的话，你当然要调动我了。但是如果我的速度比你快，我一直压着你打，你还那么容易调动我吗？这是辩证来看的一个事情，辩证地打乒乓球。当时我的父亲是我的教练，他让我明确两点：第一，如果你自己不服，不认同，那么你就要跑得比任何人都快。别人跨一步到位你需要跑两步到位，所以你必须要跑得快，否则你就够不到球；第二，怎么制约对方，让对方不要这么容易地调动你？就是要把球打得快。说起来很容易，做起来并不容易。所以当时虽然不到14岁，可每天的训练都是固定的：身上穿着20几斤的沙衣，脚上绑着2.5斤的沙袋，每天跑。我们一筐有200多个球要打，每天下午都是这样训练，训练完还要长跑。只有这样才能练出你最快的移动。当我拿下沙衣，取下沙袋的时候我就感觉像飞一样，因为你毕竟负重了30多斤。当时天天都这样训练。

所以我觉得在我们遇到困难时还是一句话：你要找到解决的办法。但这是很巧妙的，并不是蛮干。你要知道事半功倍的效果。大家都是一样的训练时间，凭什么你要比别人好？都是一样的训练计划，凭什么你能立于不败之地？如果不动脑筋，不去一遍一遍地反思、总结，我相信冠军不会那么容易总是让你拿。

观众：我记得您1990年亚运会的时候和乔红获得冠军。当时我正在上小学。郑州很多的报纸说您从北京回去的时候整个城市都在欢迎您。我也是从那时开始慢慢喜欢打乒乓球的，那时候我10岁左右。我的问题非常简单，我想请您谈一下家乡在您心目中的分量。

邓：离开河南很多年了，从14岁开始到北京进入国家青年队，再到后来进入国家队。我一直把我自己放在了为国争光的位置上，而不完全是说我天天想着要为河南争光。当然，我本身也在为河南人争光。为什么我想讲这点？当人有一个更宽阔的胸怀时，你在做任何事的时候，你的位置会站得更高，你的视野会让你看得更远。所以我希望我们都把自己放在国家的层面，放在世界大家庭成员之一的位置上。

因为奥运会马上就要开了，我们要迎接世界上所有的运动员，我更希望所有的中国人把热情的掌声献给所有的参赛运动员，而不仅仅是中国运动员。我在这里也想讲两个例子来说明我今天的这段话。

2006年，在开都灵冬奥会的时候，中国的一名男子单人滑运动员在做一个高难度动作时摔倒了。当他站起来的时候，所有人给他鼓掌。当他继续做的时候，又摔倒了，在他站起来的时候大家还是给他热情的掌声。到最后，他在第三次做这个动作的时候，成功了。所有在场的观众全场起立为他鼓掌。这是奥林匹克精神。虽然这个运动员没有取得任何成绩，但是他展示了奥林匹克精神。

反过头来，说说刚刚结束不久的田径测试赛。比赛是在鸟巢进行的。据说那天有几万名观众到现场。一半观众是冲着鸟巢去的，另一半观众是冲着刘翔去的。现场介绍参赛运动员，当介绍其他国家的运动员时我们鸦雀无声，而到介绍刘翔的时候观众叫得比谁都响。甚至，在刘翔比赛完以后，多半的人都走了，但是比赛还在继续。所以说，我们怎么样把自己塑造成一个文明国度的观众，怎么样迎接世界上所有的运动员来我们国家比赛，怎么样来表现中国人的精神风貌？我不是说你问的有什么问题，只是因为你说到这个问题，我只是期望中国人能有宽阔的胸怀，能够欣赏所有参加比赛的运动员的表现，而不仅仅对这些冠军，我们才给予掌声，甚至不要把这点掌声只给中国运动员。我相信每个运动员都应当有这样的机会，还是多一点掌声给所有的运动员吧！

观众：刚才我注意到一组数字，每天3000个家具，42天。现在奥运会商业色彩越来越浓重，前一阵为了迎合美国观众的需要，我们把这次奥运会游泳比赛全部调到上午进行。我觉得上午进行肯定是不太符合一般体育比赛的惯例。您作为奥委会的官员是怎么看待这个问题的？奥运会在创造经济价值的同时如何避免被商业集团操纵的事情？

邓：调整比赛时间的不光是北京奥运会，也不光是为了照顾美国的观众。因为2008年8月8日到8月24日的奥运会可以说是北京最炎热的时间。我们要保护运动员的身体，而且要让他们创造最好的成绩。有一些比赛项目是做了一些时间上的调整。不仅仅是游泳，还有马拉松之类的一些户外比赛都多多少少进行了一些时间上的调整。这不仅是因为北京很炎热，而且也因为是一种惯例。

在雅典奥运会时，雅典很热，所以它也进行了时间上的调整。把靠近中午时间的比赛尽可能往两头挪。早晨稍微早一点，或者下午稍微晚一点，这是非常正常的，不能说只是为了商业。但是，我想讲一下你刚才提到的商业问题。国际奥委会一直非常反感过度商业化。奥委会的市场开发原则是少即是多，用最少的赞助商得到最大的赞助金额。这是国际奥委会的市场开发原则。同时，大家可以回顾一下，在奥运会的赛场上你看不到一块广告牌，你看到的所有画面都是五环，这也很好地避免了过度商业化。

关于时间的安排，因为时差的关系，确实是照顾了美国的观众。但同时，电视转播权也是要进行销售的。在销售上，美国人仅在购买电视转播权这一项，NBC就出了 20 多亿美元。所以强大的国力可以做很多的事情。作为运动员来讲，我们曾经在国际奥委会运动员委员会讨论过这个问题，讨论它是否会影响运动员的发挥。因为时间被调整的不是普通比赛，而是决赛，决赛调到了早上。我们所有 19 位杰出运动员组成的委员会，在当时的一致看法是任何一个优秀的运动员，都要有非常强的适应能力和调节能力，否则他就不能叫杰出的运动员。如果说我只会在某一个场地里打乒乓球，我相信你们也不服。就是因为不论在任何的场地，在舞台上，在很破旧的教室里，给我一块拍子，你们都赢不了我。这才是运动员，能在任何条件下展示他的最精湛的技术。

我是清华的女儿，我有一颗清华的心

作为清华大学杰出校友，作为国际奥委会北京 2008 代表处首席代表，在这里，李红女士对奥运有着怎样的理解呢？清华大学的教育在她职业生涯和人生当中有什么作用呢？作为一位女性，又是什么支持着她承担如此艰巨的重任呢？李红与我们面对面畅谈人生、分享成功。

时间：2008 年 12 月 4 日

地点：清华大学主楼接待厅

嘉宾：李红，时任国际奥委会北京 2008 代表处首席代表。1986 年进入清华土木系读书，于 1991 年毕业。1992 年赴美留学，得到土木工程系硕士学位，在加州做注册工程师 5 年，是公司当时最年轻的注册工程师。1999 年被哈佛大学商学院录取，2001 年获得哈佛大学 MBA 学位，从土木行业转入商业。2003 年被国际奥委会选中作为国际奥委会在北京奥组委的代表，从此走上国际舞台。

尊敬的各位老师，同学们，大家好！首先非常感谢你们在今天这个寒冷的冬日来听我的演讲。今天很高兴来这里和大家分享我的成长经历，分享我参与奥运的整个过程。

解读奥运——个人对奥运的理解

北京2008奥运会已经成为了奥运历史上的一个里程碑。以前每次演讲的最后我都会说，我代表国际奥委会，希望2008年北京奥运会成为奥林匹克历史中最辉煌的一篇。现在我很高兴跟大家说，这个愿望真的实现了。我清晰地记得2008年8月8日李宁点燃火炬的那一瞬间，记得8月24日圣火在鸟巢熄灭的那一刻，整整17天里，每一秒钟都牵动着全世界人们的心。

佩恩先生曾对我说："你知道奥运是什么吗？奥运是对一个国家17天，1秒都不间断的广告。"他是我的老板，是他雇我进国际奥委会的。他说如果要计算一个国家需要达到这样的宣传效果所花费的费用的话，那的确是非常非常高的广告价值。在我们进行的"印象最深的电视节目"的调查里，大于40%的人都说跟奥林匹克相关，所以奥运会是受全世界关注的，他们对奥运会有各种各样的想法和问题。有朋友会问我："李红，国际奥委会到底是怎么想的？罗格主席在闭幕式上说的话是谁写的？你们是不是提前研究过？"现在我就给大家解开这个谜。

我在2008年8月24日，奥运会结束、残奥会还没开始的时候休了两天假。跟我的丈夫和孩子爬到长城顶上，看到有几个摄影师在那儿照相。一个摄影师穿着带五环的柯达背心，所以我肯定他是一个服务于奥运的摄影师，于是以普通游客的身份跟他搭话，发现他原来是德国的摄影师。我就问："你们去拍摄奥运了？"他回答："是的。"我又问："你们觉得这届奥运会怎么样？"他说："我参加过15届奥运会，这次无疑是最好的一次。"他的评价告诉我们这届奥运会是非常成功的。

残奥会开始之前，我还收到各种各样的邮件，其中包括佩恩先生发给我的一篇发表在《纽约时报》的文章，现在都记忆犹新。《纽约时报》是一个非常自由的报纸，上面的很多观点是很尖锐的。作者开篇的第一句话就说，从北京奥运会回来，回家第一句话就是："女儿，赶快开始学中文吧，以后是中国人的世界！"作者说，作为一个美国人，在北京T3机场降落的时候，看到的是这么先进的设备，这么干净的机场，这么热情的民族；而当我回到纽约机场时，看到的全部都是破破烂烂的设施，到处都是需要加固维修的状态。从2001年中国取得奥运会主办权，中国人民就团结一致建设他们的国家。美国这7年把大量的人力物力放到了伊拉克，发展相对缓慢。所以我说，世界的未来在中国。

罗格主席对北京2008年奥运会的评价很多人都想知道。很多人都问我他会说什么。事实上，罗格主席的闭幕词一定是在他闭幕式的前一天晚上，在自己的办公室里写的。也有很多人会问我奥运会让中国花了多少钱；奥运期间我们对车辆限号，导致了一些生活上的不方便，是不是很不值得。我现在讲一下我作为在奥林匹克国际奥委会工作的中国人，对这些事情的一些看法。

奥运是什么？奥运是人类的盛典。我记得我在《瞭望周刊》2008年7月22日发表了一篇文章《奥运是平时休假的游戏》。当时主编跟我说，你能不用“游戏”这两个字吗？我说奥林匹克其实就是游戏，games另外一个意义就是游戏，是大家聚在一起欢乐的盛典而已。这是什么？这是中国人民花了很多心血，花了很多金钱，给世界的一个礼物。我认为奥运是中国作为一个大国，送给自己、送给中国人民、送给人类的一个礼物。而这个礼物送得越多，我们得到的财富就越多。这个财富是什么？这要从奥林匹克的教育说起。

我认为奥运是一种教育。首先从奥林匹克历史来说，在1894年法国人顾拜旦公爵重新发起现代奥林匹克运动的时候，他就是要用奥林匹克运动作为一种教育。如果你们看一下历史就会发现，顾拜旦公爵是一个教育家。他认为年轻人不仅仅要学习知识，同时身心也要得到健康发展。所以他认为青少年要全面发展，人类要追求卓越。所谓追求卓越，就是坚持到最后、勇于拼搏、战胜自己。他认为全世界的青年人需要有一个共同的交流平台。他发现古代的奥林匹克运动恰好可以满足他这三个教育的作用。所以他就在1894年重新发起活动来组织奥林匹克运动会。1896年国际奥委会搬到了洛桑，第一届奥运会开始举行。

奥运会对中国的作用主要体现在以下三点：第一个是理念的教育；第二个是规则的教育；第三个是文明的教育。

奥林匹克是对奥林匹克精神理念的教育。我参加过《小崔说事》这个节目，主持人让现场观众说说什么是奥林匹克精神。每个人都觉得自己只知道一点，也就只写了一点在黑板上。我看后不禁感慨这些观众真的很棒，因为大家写的所有词跟奥林匹克的精神都是完全一致的。因为奥林匹克理念是普世价值，是人类共同追求的最美好的价值，不管你是白人、黑人还是黄种人，都追求这些价值。

奥运会的理念：公平竞争、追求卓越、重在参与、友谊和平、人类庆典。

这些价值中，第一个就是公平竞争。我相信在中国快速发展的社会中，每一个清华学子都希望社会给你们提供一个可以施展自己才华的机会，一个公平竞争的平台。第二个是追求卓越。人类本身有追求完美的一种力量，就是战胜自己、做最好的自己。第三个是重在参与，第四个是友谊和平。我相信没有人会对战争感兴趣，每个人都想生活在和平的环境中。第五个就是人类庆典，就像我们过年一样。中国人过年很热闹、很高兴，而奥林匹克运动会就是人类一块儿过的最大的一个年。奥组委领导说："你们知道吗，奥运会就是四年一次的共产主义实现了。"因为在 2008 年 8 月 8 日那一个晚上，全球有 45 亿人在注视着北京。世界上只有这一个舞台是能够把 45 亿人、几乎是地球上所有人的目光集中在一点的，所以奥林匹克运动真的是一个伟大的运动。

上面这几个理念是以人为本的，是普世价值。所以它让所有人都有一个反省，一个理念，一种共鸣。只有贴近人性的理念才有生命力，才能得到大家广泛的认可，才能得到真正的推广。在社会发展阶段，一些很空洞的口号是没有用的，要把理念深植人心，把这些理念推广，我认为奥林匹克运动就提供了非常好的例子。

奥林匹克运动是规则的教育。中国要完全成为一个法治国家，我们还有一段道路要走，但我们可以规则先行。

第一，奥林匹克有一套完整的运营规则，奥运什么时候开始、哪天开始、多少个人、哪个国家、哪个级别的领导人会得到邀请。哪些运动员通过哪些规则才能到现场，这一套规则都非常的清晰，而且非常的透明。

第二，奥林匹克运动有自己的市场开发要求，电视转播也有一套规则。

第三，赛场上有一套非常严格的规则，比如说反兴奋剂，每一名运动员都要在同等条件下参加比赛。

这三个方面告诉我们，规则可以保证这么大一件事得到完满的运行。如果没有规则，这种几万人聚在一起，40 亿人观看的事情就没法做得到。

作为国际奥委会在中国的代表，我发现规则是大家共同制订的，但是规则并不是一成不变的。现在社会上有些人以不遵守规则为荣，他们不懂得规则是效率，规则是共识，规则是平等对话的基础。现在的中国要在世界上立于不败之地，甚至要成为世界上的大国、强国，我们就必须成为国际规则的制订者之一。你不来制订规则，永远不可能跟世界有共同的对话基础。我相信很多领导人也明白，奥运会的成功举行，是在规则的条件下实现的。

奥林匹克是文明的教育。一个国家文明素质程度的提高是需要重大机遇的，而奥运给中国提供了这个重大的机遇。文明有大文明和小文明。大文明就是人类学上的文明，比如说奥运会当中对每一个仪式的注重。比如我们为什么要花那么多钱做开幕式、闭幕式、每一个颁奖仪式。人类学上，仪式是人类文明传承最重要的形式之一。每一个人在一生中都需要有让自己感到庄严神圣的时刻，奥运就是用仪式在传达这个。为什么中国人开始过端午节，为什么虽然每年过年都一样，即使你觉得不再像小时候过年那样快乐，但还是每年都过。正是因为这是人类所需要的仪式感。有人说开幕式成功，奥运会就成功了一半，因为这是一个仪式。曾经有很多人问我觉得开幕式能否成功，我说一定能成功。他们又问我觉得张艺谋能不能导演得出来。我说，只要是运动员携手走进会场，只要圣火燃起，这个仪式就成功了。我们看的并不是演出，而是一个仪式，是一个大文明的体现。

再比如说福娃。很多人都说福娃很难看，什么颜色都有。但是我要说的是，吉祥物，不是给我们做的，而是给少年儿童做的。我们永远要清楚地认识到，人类文明中最重要的就是青年人。我现在已经是妈妈了，所以对这个更有深刻的感受。在座的同学们可能还小，不能深刻体会。但是奥运是比较成熟的人在一起竞争，那么怎么让孩子们记住奥运？就是靠吉祥物。我儿子是在我来北京之后出生的，今年 4 岁半。我那时每天忙得要死，他根本不知道我在干什么，更不懂公平竞争什么的。邻居有一天逗他，问他是不是知道我每天都在干什么。他回答说我天天跟奥运福娃一块儿工作。所以说，当他长大以后，可能已经记不住奥运会这些比赛，但是他会记住这些福娃，进而想起奥运，想起奥林匹克运动。我经常跟大家说，我们对青少年一代的注重和爱护，也是一个人类大文明的表现。所以我们做的事情中要把他们包容进来。

小的文明方面，大家都说北京比原来干净多了，大家会排队了，不随地吐痰了。因为奥运这种契机使大家认识到了这种文明，认识到了之后就愿意遵守，维护这个文明，所以奥运也对中国进行了文明教育。

我认为这三种教育对中国会有非常非常长远的影响。5 年以后，我们就会认识到这届奥林匹克运动会把中国提升上了一个台阶，而更最重要的是提升了中国人民的自信心。我们在国际交流中，很多时候并不是说我们不能做，而是我们没有信心。没有信心会表现出过激的反应，比如人家一批评我们，我们就赶快跟人家反驳，不容人家批评。在我看来这都是没有自信心的表现。

在金融危机的严峻形势下，国际是需要重新洗牌的，我认为提高了自信心之后的中国在新的国际版图中会起到非常重要的作用。我们有了信心，在新一轮机遇来的时候就会有不同反响的表现。这是奥运对中国的贡献，应该在很短的时间内就会看到。

我即将出版一本书，并且邀请崔永元帮我写序。崔永元在这个序上写道：李红初看像薛宝钗，但是这个薛宝钗能沿着大观园跑两圈，再仔细一打听，原来是干王熙凤的工作。不管怎么说，我很羡慕她能想看哪场比赛就能看哪场比赛。在奥运会工作的人写的书，你们大家不看看吗？他说他就羡慕我想看哪场比赛就看哪场比赛。我跟他说，实际上，奥运会我一场比赛都没从头到尾看完，每场比赛最多只能待 15 分钟。不仅是比赛看不完整，就连觉也没睡完整过，辛苦至极。刚刚跟老师们提到，我对清华的印象是一个高清的影像，但是对奥运 17 天的印象，是很模糊的。虽然奥运呈现给大家的是一场盛宴，但是中间有很多很多的艰难困苦。我相信随着时间的流逝大家会了解，奥运毕竟是西方文明，西方文明到了中国，与东方文明的直接交融，这才是人类历史上最大的一次和平时期。这是东方文明和西方文明的交汇，而我们生活在这个交汇面上，生活在这个漩涡的中心。五六年之前我认为西方文明和东方文明是不能交融的，这两个文化太不一样了。但是我们可以理解、尊重，并且妥协。通过理解、尊重、妥协，我们能够达到西方文明与东方文明交融和谐的状态。

在奥运开幕式的前一天，国际奥委会还认为奥运是非常高危的。他们完全对东方不了解，但是奥运的成功告诉他们应该相信东方的文明，相信东方、相信中国做事的方法，这样大家就可以殊途同归。

奥运会是一场人类的盛典，同时也是对人们进行理念、规则、文明的教育。通过成功举办奥林匹克运动会，对中国人民和中国文化的传播都具有长远的影响。使我们以更加积极的心态、更加自信的姿态来面对不断变化的国际形势，发挥一个大国的作用。

清华情

我是怎么到了现在这个位置，我估计这可能跟大家有一定的联系。我在 1986 年从天津一中考到了清华大学。现在我还记着妈妈和爸爸送我到这儿，他们离开的那一瞬间，是我人生第一次真正离开了父母独立生活。我住在清斋 868 大概 5 年，经常在清斋前面的操场上跑步。我经常做梦忘了买饭票，或者是错过了买饭票的时间。清华给我留下了非常非常深刻的印象。清华崇尚体育，我刚来清华的时候，第一件事就是系学生会敲我们的门，当时的学生领导过来问我们有什么特长？马上要有新生运动会了。当时我们 100 个同学大概有七八个女生。他们说女生也不多，组一队，你们必须都要跑，要不然我们没有那么多运动员。当时我们宿舍有 6 个女同学都是土木系的，就把我们拉去跑接力。跑完了之后，领导就把我叫过来说，李红你跑得挺快的，以前爱好体育吗？我说我以前就爱好体育。从那时开始，学生会就把我定位成了体育尖子。后来就把我放到我们系队里，每年都参加学校的运动会。我是跑 400 米的，当时土木系的 4×400 米接力连续 4 年获得冠军。我们那时跟现在还是很不一样的，那时候没有真正的体育特长生，必须先是清华的学生，在学生里选特长生，没有特招生什么的。我总是说我爱好体育，只是比一般人稍微好点儿，并不是专业的体育运动员，可能比一般人有毅力。不管怎么说，那时候所有的体育课都用马约翰先生的话来教育我们，要为祖国健康工作 50 年。现在还有这个传统吗？每天下午 4 点钟我都会走出课堂，锻炼身体，为祖国健康工作 50 年，到现在这句话还时常在我耳边响起。

体育还可以给人们带来精神上的快乐。现在压力很大，我相信很多同学们的压力也非常大。我还记得入学的时候，清华学生一个比一个聪明，一个比一个能学习。868 的 6 个女生是来自五湖四海的，南方的、北方的、大城市的、小城镇的。基本上我们不知所措，不知道怎么互相交往。这是我对人的认识，怎么跟别人交往是非常重要的一课。到现在我们都是好朋友，但是开始有一段磨合期，把我们凝聚在一起的就是体育运动，因为必须从这 6 个人中选出几个人去跑步，几个人去参加新生运动会，所以新生运动会给我留下了非常深刻的印象。崇尚体育的理念在我人生当中也起到了非常重要的作用。

“为祖国健康工作 50 年”传承了一代清华学子对体育精神的理解和为祖国奉献的决心。这不仅仅是一句口号，更应该变成每一个清华人努力奋斗的目标，激励自己不断前进的动力。

当国际奥委会面试我的时候，我根本不知道是国际奥委会找人做工作，我走进国际奥委会的时候根本不知道这是面试。当时我正在瑞士度假，国际奥委会找做这个工作的人找了很长时间，用他们的话说，他们好像是处在一个隧道没有尽头，看不到光明。一直到国际奥委会总监看到我的时候才觉得光明终于来了。他说我们找的是黑的、白的，美国的、德国的，说中文的、说西班牙文的，见了很多人也没有见到我们想要派到中国的人。他们见到我的时候，我并没有做准备，为什么我能跟他特别谈得来？我用我在清华的心得跟他说，我们认为体育是可以锻炼学生的，可以使大家身心得到健康发展。他说这跟我们的奥林匹克运动理念是完全一样的。尤其清华的校训是自强不息，厚德载物，基本上是跟奥林匹克相通的。清华的校训就是一个普世价值，跟奥林匹克普世价值是联系在一起的。我们的总监说他当时就决定录取我了。他跟我说你先回家，我给你一点录像带看看，两天以后你再回来。可是我给他讲了什么？实际上我跟他讲的都是我在清华的经历，我在清华的同学和我在清华的学习。

我给他讲的故事是清华艰苦奋斗的精神。后来他对我说：“你知道吗？如果你来告诉我特别想参加奥运，因为你哪场比赛都看，因为奥运会这么辉煌，我一定不会录取你。我们要录取的这个人是给别人搭台唱戏的，自己要做非常艰苦工作的人。”我在清华的经历、故事成为他录取我的一个根据。我相信在座的每一位同学，当你走出清华的时候，你会意识到清华给你带来的是一位老师。

清华的校训是行胜于言。但哈佛是言和行同样重要，言有的时候胜于行。他认为行动只能一个人干，但是言论可以弄一百个人干。你把你一个人想干的事号召一百个人去干，哪个对社会贡献大？这两种教育是两套完全不同的教育体系，都对我的人生产生了重要的影响。我如果没有清华踏踏实实的作风，拼命做事的精神，也不可能有今天。哈佛的评判分有50%要你上课发言，你什么不懂也得说。他们认为形式和内容同样重要。形式是你怎么表达，怎么吸引观众的注意力；内容是你要说的是什么。对我自己来说，作为女性，刚开始来中国的时候，我在上电视演讲，演讲完之后大家都说李红，你怎么这么难看？也不化个妆。我发现大家都是这个评论。因为我当时没有找职业化妆师给我化妆，这个形式影响了我的内容。大家没有听你说什么，都在看你这个头发怎么翘一根。从那时开始我要求自己，一旦有这种场合，一定要注意形式，只有这时，别人才开始注重你的内容。而且我对所有的人要求，一定要注重自己的形式，一个是表达的形式，还有一个是自己怎么穿着，不是说要花很多钱，但是要找到适合自己的东西。

我在清华的时候，是一点都不注意的。因为我学习非常认真，从来没想过别的事。有一次我的老师说，你的衣服怎么总穿得那么难看？那阵是妈妈给买衣服，我自己也不懂。现在我的男同学跟我见面，说李红你现在出息了，原来你上清华时就梳一根夹心辫子，但还是令很多男生倾倒。夹心辫子就是早上没有梳开，因为急急忙忙地花不到3分钟就去上课，所以就把头发随便一扎，他们说那叫夹心的辫子。我认识到了这种形式也是很重要的。你要注重外表，因为它是表达的一个需要。清华教育我是完全实用主义。他们说你原来不注意，为什么又注意了？因为这对我是有用的，我要表达自己的时候可以省很多力量。我穿什么样的衣服，我做什么样的妆容，站在那儿的时候已经表达了，也许我要说两个小时，但是往这儿一站，已经省了一个小时，因为我表达了该表达的信息。这是清华的女同学、男同学都不注重的地方。我希望大家在这方面有很大的提高，也希望学校多给大家开这些课程。因为人生是很广阔的，你们能坐在这儿智商都很高了，要在情商方面、细节方面下工夫，甚至于穿着、生活的品位也要有很大的提高。

“自强不息，厚德载物”，清华的校训让我们无比自豪。从各个不同的方面提高自己，懂得细节也要完美的人，人生也会变得美丽。

对学弟学妹的寄语

多学一个小时，少学一个小时，可能在人生长河中不是一件大事情，你们要每个星期拿出一个小时在生活的各个方面达到完善，另外很重要的是要有爱心。我体会到了，这是很重要的。在我的人生过程中，我觉得像奥运就是对人类的一个大爱。我们爱人类，希望每一个人都能做到最好的自己，这样才能受到全世界人民的欢迎，所以我觉得爱心是很重要的。

爱心的培养不是空洞的一件事。如果现在有机会可以去当当教师，教一教贫困的孩子们。把这些化成具体的行动会使你的人生受益巨大。所以再拿出一个小时来做这样的事，我相信你们会从不同的角度看待自己的困难。当你往远处看的时候，人生充满新的希望。我是你们的学姐，一般的情况下不敢妄言。今天我想给大家提几个建议。

第一个建议，学习是一心一意的投入。一心一意的投入是很重要的，因为现在的社会选择非常多，有的人挣钱去了，有的人出国了。每个人都要知道自己要做什么的时候，一旦你有了选择就要一心一意的投入。在我的学习过程中，经常会有人问我，你作为女性的领导，怎么想？我说我没想过，每次做事的时候就一心一意地想这件事，从来不想我是男的还是女的。我大学一年级的时候，那时候我是从天津考来的，觉得自己还挺不错的。第一次英文分级考试，我们班大概 30 多个人，就 4 个考一级，一级是最差的，或者是二级、三级。有的北京同学一下考四级。我考了一级，这是对我人生的一个重棒。我觉得自己挺好的，为什么会是这样？我那时还掉眼泪给我爸写了一封信。我父亲是教授，他说这是你人生当中非常小的一件事，你一定会克服困难，只要你努力学习。当时我就下定决心要把英文学好。我第一件事就是背字典，我记得字典是 1648 页，我从第一篇背到最后一篇。到后来人家跟我说哪一个词，我就知道这个是词是好词还是坏词。很快我就跳级了，第二年的时候成为了系里的英文尖子——那一次考试好像就跳了三四级。

我那时候是土木系的，但也选修建筑。我并不会画画，只要一有时间我就跑到主楼建筑系的图书馆，把所有的都画一遍。最后，我在我们小组里取得非常好的成绩。那时一个男生说：李红，你不简单，只可惜是个女的。其实我的想法很简单，并不是跟别人比，而是跟自己比，就是一心一意地投入，一定要把这件事做好。当然在我的人生历程中认识很多人，比如说邓亚萍，她跟我说什么时候才能成功？成功是很孤独的，而且成功是一心一意的。她说她在万人体育场打乒乓球的时候，那一瞬间没有任何的东西，眼前只有那一个小球。所以她只有这样一心一意才能取得成功，任何成功的时候都是一心一意的时候。这是我给大家的一个建议。

第二个建议是成功只垂青有准备的头脑。总结我刚才所说的，你想成功不要天天想怎么成功，而是在有目标的同时，修炼自己，修身养性，提高自己的素质。在清华大学学习，你们已经比大多数人有了一个更好的开始。在这个伟大的平台上，你们要再提高自己的学术修养、品德的修养、身体的素质。像我们做这个工作，没有好的身体也不行。我走到哪儿，他们都说李红你慢点，实在跟不上了，你怎么走这么快？而且已经干了 10 个小时了，精神还很充沛。因为我坚持体育锻炼。这些你都做好了准备，机遇就会来了。

第三个建议是成功在于做适合自己的事情。上哈佛商学院的第一件事，就是让我们做一个性格测验，我建议清华大学也能采取这个做法。它并不是说给你分类谁好谁坏，谁聪明，谁不聪明，而是要你知道你是什么样的人。我们有很多小组的工作，在小组工作中，每个人的性格会得到完全的展现。人类拥有 16 种性格，你要知道你自己是哪种性格，哪种性格就适合哪种工作。

专心学习、保持优秀、选择适合自己的事情，注意生活中的小事，在各个方面完善自己。

这三个建议献给在座的学弟学妹们。

第一要有首领的追求，要做主流，要做领导者，不管在哪个行业都要做领导者。这是我个人的意见，因为你自己的力量是微薄的，当你做领导者的时候就会领导更多的人做更大的事，这样你对社会的影响力会更大。

第二要有白领的姿态。什么是白领？白领就是你要有工具，会用计算机，会用语言，会各种各样的专业知识。做事要有计划，要善于计划，善于总结，善于汇报。

第三要有蓝领的干劲，要像农民工似的，撸起袖子来不怕苦。大家都觉得奥运天天跟明星在一起，他们不知道我们奥运期间都撸起袖子数票。大家知道我的工作量很大，从早上到晚上，要随时随地进入状态，不怕苦。

我希望你们所有的人能够以首领的追求、白领的姿态和蓝领的干劲来实现你们报效祖国的决心，谢谢大家！

优秀在于方方面面。志存高远，脚踏实地，放眼未来。要当得了领导，做得了专业，干得了苦活。

现场交流

中西文化差异

主持人：李红师姐您好，今天我做主持人特别兴奋，一方面是能和您这么出色的校友进行交流，觉得是一个特别难得的机会；另一方面，我也是土木系的，为有您这么出色的师姐感到特别自豪。今天我们准备了您各个阶段的照片，我想每张照片背后都有很难忘的故事。这些照片有一个共同的现象就是您一直带着特别自信、特别优美的微笑。您刚才也提到了中西方文化的差异。我想您在工作的时候也经常会遇到这样的差异。您觉得对您的工作有什么影响？有没有小故事和我们分享？

李红(以下简称李)：东西方的文化差异是非常大的。我想很多同学都会想将来要去留学什么的，你们都会体会到。从小事上来说，我们一起吃饭的时候，中国人非常好客会说你赶快吃，再给你夹一点。外国人就会说，李红为什么逼我吃呢？他认为这是逼他，因为每个人都是自己拿自己的。喝酒也是，我们都劝酒，他们说中国人真好，希望别人多喝；我们都希望我们自己多喝，因为红酒好喝，我们都希望多喝点。这种文化在工作中的表现也是非常明显的。奥运提供了这个机会使大家了解中国人怎么想的，使中国人了解西方人是怎么想的。对于我们将来工作都有很深远的意义。

奥运对自己的影响

主持人：您处于中西方文化交锋的位置，还处理得特别出色。奥运已经结束一段时间了，为奥运服务的这段经历对您的生活，或者对您以后的人生有怎样的影响？

李：你们看这些相片，我有机会跟各种各样的、具有世界影响力的人物进行非常近距离的接触。这种接触的结果使我产生巨大的自信心，因为他们都是人，都是很普通的人，而且他们很多优秀的品质都是可以学到的。比如说萨马兰奇主席，他是一个领导者，什么是领导者？跟他接触的每一个人都能得到激励。他不是管理者，管理者是数数你的账目。他是一个 leader，他一进屋子，就照亮了一屋子的人，每个人都觉得他看着你。我们跟萨马兰奇照相，到最后的时候他跟我们很亲切地说：你和记者跟我一块儿照一张。他会记着这个记者。你想这个记者会多么喜欢他？他作为 leader 鼓励你、激励你，直视你的眼睛，坚定地支持着你。因为人都需要这种鼓励。所以每个人在萨马兰奇身边都觉得自己特别重要。这些你也能学到，这些人生的技能是很多人可以学到的。我都逼我的手下去上学，我说你们必须去进修。我说如果特别容易找到一个工作，你可能就不珍惜，把机会浪费了。而如果你找到一个需要努力、很费事才能得到的工作，这才是做对了，不会白浪费这个机会。

我的清华和哈佛时代

主持人：我觉得做您的部下肯定很幸福。从您的团队合影看得出，您就是一个很亲和、很成熟、很干练的人。且无论是照片还是现场，您给我们的感觉都是这样的。我们都特想看看您在清华学生时代的时候是什么样子的。

这三张照片我想会把大家迷倒了，您记得是什么地方拍的吗？

李：这是在清华学堂前面。在清华时，我的影像资料很少，因为没有钱买照相机。这是我们一个同学的爸爸，当时是北京日报的主编，他爸爸让他底下的一个摄影师来给同学们照了一张相。

那是在颐和园的划船比赛，大学一年级的时候，因为刚从天津到清华觉得吃得特别好，所以那时候特别胖。在参加学校的划船比赛。

中间这个是假期的时候去青岛，因为我父母都是青岛人，这是在青岛照的。

主持人：同样是在读书期间，在清华和在哈佛所表现出来的气质就很不一样了。这时候就已经流露出很优雅的气质了，和在清华的清纯很不一样了。

李：我在清华大学时，大家都是年轻人，都愿意交流，都是在食堂，带着各种各样的饭味。在哈佛参加了上流社会的一个培训。这个学校是很认真地培养学生成为主流社会的一员，所以在那个时候就教给你怎么穿，或者由学校举办舞会。这个舞会必须要盛装出席，不会也得学会。我记得我人生买的第一件礼服就是为了参加哈佛大学的舞会。因为学校告诉你，你必须要参加，我们就去买。在买的过程中我就明白了，原来在这种形势下要穿这样的衣服，那种形势下要穿那样的衣服。

主持人：您觉得清华和哈佛最大的差异在什么地方？

李：我先说相同的，相同的是学生是一流的。上清华的时候已经是很早以前，老师讲的话都记不住了。但是上哈佛第一天参加学校新生大会，我们的女校长就说你们都互相看一眼，我们就互相看。她说我知道你们心里一定都很紧张，你们肯定想别人都很聪明，我肯定是学校招生办公室的错误，肯定是被错招的。哈佛就是培养世界领导者的地方，我们从来不犯错误。你们每一个人从这里走出去都会是新世纪的一位领导。当时我还想太俗了，自己说是培养领导，现在走过来才明白，她给你注入的信心自动吸引别人的注意。人有信心别人自动会跟随，这是人性的一个特点。作为女性，我有事业、有家庭，怎么照顾？我有事业，所以我有收入，有独立性，我把不愿意做的家务，或者是在这个人生阶段不愿意做的事情可以交给别人做。把我有限的时间都放在工作、陪家人、陪孩子上。作为一个工作的女性，我有了选择，选择想过的生活。

我觉得人生成功在于做适合你的事情。你愿意当女强人就当女强人，愿意当家庭妇女就当家庭妇女。我说人生是有阶段性的、有选择性的。

我成功的几个重要阶段都是女老板提拔的。其中有一位老板告诉我，你既能有幸福的家庭，又能有好的孩子，也能有成功的事业。但是你要做好准备，也许它不是在一个阶段。这是一个大家要学习的经验，按照阶段来管理自己的人生。这个阶段是事业发展的时候，你要一心一意地做事业。这个阶段是要家庭的时候，就要把一部分注意力放在家庭上。等到孩子长大了，你又可以有新的阶段。这对女性尤其重要，按照你的阶段来管理人生。

我在哈佛大学毕业的时候，当时中国有 5 家企业要录取我。2000 年的时候，我的年薪是 137 万人民币。那时婚姻对我是重要的。我和我的先生在哈佛读书时已经确定了关系，我们俩已经订婚了。这个阶段我要把事业退一步，我留在圣地亚哥和他在一起。由于我退了一步使我后面的进步非常大。我老公是瑞士人，他的家在洛桑。我就是因为去他家度假的时候才被国际奥委会发现的。现在我有了孩子，在奥运这个阶段，我们俩达成协议，奥运期间对我的职业生涯很重要，他跟着我一起来到了北京，当时是公司把他派到北京。他跟我到中国的时候正好赶上了中国在腾飞。5 年前我们来北京时，我们哈佛的同学都以为我们到了多么边远贫困的地区去。5 年之后在所有的同学中，我们俩的事业是发展最好的。由于赶上了中国的腾飞，他现在在迪士尼公司做投资，也很成功。我们两个人比在哈佛一起毕业的同学都进步了。就因为我们互相的这种妥协，互相的支持。所以单枪匹马不好闯世界，我希望每个人找到自己幸福的家庭，找到一个能理解你、支持你的人。我觉得这是真正的爱，能够互相支持。

主持人：互相支持，互相促进才成就了这么幸福的生活。下一张照片是我特别喜欢的一张照片，发现土木系也出了这样的大美女。这时候我们就会有一个疑问，您在加州当工程师的时候风吹日晒的也丝毫不惧怕，那时候觉得您的生活像一棵树。您在进了国际奥委会之后每天估计都要穿着高跟鞋，穿着晚装，更像一朵花。您是更喜欢像树一样生活，还是喜欢像花一样生活？

李：我现在回想起来，想法还是很好的。我经常跟他们说，我今天又要拍照了，拍这种照片是非常辛苦的工作。经过这次之后，我对所有的明星们都肃然起敬。对于我来说是工作的需要，要占很多的时间精力。回想起来，在最美的时候没人照，现在没有以前的状态了，还总要照我。但是由于要拍照，尝试不同类型的服装，跟时尚界的人打交道。我才发现时尚界是非常有学问的。所以你们如果用学习知识的头脑学学这些东西很快就会学会的。我现在都已经很在行了。我到那儿一看摄影师就知道要站哪个位置。我一旦接触了就会用清华得到的这种触类旁通、举一反三、神速地把它掌握住。他们说给我照相最好，我摆两个姿势就知道哪个最好看。所以我都成了他们最好的摄影对象。人家3小时，我就两小时，我的生活中效率高，效率高才能取得更多的成绩，因为时间是有限的，精力是有限的。

主持人：拍照都拿出工科举一反三的能力来了。学姐很喜欢的一句话，也是我们今天的主题，我是清华的女儿，我有一颗清华的心。您再次回到清华有什么和以前不一样的感受吗？

李：我参加过很多演讲，今天的演讲还是比较闷的。假设我在国外的演讲就坐不住了，大家就给你乱提问题，举手说你说得不对，或者是没有听明白。所以这点和我们那时候是一样的。但是不一样的是今天有这么多人来听。我们那时候学校讲什么都不愿意去，怕耽误时间做两道数学题。我希望你们用像清华这种舞台、这种机会多多扩展自己的知识面。除了工科知识面以外，还要多跟老师交流，多跟老师交朋友。会学习的在清华教给你怎么学习，怎么不怕苦的学习，一辈子非常受用。

你要知道自己存在不足。很长时间我不知道自己存在不足，所以就不能提高。但是我知道我在穿着上没有注意过，在生活细节上没有注意过，我才能够进步。大家想想我们在学习的过程中，可能哪些地方有不足，知道有不足才能进步。

观众：您好，我是工业工程系的一个女生，也是学工的。我在高中的时候看过一篇关于您的报道，说您在小时候，您的父亲会带着您去体育馆跑步。在大学里面被称为400米女王。在您以后的生活道路中，毕业以后，您去美国的大学继续攻读硕士。面对那些枯燥的图，看了以后都觉得没有什么意思。您去哈佛读MBA，我感觉很随机。您在大学的时候对您以后的人生有没有一个很长远的规划？比如说在多少年内要完成什么目标，还是说就是读大学继续读硕士，一直往上走，出来找一个好工作？

李：你肯定是看我刚出道时候的文章。因为是学工的，我不愿意抛头露面。一开始我是很被迫的。大家认为国际奥委会都是老头子，平均75岁的。他们说希望中国知道奥委会有年轻的，又是女性，又是中国人，而且要对他们讲奥运会的理念。如果在伦敦举行不需要讲这些，因为大家都知道这是西方文明。但是在中国的文明传承中，我必须得做这种工作。刚开始的时候我很应付，想反正这是组织交给我的任务。当媒体来拍摄的时候我都很紧张，后来我就发现这些文章出来一看就像记者的想法。写我非常幸运，走到哪儿都有运气砸到我脑袋上。我说这样做是不对的，我相信很多年轻的女性在看我经历的时候，她们会认为努力还不如运气好。实际上并不是这样。但我回想过去的经历，能够这么轻松对待，是因为我干事情是一心一意的，一心一意的时候就不觉得特别艰苦，也不很自怜了，这样可能就给别人我很轻松就成功的误解。后来的文章里面我知道改了，这件事我既然要做，而且是这么伟大的机会赋予我的话语权，我要做好该做的榜样。因为不是所有人都愿意给人当榜样，但是如果大家需要激励，需要在他的人生当中有一个小小的灯照亮他们的道路，我要给他们讲真实的故事，讲我怎么刻苦锻炼，一步都跑不动，脑子里跟自己怎么样的斗争，怎么样告诉自己要坚持。而且在学习过程中是怎么样刻苦，而且那时候不讲吃、不讲穿。我说我从来没照过镜子，没在镜子前面流连过两分钟。在大学想那么多干什么？一心一意地投入，用这个时光像海绵一样吸取所有的知识，不仅是学科的知识，还有社会的知识。你干吗要想那么多？当你们出来的时候，这个世界会发生巨大的变化，中国会变成世界的领导力量，你们的机会多得遍地都是，所以现在杞人忧天一点用都没有。

会学习是什么？你在上学的期间、在非常努力地完善自己的过程中一旦看到的一个平台，一定要知道你在这个平台上想走多高。有个短期的和相对长期的目标，但是这个目标要改变，根据你现实的情况进行改变，我的每一个目标都是。我上完工程师，就变成加州最年轻的工程师，过后就没有目标了，玩了好几年。一天，我看到一本杂志内容是讲硅谷的女孩，这些女孩都这么能干，跟我一样大，是各个公司的 CEO，都上过 MBA。我说不行，我也要去干，用生活告诉你该干什么。我就找了一个目标，申请了哈佛商学院。

在商学院里面又一心一意地过商学院的生活。毕业之后，确定了跟老公的关系，我到圣地亚哥又快乐地过了两年圣地亚哥的生活。在这种时候，突然间奥运会摆在我的面前，就一心一意地上了这个平台。当你把自己的素质提高到一定高度的时候一定会遇到机会，机会会找你的，你会左手右手都看到。但是在那儿杞人忧天没有任何用。尤其你们踏入清华校园以后，一心一意地利用这个机会来发展自己，等你出去的时候一定会发现很多机会。你对自己有认识大概是每个人在 30 岁左右开始知道我是什么人，对什么感兴趣，擅长哪些事。所以在 30 岁的时候还有一个职业的选择。发生在我身上就是这样，也许你现在想了到时候一看根本不适应那样的社会、那样的情况，所以做好现在手头的事，任其自然发展，到某一个平台的时候会有新的机会。

观众： 我是矿业大学的，奥运会和残奥会我都去了，其中在残奥会的时候主会场人非常多，很多小孩，还有老人，非常挤。其中就发生了很多老人、小孩骂志愿者的现象，有一个女志愿者就哭了。而且那种蛇形的排列，连基本的管理常识都没有。您应该是高层，可能不一定了解这些非常现实的情况。我就想问一问，你们能不能得到最原始的信息、最真实的信息反馈？

李：国际奥委会是奥林匹克运动会的领导者，而且是所有知识产权的拥有者。他把这个奥运会交给各个国家的奥组委来办。他能不能拿到这个国家最真实的信息是一个问题，所以我才被派到这儿来。这是我在中国工作最大的困难。这个信息能不能得到反映？我的任务有一部分是把信息比较真实地呈递给国际奥委会。你说的这些细节肯定是到不了我们这儿的，说明了在这么一个巨大的纷繁的组织过程中，每个人的感受真的是不一样的。做观众有的时候都没有最好的感受，最好的感受是电视观众。说句实话，奥运会整个的经历是为电视观众设计的，现场看的只有这么多人，全世界几十亿人都在电视上看。电视才是奥林匹克运动最大的传播。所以我们做奥运会的时候，一定要考虑到现场观众，也有很多无形的观众要考虑，所以现场的人肯定不是最完美的体验。

反正我永远觉得开幕式不是我最美好的体验。但是所有看过电视的人都被开闭幕式或者是现场的比赛震惊。所以现场的观众有可能是有不满意的，这是可以理解的，这肯定是一个大舞台上小小的瑕疵。不仅是他们不满意，我们工作人员也不满意。奥运中心区这么远，也没有车辆，非常长的一条道，应该开些公交线路，但是也没有。工作人员都跟我们说，这是他们作为工作人员没有想到的，而且是最累的事情，每天要来回走好几公里。

一般每天晚上有各种各样的盛大派对，要回家换衣服。大家约好了 9 点换衣服，10 点去。10 点的时候 20 个人只有两三个人去，其他都睡着了。但是综合来说，中国的问题是最少最少的，近乎完美的一个组织。大家都付出了巨大的代价，比如说志愿者，我们这些做奥运的累得要死要活的。我在其他的奥运会上还能看比赛，还能参加非常豪华的晚宴，这次一次没去过。

观众：我是清华经管系的，之前看过一篇关于您的报道。报道说您刚进清华时很多地方都不自信。今天看您是非常自信的。在这段过程中，您有没有走过什么弯路？尤其是大学时光。这些弯路是不是有可能避免？您给我们提了这么多建议，是不是以您所走过的弯路给我们的启示？这些建议真的都可能实现？

李：在清华大学时，我们系的女生对我是不友好的，这让我没想到。我没有机会问问大家，是不是大家都有这样的感觉。也许我认为她们不理我，她们认为我不理她们。也许每个人都是这种感觉。为什么？人和人之间的交流，因为那是人生的刚开始，交流的不是很畅通。我记得有一些活动，女生和女生之间不能互相支持，反而讽刺挖苦之类的。这对我伤害很大，现在都会记得。然而在我人生的道路当中，明白了怎样来跟别人交流。自己想做事，别人不支持你，是你根本没有求得别人的支持，这也是一个互动的过程。我的印象只是她们对我这个样子，我说的是我同年级的女同学。实际在我们系里，高年级的女同学对我非常好。这让我明白怎么样跟女性打交道，我给自己立了一个目标，一定要跟女性打好交道。

我跟邓亚萍、杨澜、敬一丹交流过，我发现女性跟女性之间非常的支持，惺惺相惜。因为我们都有共同的经历，所以特别容易成为朋友。而且我在自己的工作中，我对女性部下、女性同事都非常的友爱，我希望她们更好，因为我知道她们的经历。如果你不给她们支持，她们的感受是什么。要说我走过的弯路，这对于我来说是挺奇怪的。大家觉得那阵不知道你有什么问题，我现在也不知道。这是我从来没跟人说过的故事。因为在清华，所以我回到母校会想起这个。我建议，不管是男生女生，在清华要学会人和人之间的交流。

奥运的工作每天是干什么？我的工作就是沟通，一件事正着说、反着说，按照每个人能够听进去的相关他的利益方式说，就是交流，一直到他们能够接受。大家都能接受了，才能向一个目标前进，所以最重要的是学习交流。

主持人：非常感谢，提问环节到这里就结束了。下面也是作为每期财富论坛的一个惯例，请师姐为同学们留一句话作为鼓励。

李：我希望清华的同学们和奥运一起成长。

第三篇

清音一脉 德艺双馨

行万里重温童梦，平坎坷缘定猴王

一部猴戏，
七十二变，尽书经典；
一生猴缘，
八十一难，铸就传奇！

时间：2009 年 4 月 15 日晚

地点：清华大学建筑学院报告厅

嘉宾：章金莱(六小龄童)，著名表演艺术家，中国《西游记》研究会副会长。现为中央电视台、中国电视剧制作中心演员剧团国家一级演员。六小龄童出生猴王世家，在他的演艺道路上与美猴王结下不解之缘。1982 年，六小龄童在 25 集大型神话电视连续剧《西游记》中主演孙悟空一角，又在 1999 年该剧的续集中主演孙悟空。该剧在国内外引起巨大反响，六小龄童因此被评为中国第六届“金鹰奖”最佳男主角奖及第一届“中国电影电视十大明星”奖。他饰演的美猴王孙悟空成为广大观众，尤其是儿童心目中最为丰满，生动的英雄形象之一。

猴戏世家

我非常荣幸能够来到享誉中外的清华大学。“清华”两个字在我的心目中是非常神圣的。因为我自己没有上过大学，所以非常荣幸能够踏入世界上这么有名的一所大学，跟我们的天之骄子、天之骄女们交流沟通。我希望我们能够渡过一个难忘的、美好的夜晚。

我到任何一个地方都是“讲演”，先讲后演。刚才进来的时候，我们的同学都非常热情，有很多还是研究生，所以我今天讲话比半个月前在中国台湾地区参加世界第二届佛教论坛演讲的时候还要紧张，请大家多多包涵。

很多同学见了我第一声就是六老师，您好，还有说龄童老师您好，也有的说小龄童哥哥，还有的小朋友说六小爷爷，其实都不对。很多媒体说六小是一个复姓。我想要是以后有上万人，几十万人都叫六小的话，那它也成了一个复姓了。其实，“六小”并不是像“司马”、“欧阳”这样的复姓。也有外国朋友写文章的时候说这个朋友可能是少数民族，也有的说可能是日本人。1988 年的时候海峡两岸接触比较少，有人说演孙悟空的是六个小孩一起演的，这次去了宝岛台湾以后大家说怎么才来你一个人？

很多老师，前辈们都知道，20 世纪 60 年代有一部彩色戏曲影片叫做《孙悟空三打白骨精》，那里的孙悟空扮演者是我的父亲六龄童，因为他是从 6 岁开始学艺的。我们戏曲界有这样一个不成文且约定俗成的习惯，在起艺名的时候都会在父辈的名字前加一个小字，或者中间加一个小字。我哥哥叫小六龄童，我不能叫小小六龄童，所以就把小六变成了六小。大家现在都知道六小龄童，以为我和小六龄童是双胞胎，其实不是。小六龄童是我在 1966 年去世的二哥，大家可能看过中央电视台 11 套经常重播的电影《孙悟空三打白骨精》，他在里面扮演小猴的角色，还有一张周总理抱着他拍的非常著名的照片。后来有一部八集的电视剧，中央电视台、中国儿童电影制片厂、华华集团等单位合拍的《猴娃》，我在那部剧中扮演我的父亲六龄童，小时候的我和我哥哥的原型都是别人扮演的，其中讲述了他短短 16 年的人生，他是得白血病去世的。他在临终时有一个遗愿就是希望我接过他的金箍棒，继续完成我们章氏家族的猴戏艺术。

观众可能认为，包括海外的观众也这么认为六小龄童他们家是专门产猴子的。我这辈有 11 个兄弟姐妹。我父亲总是希望身边有一群小猴子。我们 11 个孩子都在他的剧中演过小猴子，在这 11 个孩子中间我父亲不断地选择接班人。我的二哥就是他选出的最合适的人选，如果他还健在，电视剧《西游记》一定是他来演美猴王。他一定会演得比我更好。

《西游记》中的九九八十一难

《西游记》的拍摄周期很长，我用了 17 年的时间，完成了 41 集的电视剧。从 1982 年一直拍到 1998 年。这 17 年不但是我个人的荣幸，对于我们剧组也是。因为我用 17 年的时间完成了孙悟空的形象，并被载入了吉尼斯世界纪录。这个时间也和玄奘高僧取经的时间是一样的。我们确实是用《西游记》的精神在拍《西游记》，而经历的却远远不止九九八十一难。

大家可能看过其中有一集《大战红孩儿》，红孩儿口吐三味真火烧孙悟空，那的确是真火。当时还没有那么好的高科技，我也不喜欢找替身来代替我，替身也是人啊。孙悟空烧火不像正常的人着火了，他还有很多表演上的技巧。当时技术人员跟我讲，里面穿上石棉衣服，外面穿上戏中的衣服，烧的时候采取一些保护措施，就没问题了。他们都拿着铲子，沙子在那儿等着，说你要是难受了就叫。我拍《西游记》的这几年，我父亲说首先不能受伤，所以我特别注意这点。但是没有办法，因为我也希望坚持自己去拍这些镜头。开始的时候火一着，我脑袋就蒙了。我后来跟所有记者讲，人被烧死之前什么感觉我是知道的，根本说不出来话，也喊不出难受，让人泼水，泼沙子的。当时有两个镜头对着你，首先得表现出调皮，然后要觉得疼了。我都疼得不能叫了，只有在动的当中把火压灭。所以我就开始滚，越滚导演越叫好！眼睫毛烧掉了，孙悟空的面具也烧变形了，毛发上，整个都是黑点，尤其是身上烧的红一块紫一块。他们说这个牌子国产的石棉衣服还不错，我觉得和三鹿奶粉差不多，假冒伪劣的，根本不隔热。不过我们也都拍过来了。

大家还记得孙悟空在杀六贼的时候，有一些贼拿刀往他头上砍，当时头上冒金星。如果是现在的话我表演闪一下，电视特技合成的一冒火星就可以了。当时用的土办法——小炸药，把炸药放在金箍上，后面连上线，藏在衣服里。导演说他一砍，你一动就有火星。我就琢磨这个火星要是大了怎么办？那时候还很年轻，不能说。有人说要不然在别人头上试试？我说也不行。找了两块鹅卵石，大概二、三十米的地方，最后砰一下，我一回头那两块石头没了。所以说我们的观众一直还在支持，喜欢我们第一版的西游记，那时候恰恰是用很多土办法拍出了这样的镜头。

大家可能还记得《西游记》的第一集，孙悟空到了花果山水帘洞的时候，那时候还是石猴。当时的广电部、中央电视台和中国电视剧制作中心都非常重视这部戏，要求导演把全国各地最好的景色尽量拍进去，我们就去了黄果树大瀑布。本来瀑布上面是不能走人的，但考虑到剧情的需要，很多美工师走了一遍说没有问题，不要太往外走就行。但是剧情要求石猴远远跑过来，有水帘，要尽量往外走，如果往里的话就只能看到半身了。真拍的时候演员的激情一来就不会想那么多，我一跑就滑下去了，导演就看监视器里掉下去了一个东西。当时报纸很多夸大地说六小龄童翻了几个跟头以后站住了。其实我是左脚缠在藤上了，再差一点就要脑袋开花了。

《西游记》中有九九八十一难，而拍摄《西游记》的过程也历经艰险。正是老一辈艺术家这种为了艺术勇于付出，不断追求卓越的精神，才带给后人一部如此精彩绝伦的经典名著改编电视剧。

传承经典 拒绝恶搞

现在有人说新的《西游记》能不能超越以前的？我本人是希望能够超越的。但是有几个问题，为什么拍？谁来拍？怎么拍？我们那时候不是为了钱拍。我一集拿的报酬是不到70块人民币。25集拍了6年，才不到2000块钱，现在可能是人家不到1个小时的报酬。当时一心一意希望拍出中国人心目当中的《西游记》。为什么？在我们之前出现了台湾版的《西游记》，香港版的《西游记》还有日本版的《西游记》。日本版的《西游记》里唐僧是女性，女唐僧和孙悟空在西天取经的路上谈起了恋爱。美国版的《西游记》其中有一个镜头是观音菩萨和唐僧接吻拥抱。

当我们看到有这样的现象时，我发表了意见，很多国外的报纸说中国的美猴王痛斥美版西游、日版西游。我前两年去国外的时候，他们说我们也很痛心恶搞，但是内地有过之而无不及，现在孙悟空和白骨精都谈起了恋爱。还有一些版本讲到孙悟空为什么要三打白骨精？说孙悟空500年以前和白骨精是恋人，后来取得了成就以后就不要她了，所以白骨精要在取经路上害死他。孙悟空穿的虎皮裙也变成了迷你裙。我们的《西游记》也出现了色情版和三级片版。无论如何，我们这代人，我们中华民族的子孙，只有继承、创新、发展传统文化，没有戏说、恶搞名著的权利。

如果孙悟空成了情圣、情种，他对爱情的忠贞甚至超过对西天取经的坚定信念那就不是《西游记》了。本来中华民族传承下来的好的东西就不多了，如果再毁在我们的手中是绝对不行的。前两天报纸上登了一个评选，小学生喜欢的动漫人物，一共20个，其中19个来自日本和韩国，只有一个孙悟空是中国的。一个民族没有自己的文化是可怕的，有了自己的文化不去弘扬是很可悲的；当有了自己的优秀文化，而我们的国人还去践踏的话，那更是可耻的。

戏说不是胡说，改编不是乱编。我们在改编名著的时候一定要有一个底线。这个底线就在中国的老百姓心中。下面我就举个例子讲一讲，什么是改编，什么是戏说恶搞？

昨天在新浪做一个节目，师徒几个人在一起。朱琳只在西游记演了一集，当时谈到改编我就谈到了女儿国。我们戏里稍微做了一些调整，用浪漫主义的题材和现实主义的手法去表现。所以当唐僧到了女儿国国王寝宫的时候，看到的是国王穿的薄露透明的衣服。当时演员演的时候是在念“阿弥陀佛”，国王拍他肩膀的时候，他头上都是汗，后来是理智战胜了情感。而在女儿国国王的脑海里想象的是跟唐僧这么一个翩翩的僧人，像王子一样的形象，在观赏鱼，在骑马。那是国王想象的。如果是唐僧想象的呢？那意思就不对了，他还怎么取经？

我不知道后面怎么演了。其实我们不反对改编《西游记》，我还是讲与时俱进，20 世纪 60 年代老一点的老师都知道还有孙悟空学雷锋，现在还有孙悟空进校园。还有一些书籍是讲《西游记》跟现代商业社会的关系。跟现代的社会进行探讨，有一些交流，或者是来一些对应，我觉得这都是可以的。

河北省某市有一个作者给我寄了一本书，大概写到孙悟空和观音菩萨的养女结婚了，生了一对双胞胎，还是一对龙凤胎，其中的凤到剧组来找我。他说你觉得这个我写得怎么样？我第一句话是感谢你让我看这个剧本。第二句话就不太好听了，我说你去医院看看病。我们中国人的传统习惯是英雄配美女，所以大家认为孙悟空是一个男性，如果没跟异性有什么想法，好像是缺点什么。那我就给大家演一下，如果有这个戏应该怎么演呢？

一个小姑娘走过来了，孙悟空上下一打量看一下就能知道这个是人还是妖精。如果一看以后是妖精，太漂亮了！怎么演？大学生也讲如果看表演的话还是看央视版的，有些作品我们只是看了搞笑，大家学习也很累，就想笑一笑。我说笑的途径有很多，干吗非要拿先祖的名著开涮呢？

“一个民族没有自己的文化是可怕的，有了自己的文化不去弘扬是很可悲的；当有了自己的优秀文化，而我们的国人还去践踏的话，那更是可耻的。”

北师大我去了两次，那里的学生以后都是给下一代讲学的，延续民族文化的精英。如果他们觉得也是可以这样延续的话，我认为是非常遗憾的。现在央视版的《西游记》由于大家的关注支持，到目前为止，不光是在中国，在世界上的重播率和收视率还是最高的。我看网站上，也有很多扮演孙悟空的演员。我的支持率是在 98.8%。这点我真的是很感动，那是 20 年前的作品，存在很多不完善的地方，特效方面、技术方面都达不到现在的水平。但是我们确实是尽力拍了。

如果说大家希望孙悟空能不能变一下？别总是六小龄童那张猴脸。也有的提出给六小龄童整容。当然，更多的网民还是认为希望连一根猴毛都不能变。1990年北京亚运会的时候，中国运动员拿的金牌最多，后来一想为什么？外国的报纸，像日本、韩国那些报纸也登出来了，因为在中国开亚运会的时候放了一部电视剧叫做《西游记》，很多外国运动员看电视剧都不练习了，所以就输了。如果奥运会想中国人金牌拿得最多是不是也可以放《西游记》？2008 年 8 月 8 日起放的是前 25 集，之后放的是后半部，结果是中国运动员在历届奥运会中拿到金牌最多的一次，首次排名第一。如果在座的各位都有孙悟空的技能，和不屈不挠、永不言败的精神，中华民族就更不得了了！

我刚从台北、美国演出回来，我说中国在金融危机当中还是这样好。外国遇到金融危机的时候如果有一点猴王精神的话就什么也不用害怕。2004 年我开始有这个想法，也意识到自己有这个责任，后半生我想弘扬猴文化，跟大学生沟通。我不相信通过我们的交流，大家会达不到共识。我的吉祥数是六，我的姓名当中有六，我今天到清华大学是我的第 86 场在高校的活动。台湾地区也邀请我 2009 年 9 月份再去讲演，他们也看过《西游记》。我们清华不光是理工很厉害，当今的国家主席就是清华大学毕业的。所以我是真的很荣幸，大家给我这样的机会。

谈师父玄奘

再讲讲我的师父玄奘大师。我搞收藏，收藏《西游记》各时期、各种文字及各种版本。我收集《西游记》的书很多，有一次一个收藏界朋友拿一本佛经说这本书你要吗？我说这和《西游记》没关系。他说怎么没关系，这是你师父玄奘的经书。这句话就勾起了我的兴趣，从那时起我一直在收藏玄奘大师翻译的各种经书，并打算今后都要捐给国家。

大前年我和央视“重走玄奘路”摄制组去了印度，我手上戴的这个手链就是印度猴王哈努曼的形象。有一些学者和专家说这个是孙悟空的父亲，我认为那不是父子关系，表兄弟可能是的。因为玄奘大师西天取经带着《道德经》出去，也有可能带着我们的猴王故事出去的，也有可能把印度哈努曼的故事带回来和我们的孙悟空融合在一起的。但是如果在印度乱改哈努曼的话，那改编者的命运就不会像我们内地这样安稳啦。包括美国的米老鼠和唐老鸭，如果我们要乱改的话人家是要找你麻烦的，那是需经授权的。所以，我建议国家要尽早的立法，保护我们的世界名著和民族文化。

那次我跟着王石先生等一起到印度去了，我们去了大雷音寺遗迹那烂陀寺等地方。没想到玄奘大师在海外影响这么大，1000 多年来，受到了印度 9 亿多人，包括全世界各地人的尊敬。给我印象最深的是，玄奘大师一生做好一件事。那就是取经，译经，传经，两个字：“坚持”。他有一句名言：“宁可西进而死，决不东归而生”。他有这样一个坚定的信念才会完成取经，他就是为了弄清佛理而舍身求法。

我很荣幸担任河南玄奘纪念馆的荣誉馆长，我有这样的责任弘扬玄奘大师的精神。陕西铜川有一个玉华寺，那是玄奘大师圆寂的地方。那里也邀请我做研究所的所长，我们希望通过自己的努力把大师的一生宣传出去。这次我作为内地影视剧界唯一的代表参加了第二届世界佛教大会。我并不是大家想象的皈依佛门了，主要是我一直希望通过孙悟空这个艺术形象，达到民族团结、世界和谐这样的一个想法。为什么？大家一定知道，孙悟空是体现了儒释道三教合一的艺术形象。也有专家说孙悟空是背叛道教，被迫从佛，也有说他是农民主义的领袖，这都很牵强。

在《六小龄童品西游》的上下册书中有儒教界、佛教界、道教界的领袖为这本书题词。我到道观去，很多道教界的人说我们道教界的弟子来了。大家知道孙悟空是在道教学的 72 变。我到了佛教的庙宇，他们也会说孙悟空最后是皈依佛门，成为斗战胜佛。所以是佛道公认的独特形象。观音菩萨是佛道共拜的形象，孙悟空也是。大学生们说能不能把孙悟空头上这个紧箍咒去掉？我说不行，你们不行，我也不行。人性还是有一些贪婪的东西，我们追求自由，但是不能放纵。尽管唐僧对他有救命之恩，孙悟空护送他西天取经。开始的时候他也会用金箍棒打唐僧，但是有了紧箍咒就不敢了。所以西天取经一路保护师父，最后到了西天雷音寺。孙悟空说这个紧箍咒可以去掉了？观音菩萨说你再摸摸还有吗？没有了，能够管住自己就不需要了。

“猴王精神”

《西游记》的九九八十一难和人生的道路一样。我们拍完电视剧以后一个观众的话影响了我很长时间，当时正好是 1988 年我大红大紫的时候，有一点飘飘然。一位观众说当你完成了《西游记》的时候才是你真正人生八十一难的开始。我们追求的是九九八十一难的过程。按照孙悟空的法力，一个筋斗云就到大雷音寺了。孙悟空不是为了成佛才去取经。大闹天宫是他的英雄谱，西天取经是他的创业史，不能因为他大闹天宫的辉煌就不西天取经了。后来如来佛封了孙悟空斗战胜佛，孙悟空还是有感激的。孙悟空眼睛一动，说了一句多谢佛祖走开了。封猪八戒为净坛使者的时候他很感激地说多谢佛祖。如果孙悟空也说特别感谢的话，那就不是孙悟空了。沙僧被封为金身罗汉的时候他没什么太大的感觉，沙僧那个人一直就是情绪上没什么大反应的。我们在表演上做到位不是最佳，鲜活生动才是最棒。

孙悟空这个形象从文学性上来分析的话，就是猴、人、神、佛四者合一。一开始孙悟空就是一个普通的石猴，没有见过世面，没有父母，连吃饭的筷子都没见过。他是完全靠自己奋斗出来的，包括漂洋过海追求长生不老之道，72变也是他半夜起来勤学苦练的。我和幼儿园孩子讲的时候就用那种语气给他们讲，孙悟空也不是天生就有那些本事的。通过孙悟空的经历可以悟到很多人生的哲理和智慧。

孙悟空的成功并不是偶然，而是他不断努力勤学苦练的结果。天道酬勤，即使最初只是一只普通的石猴，通过自己的努力，总有一天也可以成为“齐天大圣”。

比如说谈到机会，就像我们演戏，如果真是有实力的话就不会有危机感。这个危机感是我给自己找的，这么多年我怎么更进一步做到人无我有，人有我好，人好我精，人精我绝，人绝我化，到了化的境地。比如说孙悟空习惯的几个动作，我可以不断的变换，总的表现的意思是对的。孙悟空到了水帘洞，那时候老猴子是一个一个死去，老猴子看到这些小猴子还是很感慨的，有个猴子说谁能进去我就拜谁为王。这时候留给大家的机会是一样的，很小的时候大家看了可能是一个感觉，很有趣。你真去悟的话，其中有很多道理。就是孙悟空勇敢的一跃为他成为齐天大圣奠定了坚实的基础。

如果我们把自己的学科学得非常非常顶尖、非常非常棒，就不怕找不到工作和自己的事业。大家都知道杨振宁博士是你们的老学长，也是清华大学毕业的。杨振宁博士在1957年获诺贝尔奖的时候，他和李政道教授共同完成了这个学科辉煌的科研成果。但是在致颁奖词的时候都是用《西游记》和孙悟空来抒发自己的情感。杨振宁博士说我们每一项科学实验的成功都是孙悟空思维模式的结晶。李政道先生说，我们每一位成功的科学家，时时刻刻都要看看在如来佛掌心的孙悟空。人外有人，山外有山。从《西游记》当中可以悟到很多很多这样的哲理。比如说牛魔王和孙悟空当时的知名度和武艺都是不相上下的。为什么孙悟空后来可以成为名震华夏的英雄，而牛魔王成了魔妖？因为孙悟空是一心一意要成大业。

我今天就先讲这么多，大家有没有什么问题需要我们来交流和沟通？

现场交流

主持人： 非常感谢章老师为我们带来的精彩演讲，让我们了解到了“西游文化”和“猴王精神”的精髓，同时也感受到了章老师的个人魅力。

《西游记》从拍摄完成到现在，至今仍不断在各大电视台重播，这大概是播放率最高的国产电视剧之一。这部电视剧伴着我们长大，现在也在开始影响 90 后，甚至 00 后的少年。章老师，您觉得这部电视剧长青的魅力何在呢？

章金莱(以下简称章)：我看有这么一个说法，一位西方的学者说 16 世纪有两盏明灯，西方是伟大的戏剧家莎士比亚和小说家塞万提斯，中国是伟大的戏剧家汤显祖和大文豪吴承恩，我们应该感谢吴老先生在 400 多年前用超然的智慧写出了这部世界名著，虽然时代在变，我们中国的老百姓对《西游记》和孙悟空的情感却永远不会变。

主持人：《西游记》这部电视剧给我们带来了很大的影响，也对您产生了很大的影响。您刚才在演讲中也提到，演完《西游记》之后，您再扮演其他角色，大家都说是“孙悟空”演的。那么您是怎样从心态和表演风格上进行调整，从而开拓出演艺生涯更宽广的道路呢？

章：有人问是吴承恩成就了猴王世家，还是猴王世家让吴承恩影响更大？我们还是要感谢吴老先生。我拿到了中国电视辉煌 30 年十大经典艺术形象，《西游记》拿到了 10 大优秀歌曲，十大电视剧。《西游记》和《敢问路在何方》和我自己都站在了领奖台上。当时颁奖词说的是一个演员一生给大家记住的只有一个角色。做艺术人生的时候，朱军先生问我，别人怎么总觉得我是孙悟空，有没有可能再颠覆，再超越。我是很反感颠覆和超越这些词的，我觉得我们只能弘扬、创新和发展。因为六小龄童和孙悟空的名字在东南亚和国外都是画等号的。一说六小龄童就知道是演孙悟空的。别的演员可能会觉得是无奈和悲哀的事情，我不这么认为。我在北大做过一个《青春的忏悔》的首映式，电影里我扮演一个医生。在我没有拍戏之前，所有的年轻人，艺术院校的学生，他们都不敢跟我说话，跟我说话的时候不敢想孙悟空的形象。剧中最后的情节是一个大学生病得很厉害，我在跟他讲很严肃的台词，同期录音的。我说：“心情要开朗，不要想不开，只要你配合医生治疗一定会很快恢复健康的。”，他说：“我一定听大夫的话。”。这句台词还没说完一下就笑出来了。导演就傻了，为什么？整个胶片都废了，这么长的戏都白拍了。他和导演说我舌头都咬破了，他说我看着章老师总觉得这个医生是孙悟空变的。

还有一次，因为我不会开车，我要赶时间，就去坐地铁，我平时就戴着普通的眼镜。我们想最危险的地方就是最保险的地方。进去以后我就站着，有人看你的话，他看你，越看你，你就越看他。两个女大学生，一个说是，一个说不是。最后是谁对了对方请吃饭。我上了地铁站她们也跟着上来了。她问我，老师您是不是演六小龄童的孙悟空？她还来了一句，《西游记》是看着我长大的。我说一样，你看屏幕，屏幕看你。她还没明白说差了。她说你是不是？我说是。其中有一个女孩子看了半天说，章老师，你怎么这么老呢？我说你看《西游记》的时候多大岁数？许你老就不许我老吗？一想也是，在座的很多同学可能那时都没有出生。她当时说了几句，我们不嫌你老。我很感慨，谢谢。第二天她在我的美猴网的网站上贴了一个她想说的那些内容的帖子，标题就是《我们不许你老》。

前两天我刚刚过了50岁的生日，我自己感觉我像20岁，身体像30岁，你们猛一看像40岁，其实已经50岁了。暑假《吴承恩与西游记》这部全球首部立体电视剧就要上映，我要演吴承恩的角色，从28岁演到他82岁。很多小朋友不知道吴承恩的独特经历，吴承恩是江苏淮安人。在其家乡有一个纪念馆，我是那个馆的荣誉馆长，我想多弘扬一些西游文化。如果你买了立体眼镜在家里就可以欣赏到这部立体电视剧。胡锦涛总书记非常关注这项高科技成果，他说我们要把立体的电视送到家家户户，这个是我最新奉献给大家的一个作品。

今年，我还是希望把《西游记》最精华的故事拍成电影。我希望用中国人的力量真正拍成属于中国的电影。不是钱多就是大制作，我们要把戏拍好，我希望在座的各位精英，各位学子，在高科技这块特殊领域贡献出力量。我尽量不找国外，如果我们国家能做好的话，我们应该能拍出超过、媲美《哈利波特》和《蜘蛛侠》的影片。

我们不应该因为中国再多一个迪士尼而欢欣鼓舞。我觉得什么时候我们中国《西游记》的主题公园造到美国的纽约，法国的巴黎，英国的伦敦的时候才是中国人真正应该开怀大笑的时候。

主持人：下面到了观众提问的环节，我们知道章老师今晚是第一次作客清华大学的讲台，在座的同学一定有很多的问题想和章老师交流。

观众：非常荣幸能得到第一个向您提问的机会，我非常激动。我想问一下章老师，您拍过《西游记》和《西游记》续集，您在拍完第一次《西游记》之后，收到观众给您的信，在您离开这个剧组之后人生的九九八十一难才真正开始。我想问您，这几年在社会大熔炉历练之后，再拍《西游记》的续集，您的心态与第一次有什么改变？

章：那时候拍《西游记》我们是可以用生命投入自己的角色，一分钱的保险都没有上，不像现在的武打演员都有保险。当然国家和有关部门还是很重视，尽量保护演员。比如说我跟猪八戒打妖怪的时候都吊着钢丝，我在前面飞，猪八戒在后面跟，还没有念到“妖怪哪里跑”他人就掉下去了，钢丝断了。6 年的时间我们拍了25集的电视剧，我们那时候每个镜头都要有笔记，每个笔记做完了以后还要在家里琢磨、感觉，到现场还要认真地表演，自然地体现。比如说我回头一看发现一个大桃子，或者是这个水有没有毒，孙悟空的火眼金睛马上能看出来。有几千个这样近的镜头，怎么处理？有的时候是往上抬的，有的时候是回头的，都要合理的安排。现在拍戏好像没有这样的环节了。我们凌晨 4 点回来以后要看回放，有哪些不好的地方，第二天再去重拍，当时不像现在可以合成。我们基本上把中国的好山好水都拍了一遍，像江西的庐山，贵州的黄果树，新疆的吐鲁番等等，最后还到了泰国，可能是中国最早去国外拍戏的剧组。这是我讲的《西游记》在当时以一种最佳特殊状态去拍。那时候没有任何联络，也没有 BP 机，这种状态和我拍续集的时候完全不一样。尽管我自认为还是比较敬业，我可以把手机关掉，但是晚上还要处理一些事情。用王铁成老师的话说，他说让我再演一遍电影《周恩来》也演不出来那种感觉了。

一些年轻朋友总是认为一代胜过一代，大意是对的，但是在艺术、科学领域有的时候不是这样的，讲究的是天时地利人和。我们再出一个杨振宁博士不是没有可能，但是很难，像陈景润这些大科学家的出现都很难。真的要付出百倍的艰辛和努力才能达到这样的境界。博学固然好，但是最好是学有所用。我们演戏经常讲不要做万金油，我们要钻研自己的领域，把自己的事业做到极致就是大师。

今后很难再有这 17 年拍戏的九九八十一难，我为了演吴承恩这个角色等了 10 年，放弃了很多可以得到的东西。我总是想吴承恩和孙悟空由我一个人来演。世俗的，包括大家的印象会想吴承恩是文学家我演行吗？我一直到了 2006 年，遇到《大宋提刑官》的导演阚卫平(总制片人是许明哲)，他认为需要由我一个人来演。这个戏我们后期做了一年多还没完成，这不是一般人能做到的，投资方的王咏酮女士比较喜欢我拍的《西游记》及我所扮演的孙悟空艺术形象，他们一听我们有这样的想法，觉得这个题材也很好才拍成的。别看我们好像做事情很容易，不是这样的。我一直希望兢兢业业的去做。我演过鲁迅，影视作品中第一个中国的胡适的形象也是我演的。这样的一些民族文化传播我还是要去做的。

《西游记》让我对人生有很大的感悟，孙悟空被压在山下 500 年春夏秋冬，风风雨雨，困难大不大？他没有想到死。在五行山被压的时间是 500 年，但是实拍的时间是一天，戏中我吃的雪是泡沫，脸上都是泥和草根，那没有水，地上撒了马尿往脸上糊。孙悟空和我自己，在那时候是融在一起的。当时我给自己总结的 12 个字：总结过去，正视现在，设计未来。你一定要有自己的理想。当然我们在座的不能说全部和我的想法吻合。就像我刚才跟大家讲的，今年我在积极的推《西游记》的主题公园和电影《大闹天宫》。我已经 50 岁了，成龙先生 56 岁了还在打，没有人能替代成龙。大家认为我能演的时候我多给大家演一演，如果大家认为我演的像猩猩了我就不演了。

观众：我有一个非常重要的问题，曾经在报纸上看到过六小龄童寻找传人的报道，希望您能介绍一下。

章：我有一个快19岁的女儿，她小时候总是认为自己的爸爸就是孙悟空，他是孙悟空的女儿。她喜欢影视歌艺但不是很热衷戏曲，她也喜欢音乐。我一直是顺其自然。我们国家也允许我像许海峰先生、穆铁柱先生可以多要一个孩子。很多观众都写信，比我还积极，都说应该多给我一个指标。这个指标我一听就开始紧张了。为什么？不一定会生一个儿子。问题是生了儿子也可能不适合演艺，像我几个哥哥在别的领域做得不错，但是比较内向一些，不太适合这个。

就像冯骥才先生说的，我们不希望章先生成为中国的末代猴王，而真正的猴王是要中国13亿老百姓说了算的。章老师有一个女儿是一种完美的残缺，如果他有一个儿子一定是很厉害的。其实未必，所以我想不要较劲，随缘吧。猴戏不姓章，很多外国朋友给我寄的照片，高鼻子，蓝眼睛的也能演猴王嘛。只要大家喜欢学，我都可以教给大家。报纸上一提就说这是国粹，不能往外传，我觉得这是艺术，艺术不是学学就会的。全世界，我认为100年以后也不一定再有卓别林，100年以后也不一定再有梅兰芳，就是这个道理。

观众：章老师，您好，我是来自江苏的，我家距淮安车程只有两个小时，不知道说话是不是更亲切一点。我有两个小问题，小的时候看《西游记》三打白骨精的时候，我记得当时感动得流泪了。我想知道您在演这个戏的时候有没有也感动到流泪？第二个问题，在《西游记》当中有九九八十一难，到底哪一难对你或者说你认为对观众的影响会是最大的？

章：你是流泪了，我是差点晕倒了。我的表情要动得很大，孙悟空笑，包括愤怒和常人的是不一样的，要有猴子的状态。我那时候抓着金箍棒是在很激愤的状态下拍，手都是颤抖的。镜头很近，拉出来才体现孙悟空最后头疼，走技巧等，在这种情况下玩命的才把妖精打死的。演员投入进去了才能让观众感动。演员比较讲究一种内在的表演，但我现在要表现出非常高兴，如果是这样表演的话，你看到我不就非常痛苦了吗？表演最重要的是把情绪传达给观众。起码我的表情10个里面不敢说10个，至少有8个会看出来孙悟空的心态。包括你讲的孙悟空看着唐僧，不是一下就走了，而是会和两个师弟交代注意事项，然后再回去找师父，再回头抱着白马。他去看白马的时候，白马把孙悟空弹回来了。毕竟它是动物，我们要配合它。把这个镜头拍完了，等到我们做特技的时候，一般开始，孙悟空在电视上一飞飞走了。而我不是这么演，我是先看了师父这么走着，飞上去了之后再回头看看师父，依依不舍，这种状态飞出画面。一直让观众的情绪在戏里是延续的。把情感通过师徒四人的一种组合表现出来，这样的情况下才能把观众的情绪推起来。所以很多人说恨死唐僧了，为什么孙悟空还要回去救他？

我回到花果山的时候只有高兴，没有兴奋，看到小猴子稍微一高兴，去去，一回头还是想起了师父。包括道家师父，佛家师父他都有感恩的心。在人物情感上情绪演足了，印到了老百姓的心里。都说这个人演活了，那个说话不像，我们谁也没见过孙悟空，我们只是通过一代一代经典的，戏曲的、动画的来了解。我父亲是南猴王，还有京剧的北猴王。在座的如果看过《孙悟空三打白骨精》的电影，当年毛主席写了一首诗词。主席看完戏以后题写诗词的只有这一首。

拍戏中，我印象最深的是经书掉到水里那一场戏，我们是在四川都江堰拍的，跟死亡是零距离的。那时候不知道都江堰水那么深、那么险，也不知道要拽什么钢丝。我们真的在水里捞经，捞上来以后的戏是感悟很深的。在晒经的时候，经书的字粘到了石头上，猪八戒还在那抠。孙悟空一看被粘上的字，看看师父，看看八戒，说了一句，天地本不全，经卷哪有齐全之理？我们人生每一件事情不要过分的追求完美，西天取经最后给人留下最深刻的印象就是西天取经九九八十一难这样一个过程。不是说不能将所有的经书都取回来就不是流传百世的传奇故事。

观众：章老师，您好，我从小就喜欢你。

章：我当时还觉得不可能有小孩那么小就认识我。有观众说小孩一看到电视里面你出来了就说猴。小孩发音不准，他也不知道故事，孙悟空一出来就看，离开以后就不看了。这就是一种感觉。

观众：我从小就模仿孙悟空，我一直在梦里就想让您收我做徒弟。哪怕在您家里打工不收一分钱，也想学猴王的戏。我觉得您是中国人的骄傲，我希望能跟您学猴戏。老师请收我。

章：我也可以吹牛了，我说我有一个徒弟是清华的高材生。

观众：他们都说我长得很像您。

章：其实是我像你。

观众：我有一个心愿，我想表演一分钟的猴子您看看。我永远支持您。

(之后，这位观众到台上，模仿了一些孙悟空的动作，博得了场下的阵阵掌声。不过，他的表演也只是形似，要想做到神形兼备，还需要多加练习。)

章：谢谢。我现在还能说，有的人说你别那么一个学校一个学校地说。我有一个送给大家的光盘，还是希望跟精英们现场交流。那种感觉是不一样的。等到我说不了话的时候还可以写，写不了的时候还可以想。无论如何我们要把自己的一些心得，一些经验跟年轻朋友们一起交流。

观众：章老师，您好！能分享您的人生宝贵经历非常荣幸。我一直想问您一个问题，假如您的二哥没有发生不幸，您能否传承下家族的这个事业。您能够把猴王演得这么传神，与您从小的基本功是分不开的。您当时被您的父亲选为接班人的时候，您是心甘情愿的，还是被迫传承家族的使命？历经了这么多之后，尤其是成功塑造了孙悟空这个形象，再回头看小时候的艰苦，您是怎么看的？

章：其实我哥哥要是健在的话我可能就不学猴戏了，学猴戏也是对家族的责任和义务。美国地理杂志的一位女记者，她说你们四代人为什么非要演孙悟空？我说这是一种猴缘，一种情感，中华民族对孙悟空都非常喜欢。现在都是急功近利的情况下，包括商业市场冲击那么厉害的情况下，为什么《西游记》还有这么大的魅力，大家还是喜欢这个故事。我想它能够延续这么多年一定有它的道理。吴承恩之后有各种《西游记》外传，新传、后续、后传等多了去了，大浪淘沙一部都没有作为世界名著而留下，留下的只有世界名著《西游记》。

我的性格比较内向，胆子很小，不适合学艺练武，家族里也没有什么人能变一变研究生、博士生，我学业还不错，父母希望我学习上更钻研些。我二哥当时有了这样的变故时我才 6 岁，父亲觉得我学艺还不错。大家知道鲁迅先生先学医后来才成为大文豪的，胡适先生一开始也是学农科的，后来学了哲学，也都做得很好，完全可以通过自己的努力达到另外的远大目标。

观众：您刚才提到了美猴网网站，我想知道它的主旨是什么，如果太专业的话能不能像猫扑一样扩大它的内容？

章：我当时也是想通过建立这个网站，点击美猴网以后可以与大家联系。我正在洽谈联系投资 100 亿的《西游记》主题公园，大家如果看到网站上有消息的也可以来一起合作，包括里面的高科技的东西都可以做。网站对我的影响也很大，过去大家都说网上有很多垃圾，我却不是这么看。比如说我要收集全世界各个时期、各国文字《西游记》的版本，我一个国家、一个国家地去得再多也不可能全去，我就在网上发消息，来自我国台湾地区的以及日本的、韩国的、美国的朋友都帮我收集。美国 100 多年前就有《西游记》英文版的小说，我们买过来以后捐给纪念馆。比如说我们今天做完节目，网站上就会有消息，看同学们有什么需求，我们再交流。由于各方面的原因只是朋友帮着在做，所以现在还没有做得很大，也希望各位有什么好的经验可以互相交流一下。

观众：扮演沙僧的闫怀礼先生去世了，我们觉得这是一个缺失。想通过您的亲身经历给我们展示一个更加清晰的沙僧形象。

章：我很惋惜，很痛惜，我的好兄长闫怀礼先生在2009年的4月12日，我的50岁生日那天去世了。前两天在各大网站上，新浪、搜狐都登了，包括国外的网站及报刊电视都进行了相关报道。明天10点钟之前我会和我们的师父和八戒师弟一起赶到八宝山和沙师弟见最后一面。西游记当时拍了6年，之后成立了一个艺术团，一直参与国内外的大型演出，我们为没有能在《吴承恩》剧中合作而遗憾。12日的早上9点多，他就觉得自己不好，说希望见到我们。后来二氧化碳进入他脑部了，我见他的时候，他的意识已经不是很清楚了，戴着氧气罩，我说沙师弟，大师兄来看你了。你要坚持住，一会儿师父和二师弟都会来看你。我叫了他三次，他的左眼角流了三次眼泪。本来大家可能会觉得章老师的生日，闫老师的忌日在一起，是不是不吉利？我觉得这是我们兄弟的真正融合，在他死亡，离开世界的这一刻，不是他自己选择的，上苍安排在我50岁生日那天。我跟报纸说了，以后12日我就不举办生日了。12日可以成为我每一年纪念他的日子。师徒四人成为一个绝配，现在沙僧累了，他把担子放下了，独自到西天取经了。我想在这里，一个是感谢在场的各位对《西游记》的关注和支持，同时对闫怀礼先生的厚爱。

没有想到这样一位老艺术家去世能够惊动海内外媒体大篇幅的介绍。有的网民也说，我们可能再也看不到这么好的《西游记》了，除非是在天堂。如果来生有缘的话，有可能我们继续师徒四人的道路。我说沙师弟，你先走一步，我们四人会继续在天堂完成新《西游记》。我们也祝愿他去天堂时一路走好。

主持人：按照财富论坛的惯例，想请章老师留给同学们一句话作为寄语。

章：今天我想给大家说一句话来共勉。苦练七十二变，笑对九九八十一难。谢谢！

我的梦 中国梦
——我和祖国的60年

他在北国的冰天雪地里，《喊一声北大荒》；在改革开放的新篇章开始谱写时，给我们讲述起《春天的故事》；他满怀一颗赤子之心，与祖国母亲一同《走进新时代》；他用笔，记录下千千万万中华儿女心中那个永恒的《中国梦》。他就是与共和国一同成长的著名词作家——蒋开儒。让我们聆听蒋老师自己的中国梦，聆听蒋老师自己和祖国的60年。

时间：2009年11月17日

地点：清华大学旧经管报告厅

嘉宾：蒋开儒，著名词作家。《春天的故事》献给十四大，《走进新时代》献给十五大，《金光一缕》献给建党80周年。三首歌连获1997、1999、2001三届中宣部“五个一工程”奖。

同学们好！面对中国精英中的精英我就感觉一股灵气扑面而来，觉得荣幸。我没进清华门，想做清华人。我一直是清华的旁听生，一直把清华的校训作为我的家训。我要求我和我的家人做人“自强不息”，做事“厚德载物”。

清华的理念——体育强国，也成为我一直遵循的目标。清华蒋南翔校长的名言，“为祖国健康工作50年”，一直激励着我。我对清华有一点内在的情结。很早以前我就给清华写过一首歌《紫荆花开别样红》，为什么是别样红呢？因为清华的学子个个都红，不是一般的红，红得高贵，红得发紫，所以就是别样的红。今天走进清华的校园，我是来交作业的，我的作业题目是《我的梦　中国梦》。

“向党交心”——成为党的孩子

我的老家在桂林，小时候我是画中人。漓江边上打过水漂，竹排上面学过鱼鹰。最爱听的是《刘三姐》，最爱吃的是桂林米粉。小时候很温馨，长大了日子就乱了。1949年兵荒马乱，很多有钱人往外跑，最有钱的坐飞机。我家不算最有钱的，但我家有一个近水楼台，我姐夫是开飞机的。那天我姐姐领着我赶飞机，走着走着我突然挣脱了姐姐的手扑进了妈妈的怀里，因为送行的妈妈哭得特别的绝望。我舍不得妈妈。这一个小小的举动改变了我一生的命运，也成了我的少年英雄壮举。我转过身来向着北京，等着解放。从那一刻起，我的梦就和中国梦紧紧地连在了一起。我选择了祖国，祖国也选择了我。

当东方红，太阳升，阳光普照的时候，我也走进了阳光人生。

我们家门口有一条小河，小河边上有一座洋楼，洋楼是专门给客人住的，正好解放军来了就住进了一个班。解放军是北方来的客人，他们一路南下势如破竹，在我的心中，他们每一个人都是英雄。我特别喜欢解放军，解放军也特别喜欢我，教我扭秧歌，教我唱“解放区的天是明朗的天”。有一天班长和妈妈说，这孩子特别聪明，应该把他送走，远走高飞！妈妈真听话，第二天就把我送到了桂林，继续在中山中学读书。那个班长的一句话，就改变了我一生的命运。可惜我没有问过班长的名字，多少年过去了，我不知道他是否知道他放飞的那个孩子一直唱着他想唱的歌。

解放军是我的恩人，第二年我也成了解放军。祖国说了一声抗美援朝，我就扛起了枪。那是1951年，我考入二十一兵团军政干校，刚满15岁。我到了学校之后接受三大教育——爱国主义教育、英雄主义教育、乐观主义教育，让我受益终生。临毕业的时候举行了一次讲演比赛，题目是“向党交心”，人人参赛，层层选拔，最后我拿了全校演讲第一名。

我说，我爸爸是黄埔军校的，妈妈是女子师范的，叔叔在香港，姑姑在美国，姐姐在台湾，姐夫是开战斗机的，而我是中国人民解放军的，是永远忠于中国共产党的。我拿着第一名的奖状走下台的时候，心里咯噔一下，害怕我这么复杂的背景会为自己带来麻烦。我想哭，但在营房里不敢哭，就躲到营房后面的石头垛子后面去哭。哭得特别伤心，就像小时候妈妈带我去赶集把我丢了一样，妈妈不要我了。哭得正投入，觉得有人拍我，一抬头，是区队长彭敬庄，他说：你哭么子咧？你向党交了心了，就是党的孩子。我一下扑进了区队长的怀抱里，在一个共产党员温暖的怀抱里，我融化了。那个感觉真好，就像流浪了很久的孩子突然找到了家。我把这个感觉深深藏在心里，一直珍藏了 50 年。到 2001 年，全国举行建党 80 周年的歌曲大赛，我把这个感觉写进了歌里。第一句就是“投入了你的怀抱”。

投入了你的怀抱/就把一生交给了你/举起了我的右手/就是个崭新的自己/信仰了你的主义/就把真理刻在心底/忠诚于你的事业/就把热血融进红旗/你的胸怀无比宽广/总把人民装在心里/你的蓝图无比壮丽/亿万颗心紧紧凝聚/你是理想的大海/我是那沧海一滴/你是辉煌的太阳/我就是金光一缕。

演讲结束之后，外调工作也结束了。虽然我的背景很复杂，但因为我是党的孩子，还是被分配到连队当了文化教员。我带着一颗感恩的心加倍努力，连续 3 年立了 3 次功。

文化改变命运

20 岁时，我们部队到了雷州半岛。那一年，我们团里举行了首届运动大会，有跳高、跳远、投弹、标枪、铅球。由于场地限制，没有径赛，只有田赛。我得到这个消息之后就在地摊上买了一本《苏联田径运动》，图文并茂，都是分解动作，画的都是小人。小是小，但全部都是世界冠军。没有教练，没有正规场地，我照葫芦画瓢练起来了。

比赛那一天可就添彩了。跳高一色是跨越式，我跳的是滚式，虽然只滚过 1 米 55，那也是当时团里跨越式无法跨越的高度。跳远一色是蹲踞式，我跳的是挺身式，我一挺肚子就挺到别人前面去了。投弹更有意思了，我的对手是全师的投弹冠军，身高180多，体重180多。他看了我一眼，根本没把我放在眼里，因为我当时身高就和现在一样，172，体重108。180比108当然是太大的优势。他甩了甩胳膊，迈了三步就把手榴弹甩出去了。手榴弹扔到了操场的边上，博得一阵喝彩。轮到我就比较复杂了，我先量了27步，在中间放了一个帽子，然后起跑，踩标志，5步交叉，拉弓射箭，手榴弹“嗖”地飞出去了，只看到手榴弹上天，没看到手榴弹落地。原来手榴弹落到操场外面的甘蔗地去了。

那天五项比赛，我拿了五个第一。部队的奖励来得很快，马上就给我的肩章上加了一个豆，原来是准尉变成了少尉，副排变成了正排。接着就把我调到了团司令部当体育主任。我教的是连级干部，我的职务是营级，还让我享受了一个团级的待遇，到罗浮山疗养院去疗养。当时罗浮山是广东最好的一个风景区，去疗养的都是团以上干部，都是首长，他们是养病去了，我是受奖去了。

我当时一直想是什么突然改变了我的命运？一时想不明白。后来我读到了17世纪英国一位学者马修·阿诺德的话：“文化，是对文化的追求。”我心里的谜就打开了，原来我是追求了文化。我的优势不在于体力，因为跳高我弹跳力不够，跳远我速度不够，投掷我体重不够。我是运用了先进文化。当时的先进文化也是包含了当时的科学原理，所以我就靠这个先进文化拿了5个第一。我第一次享受到转化的滋味，我是把标枪技术转化为投弹技术，把助跑速度转化为初速度，把身体力量转化为爆发力。也就是说，我把知识转化为智慧，把智慧转化为行动，行动自然就转化为功利。这是我第一次尝到了转化的味道。

我在体育主任的职务上干了两年，挺出色。我们的军长是陈明仁上将。他到我们团里视察的时候专门看我的体育教练。那天下着雨，警卫员给他送去雨衣，他也不披，一直在雨中看完了我的全部教练。他回去之后传来了消息，要调我去当体育参谋。我想这是一步登天了。我就等着，等着军司令部给我下调令，等着团首长跟我谈话。果然团政治部主任找我谈话了，可惜去的不是军部是军垦，上军部是去湛江，上军垦就是北大荒。

扎根北大荒

那是1958年3月，转业的军官上了列车，上的是闷罐车，哐当哐当到了北大荒。上车的时候我们穿的是短袖，下车的时候穿的就是棉袄了。可以说我是一步从春天走进了冬天。我一个优秀的年轻军官，部队正用得着的时候突然让我转业了，社会把我抛弃了。但是我想，我不能抛弃自己。所以一到黑龙江穆棱县，我就给组织部写了一封信，我说明年是10年大庆，估计层层都会搞运动会。我是专门搞运动会的，用得着的话我愿意留在体委工作。这封信起作用了，正好县里面已经接到了通知，要举行运动会了，就把我留在了体委。好多条件比我好的就到基层开荒去了，到林业局砍木头去了。我留在了机关。

历史没有给我机遇，是我自己创造了一个机遇。我也没有亏待这个机遇，第二年我就领着穆棱县体育代表队在牡丹江地区拿了三项冠军。以前穆棱县从来没有拿过冠军，这次拿了 3 项，两项是举重，一项是标枪。标枪冠军就是我。我等着参加省里面的田径运动大会，可是田径运动会结束了也没来通知，后来我才知道是因为我政审不合格。我想当将军，不能带枪；我想当政委，不能入党；我想当冠军，不能上场。所有的路都堵死了。但是我的心不能死。

“所有路都堵死了，但我的心不能死”这句话给我们青年人很大启示，在逆境下的坚持不放弃，保持心中的阳光，最终可以走出一番新的天地。

在没有阳光的日子里，我心里还有一束阳光。我想那些路都走不通，我就搞文学吧。因为历史上很多人走投无路的人投身于文学，这个路很窄，没有办法。但是我才念 7 年书想搞文学谈何容易？还有一个重要的问题，搞文学也要政审，你要把稿子送到编辑部，编辑部政审以后才能发表。我第一篇文章就逃避了政审。

10 年大庆要举行一个晚会，搭了一个土台子，土台子就在体育场，归我管。我表演了一个诗朗诵。我穿上了部队发给我的最后一套新军装。朗诵了一首《穆棱县》。

穆棱好，穆棱好，穆棱可地都是宝。

打井打出金娃娃，挖窖挖出小煤窑。

大豆摇铃谷子猫腰，高粱脸红会害臊，还有人参貂皮乌拉草。

穆棱好，穆棱好，穆棱人走路带小跑。

说话就像唱山歌，未曾开口先带笑。

大姑娘浪，小伙子骄，打着灯笼也难找，你说穆棱好不好？

第二天我走到穆棱大街小巷，满街筒子都喊我穆棱好。因为这个朗诵，大家对故乡有更多的爱。大家更热爱穆棱，老百姓高兴，县领导也高兴。县委一个副书记就说了，这个蒋开儒就愿意玩枪，不让他玩手枪，他玩枪，不让他玩标枪，他玩笔杆子，这个笔杆子也是枪嘛，干脆让他玩“枪”去吧，就把我调到了文化馆。这给了我一个新的历史机遇。

机遇要靠自己创造，人生要靠自己把握。

党叫我干啥就干啥，党叫我干啥还就能干好啥，我还是运用体育夺五项冠军的方法，我照葫芦画瓢，学经典，学时尚。流行什么我就学什么，我就写什么。诗、歌词、小说、散文、报告文学、戏剧，戏剧从话剧到歌剧，还有曲艺，曲艺就是十八般武艺流行的东西我看了就能写。我最快的时候是一个礼拜一台节目。那个时候老节目都砸烂了，新节目都没有出来。所以好多艺术团都靠边了，穆棱县毛泽东思想宣传队因为有一个写手，始终有新节目演，牡丹江、黑龙江有什么事都调我们去演。

我写了 100 多个节目但是没有署我一个名字，一直署的是穆棱县毛泽东思想宣传队集体创作。我想什么时候能把我的名字写上去恢复历史的真实面目？机会来了，沈阳军区司令员坐着直升机到了穆棱县检查边防了。本来是检查武艺的，听说穆棱县文艺好就先看文艺，先看穆棱县毛泽东思想宣传队表演。我想娘家人来了，有人替我说话了，我就等着跟司令员见面。可是演出的时候来了一个通知说演出队准备演出，蒋开儒休息。我明白了，还是由于我家庭背景的原因，组织上有所顾虑。我完全理解，但是我这个心控制不了。所以临演出的时候我还是去了。大街上是三步一岗，五步一哨，如临大敌。我走过演出场所门口的时候是眼不敢斜视，脚不敢错步快速地走过，但是心里得到了最大的满足。我想就在这个时候，全国只有八个样板戏的时候，居然在黑龙江穆棱县还有蒋开儒的一台专场演出，这就足矣。当时我居然无悔无怨，满肚子的感激，回到家里我写了一首《感谢生活》。当然那是沾着泪水写的。

感谢生活，感谢生活，感谢你的埋没。我是一粒种子，我的生命在埋没中复活。

感谢生活，感谢生活，感谢你的封锁。我是一眼泉水，我的力量在封锁中集合。

感谢生活，感谢生活，感谢你的解脱。我是一只雄鹰，我的翅膀在解脱中拼搏。

蒋先生的一首《感谢生活》是在人生很灰暗的日子中写成，生活是艰辛的，但在这样的情况之下蒋先生仍是不屈服于命运，反而昂扬起斗志，向其宣战，这样的逆商，值得我们在为琐事郁闷彷徨时回想，谨记，践行。

当时，我是一个落汤鸡，连麻雀都不如。但我暗示自己是一只雄鹰。有一天我要飞向蓝天。非常感谢暗示性思维，在没有阳光的时候给了我阳光，在没有希望的时候给了我希望。那个时候，这种暗示性思维让我感觉到冬天过去，春天一定会来到。

乐观的人于失望中看到希望，悲观的人于希望中看到失望。

后来，我读到美国学者保罗说的一段话，好像这段话就是跟我说的。他说：智商情商固然重要，但人生成功的程度，取决于逆商的高低。这个逆商太重要了。在那个逆境当中，我始终把逆境当顺境过。所以我无悔无怨。

逆境中给我最好的礼品是敏感。我可以从别人的眼睛里看出来他想跟我说的话，他如果说一句平等，我心里就喊万岁！他说一声尊敬，我恨不得给他磕个头。可是我看到的大部分都是戒备。

那个时候，我对政治特别敏感，不是我喜欢政治，是政治影响着我的命运。我关心政治就是关心信息。我那时候信息来源很有限，花了 1 块 5 毛钱买了一个小喇叭，捡了一根电线做天线就是我的信息来源。我一天必须听两个节目，一个是天气预报，一个是新闻联播。我听来听去就把这两个节目听成了一个节目，都是天气预报，明天自然的天空和政治的天空是刮风下雨还是打雷我一听都知道。所以整个“文化大革命”我是从容的，因为我有预感。

有一天播了一条两报一刊社论，两报就是《人民日报》、《解放军报》，一刊就是《红旗杂志》，题为《横扫一切牛鬼蛇神》。我知道一切就包括我了，以前漏网现在不会漏了。所以第二天我就穿了一身黑，黑衣服黑裤子黑鞋黑袜子，就是没戴黑帽子。因为黑帽子是造反派准备的。我没敢走大道，溜着墙根到了文化馆。就怕敲鼓，外面敲鼓心里也敲鼓，越怕他越来。鼓声大作到了文化法馆门口戛然而止，口号声响，揪出地主阶级的孝子贤孙蒋开儒。点名了，跑不了了。我就往外走。我那时候才理解，奔赴刑场是什么样的滋味。我想只要我走出了文化馆的大门天就塌下来了。我走到门口，后面有人说话，“等等，你先别出去，我先出去看看”。说话的是我们的代馆长，代馆长叫陶传伟，他长得黑，我们叫他黑桃，打球他是中锋 7 号，我们叫他黑桃 7。他出去了之后说了两句话，他说蒋开儒不是地主阶级的孝子贤孙，他是可教育好的子女。这就不得了，口号声响起来了，打倒铁杆保皇！一下把他抓走了。我想出去可是我不敢出去，因为我出去了就是一根绳子拴两只蚂蚱。我就在屋里转了一个多小时。我们代馆长回来了，他平时打球像坦克车似的横冲直撞，这回走路里倒外斜，脸上抹得漆黑，手里拿着一个高帽，帽子上写着我的名字。我看着不过意，我就端了盆水给他洗脸，一边走，泪珠子吧嗒吧嗒往盆里掉。他却像没事似的，他说，你哭什么？我脸比你黑，比你抗抹；我三代贫农，戴高帽也比你抗折腾……说得我泣不成声。就是这样的共产党员，这样的东北汉子保护了我，呵护了我，才让我在“文化大革命”当中没有受到最大的伤害。对北大荒的这些朋友们，我心里一直是特别的感激。

改革春风来，香港亲人重聚

对坏消息敏感，对好消息一样敏感。十一届三中全会公告一发表，我就听到了春天的脚步声，虽然很遥远，但很清晰。有一句天天讲的话，叫做“以阶级斗争为纲”不讲了，有一句从来没有听的话叫得挺响，叫做“以经济建设为中心”。我就想：变了，方针政策变了，春天来了。果然，十一届三中全会之后的第一个春天，我的命运就发生了根本的变化。

早春二月，我在香港的表妹曾曼芝给了我来了封信，邀我清明节到香港和亲人会面，选定这个日子的是我在美国的姑妈和在台湾地区居住的姐姐。我拿着这封信百感交集，这封信来得正是时候，正好赶上了十一届三中全会之后的这个春天，春天来了我就不怕了，我就把这封信交给了统战部，还写了一封赴港探亲报告，报告交上去了，但是没抱太大的希望。因为历史的经验告诉我，这种报告一般很难得到批准。没想到我的报告批准了，去心似箭，坐特别快车都嫌慢，我索性乘上了三叉戟，万里长空飞行两点零十分，从北京直达广州，接着出深圳过罗湖就到了香港。山是特别的青，天是特别的蓝，祥云朵朵。越走楼越高，越走楼越挤，挤是挤可并不闹心。我只想着下了火车以后到哪里找我的亲情。

到了红堪车站，我被人们挤下了站台，我一下子傻了。就在那时，我听到了一声清脆的女高音，“表哥”，我不知道这是谁叫的，也不知道是叫谁。但我总觉得这个声音好像和我有关，因为香港有我的表妹，有表妹就有表哥呀。我就顺着声音望过去，我看到一群女士站了一排。我看她们分不出个来，都是一样样的——头上曲卷蓬勃，脸上浓妆艳抹，身上秀丽单薄，脖子上星光闪烁！又一声喊表哥，我认出来了是我的表妹，还是小时候那张娃娃脸，只是悄悄长了30岁。表妹认出了我，乐得蹦高，她跑过来，左手接过旅行袋，右手挽着我的胳膊就往前走，香港就这么个走法，可我初来乍到，不习惯呀，我习惯的是挺胸抬头甩胳膊迈大步呀。这一不习惯就非常紧张，浑身发僵，表妹一定感觉了，赶紧抽出右手，把左手的旅行袋扔给了右手，动作潇洒自然。上了的士，我问表妹头一句话是："我们分别30多年了，怎么我一下火车我就听见你喊表哥呢？"表妹说："也不知道怎么回事，一看见表哥心里就亲呀。"当时我说不出话来，只觉得泪珠子在眼眶里直打滚，我就闭上了眼睛，关上了我感情的闸门。都说香港那个地方人情薄如纸，可是我一到香港就找到了亲情。

我是准时到的香港，所以说我非常感谢邓小平，非常感谢党的恩情。等到1979年5月12日9点15分，从桃源起飞的姐姐和姐夫在启德机场着陆。回家的大门一打开，第一个跑出来的就是姐姐，姐姐抱着我喊出了我的小名，说："这是做梦吗？"我说："这不是梦/这不是梦/你抱着春雨/我抱着春风/两颗心贴在一起跳动/冰雪悄悄消融/这不是梦/这不是梦/我抱着宝岛/你抱着长城/骨肉情化作一道彩虹/海峡悄悄相通。"当然这是我心里说的。我当时是说不出话来的，只能以哭当歌。

那天晚上，在香港半山区的小楼，我用文字记下了我心中的歌。当我写到我抱着春雨，你抱着春风的时候，泪水就把稿纸打湿了。在那一个特定的环境里面，我写出了"春风春雨"四个字，可见《春天的故事》在那时候就开始孕育了，当然，那是家庭版的《春天的故事》。

> 生活和经历是创作灵感的来源。

我跟姐姐分别了30年，见面只有8天。掐头去尾还剩下6天。姐姐舍不得上街，一直跟我谈话，谈了3天。亲人们把我团团围住，把我围在中心，我就是中心发言。每一次姐姐都会坐在我的身边，那是她的专利。她喜欢用两只手握住我的一只手，姐姐的手暖暖的，软软的，像妈妈的手。我想起了妈妈，想起了小时候。我说："亲人啊可记否/弯弯小河/依依垂柳/绕着咱的家门口/光脚丫/过小桥/你牵着我的手/亲人啊可记否/妈妈的背/妈妈的怀/日夜当咱摇篮悠/悠着笑/悠着梦/悠着心头肉/亲人啊可知否/浩浩江河/滚滚东流/春水一去不回头/天悠悠/地悠悠/人生几度秋？"

在我说话的时候，亲人们用抽泣给我打着节奏。姐姐一边听一边哭，她说了一句话：让我后悔一辈子的是那年上飞机一把没抓住！我说姐姐，全靠你的一把没抓住。你那年 19 岁，我 14 岁。你走了我就是顶梁柱了。30 年过去了，你走的时候 5 个人，一个没少。我们兄妹四个还领来了 4 个新人，10 个孩子，现在是一大家子了。姐姐说这么好啊？我说全靠你一把没抓住，我才能生活在祖国温暖的怀抱里。

姐姐要给我买西装，我说我们那儿穿中山装，我穿不出去。姐姐要给我买彩电，我说那儿还放的黑白，要是有彩电门槛都得被踩烂。我什么也不要。她说你不能什么也不要。我说你已经给了我最高的礼品了，就是你喊了一声祖国。

我在香港的时候，正赶上移居香港的热潮，香港的亲人，美国的亲人都留我。我表妹的习惯是把她想说的话，在报纸上找到题目，叠好了放在我的桌子上。有一天有一个新闻，来港探亲的人士，按期回去的很少。还有一个文件，凡是在香港住了满两年的就可以成为永久性的香港公民。因为香港特别缺乏劳动力。我姑妈干脆给我找了一份工作，工资是 3000 港币，那是香港的最低工资。但是比起北大荒 66 块钱是蛮有诱惑力的。但我一直没有表态，姑妈从小就疼我。直到我姐姐走了 3 天，我才说："姑妈，我要回家。"姑妈一听就火了，你就知道回家，家里还有啥？房子也分了，田也分了，地也分了，金银财宝都分了，你还有什么恋头？姑妈说的是真事，但是那是 30 年以前土改运动的事。姑妈的感觉还是昨天。

那几天正好我写了一首《祖国之恋》，我就用这首歌给姑妈做了回答。我说姑妈你不是问我恋什么吗？我恋故乡怀抱的小河/甜甜的水儿清清的波/那是母亲的乳汁/点点滴滴哺育了我/我恋艰苦岁月的篝火/熊熊的火焰烤暖心窝/那是同志的友爱/日日夜夜温暖着我/我恋春回大地的祖国/一夜春风满园春色/那是美好的希望/时时刻刻召唤着我/无论我走到那里/走到天涯/走到海角/我的心儿紧紧地贴着我的亲爱的祖国。

姑妈一边点头，一边抹着眼泪。点头是她的肯定，抹眼泪是她的惋惜。她说了一句话，她说："咱们家的孩子一身清贫却长了颗高贵的心。"姑妈活了 100 岁，2005 年在美国去世了。但她说的这句话却永远留在我的心里：一个人可以清贫，但必须有一颗高贵的心。

"一个人可以清贫，但必须有一颗高贵的心"也应该成为我们年轻人的信条。

我是1979年5月27日回来的。我过了罗湖桥，迎接我的第一个亲人就是解放军战士，十八九岁，红领章，红帽徽，红扑扑的脸，特别漂亮。他接过我蔚蓝色的通行证看了一眼，又定睛地看了一眼，突然打了个立正，敬了个礼，脸上还带着一朵笑容。我眼泪一下就下来了，在我的心中，祖国一直是黄河长江万里长城天安门。但在那个瞬间，祖国就幻化成一名战士，战士的敬礼就是祖国给我的最高奖赏，战士的笑容就是祖国母亲慈祥的笑容。当时我心里特别美。正好下起了小雨。我就给小雨写了一首小诗。

小雨小雨/可爱的小雨/线儿柔/珠儿细/喜春风/恋大地/脚步悄悄无声无息/情意绵绵如丝如缕/小雨小雨/多情的小雨/落花苞/水淋淋/落绿叶/娇滴滴/落在我心上/甜蜜蜜。

我写的是小雨，小雨就是我自己，我喜春风，喜的是十一届三中全会的春风；我恋大地，恋的是960万平方公里的大地。小雨落在我头上水淋淋，落在我心里甜蜜蜜，我扑进祖国母亲的怀抱，我娇滴滴。这就是活脱脱的1979我的速写。

去心似箭归心也似箭，我在广州没有停，直接回到了北大荒，回到了妈妈的身边。她常对我们说要顺应历史潮流，善有善报，不是不报，时候没到。善有善报后面还有四个字——恶有恶报。妈妈把那四个字省略了，从来没有说过，可见妈妈的良苦用心。她把伟大的母爱变成了我们对社会的爱和对未来的期待。因为有着伟大的母爱，我才会有今天。

《喊一声北大荒》喊出人性美

这是 1988 年 6 月 1 日，我在北大荒草地上的照片。有趣的是，“咔嚓”一声之后我就写出了《喊一声北大荒》。那一年是我们开发北大荒 30 周年，要举行一个大型的音乐晚会，约我写一首主题歌。当时流行的是伤感文学，只有伤感文学才能引起别人的共鸣。但是我脸上没有伤疤，心里没有伤痕，我心里装的全部是恩情。那时候省委省政府下了一个通知，要把北大荒改成北大仓。但是我改不了。

尽管不再荒凉/尽管你不再迷茫/我还是亲亲的喊你北大荒/尽管你连天麦浪/尽管你遍地粮仓/我亲亲的喊你北大荒/喊一声北大荒能喊出勇猛/喊出顽强/能喊出血气方刚/喊一声北大荒能喊出纯真/能喊出坦荡/能喊出热泪两行。

这个歌写完后，正赶上全国首届歌词大赛。我把这个歌词寄到了北京，消息不断传来，参赛的有 1.2 万多首，中国除了评委会以外，几乎所有名家都参加了，因为是首届歌词大赛。通知来了，在 1.2 万多件作品里面选了 12 件获奖作品。我们 12 个人像小孩子一样排排坐，坐在第一排等着宣布。中央电视台倪萍代表组委会宣布，第一名就是《喊一声北大荒》，我非常荣幸。

乘着春风赴深圳，《春天的故事》

我从香港回来之后，职务变动很大，一年跳了四级。从文化馆的创作员升为馆长，文化局副局长，文联主席，政协副主席。做了政协副主席 10 年之后就退了二线。我想我浑身是劲怎么就退休了？当时我听到了一个长篇通讯《东方风来满眼春》。我想深圳这个地方我去过，以前就是一片水田，怎么小平在那里一讲话，就这么轰动？我当时感觉很奇怪。

我很快就到了中国的南海边，我是 1979 年 5 月 13 日到的深圳，《春天的故事》这个题目来得很自然。1979 年给我的家庭带来了春天，1992 年我看到了我们国家的春天。所以这首歌一开头就用了这两个年头。这两年之间只隔 13 年，13 年由一片水田变成一个现代化的城市，这在人类文明史上从来没有过。这 13 年正是社会主义的困难期，东欧剧变，苏联解体，整个社会主义找不到出路，小平让我们杀出一条血路，我们修出了一条有中国特色的社会主义康庄大道。

很多记者采访我的时候问了一个同样的问题，你怎么写出画一个圈的？记者真有才，问到点子上了。我的习惯是先有警句后有歌，没有警句不写歌。画一个圈的灵感来自南方谈话。邓小平的南方谈话就像一首诗。他说：“社会主义也有市场，资本主义也有计划。”当时，我震撼得不得了，原来计划和市场是两种经济手段，同属人类文明。1929 年美国经济危机，罗斯福就用计划经济解决了资本主义的经济危机，50 年之后，社会主义经济困难，小平又用市场经济解决我们的困难。所以都是人类的文明。小平很伟大，解放思想，实事求是，他坚持和提倡实践是检验真理的唯一标准。他用一句最普通的话解释了非常深刻的哲学命题，让所有的学者和老百姓都能够听懂，就是摸着石头过河。小平就是要做实验，种试验田，他要选择一个地方，规定一个范围，做一个实验，把资本主义的市场经济引进来。他选择了深圳，画了一个 327.5 平方公里的圈，圈里是特区，圈外面是关外；圈里搞市场，圈外是计划。这个感觉一来我就写出了第一句，1979 年那是一个春天，有一位老人在中国的南海边画了一个圈。这句话一出来行云流水一气呵成，这首歌就写出来了。

《春天的故事》的姊妹篇是《走进新时代》。香港回归的头一年，罗湖区委请我写组歌。那时候我还是个外来工。去了之后我非常珍惜，这是百年一遇的机会。我一口气就写出了 9 首，因为我有香港探亲的生活，写得很顺利。第 10 首歌我想写给共产党，只有共产党领导才有香港回归。我自己给自己提了一个新的标准，我想这首歌不仅党内能唱，党外也能唱，不仅国内能唱，国外也能唱。这就把我憋住了，很长时间写不出来。就在这个时候，小平同志永远离开了我们。那几天心里特别难过。电视台采访我的时候录下的都是哭声。

5.29，江泽民同志在中央党校发表讲话，题目为《高举邓小平理论伟大旗帜》，我听了之后很高兴，马列主义，毛泽东思想，邓小平理论作为我们党和国家的指导思想。我当时感觉中国人真幸福，好日子都让我们赶上了。

“我们唱着《东方红》当家做主站起来，我们讲着《春天的故事》改革开放富起来，继往开来的领路人带领我们走进新时代。”我把这三句话写进了日记，后来又写进了歌里，因为写的是中国人的幸福感，所以就叫《中国有幸》，是迎接香港回归的。

后来市委领导发现了这首歌，觉得这首歌献给十五大正好，马上把这首歌送到了中央电视台。在中央电视台的指导下，把《中国有幸》改成《走进新时代》，由印青作曲张也演唱。这两首歌出现之后，我的生活状态就发生了比较大的变化。

这是 1998 年一个人物摄影家谢力行给我拍的照片。当时我住在单身公寓里面，20 多平方。这个办公桌既是写字台，也是我的餐桌。我的餐桌上没有酒杯，摆的全是奖杯。

这是 2002 年小平的弟弟和妹妹看到了我。小平的妹妹没有叫我的名字，她"哇"的一声叫我"春天的故事"。我看到领袖家的孩子对老百姓那么亲热就很感动。小平的弟弟——91 岁的邓垦也用了一个"春"字，他说你四季如春。因为那天是三九，他们穿的棉衣，我刚刚冬泳回来穿的是短袖。我看到他们这么亲切，我说我有一个问题想了多少回都不敢问，也不知道上哪儿问。小平的弟弟说这么神秘啊，你有什么问题就问吧。我说小平听没听过《春天的故事》？他说他听过，他也看过，他很喜欢听，很喜欢看，可他一句话也没有说。当时我心里就感到特别的满足。小平在这首歌里听到了老百姓对他的喜欢，对他的爱，对他的感激。领袖和人民就有了神交。我在这中间能够做一点点，就感到特别的幸福。

2003 年，中国金唱片奖是与国际接轨的，把唯一的歌词创作奖发给了我。2004 年，前美中关系全国委员会会长兰普顿教授访问中国的时候，特邀我到北京跟他对话，题目就是《中国巨变》，开头讲《春天的故事》，结尾讲《走进新时代》。通过这两首歌谈中国的巨变。

2005 年，写给十四大的《春天的故事》，写给十五大的《走进新时代》，写给十六大的《中国好运》一起进军美国。在洛杉矶中国影像城 3 天销售 1000 套。

我们的主旋律歌曲，他们说是阳光歌曲。

2006年两首歌入选嫦娥一号环绕月球飞行的曲目。21世纪选了21首歌，其中就有这两首。

2007年，我被一个名字所感动，因为他太爱老百姓了，太关心老百姓了。这个名字就是各位的学友，清华培养的领袖人才胡锦涛主席。他曾经多次说过，“发展为了人民、发展依靠人民、发展成果由全体人民共享”。在共建中共享，在共享中共建，使学有所教，劳有所得，病有所医，老有所养，住有所居。我突然想起2500年前老祖宗就说过的，大道之行也，天下为公，使老有所终，壮有所用，幼有所长，残有所养。真是千年美梦一脉相通。我感到我们为了实现这个千年美梦，一代代的思想家、革命家、领袖和人民奋斗终生，但都没有完全实现，在中国共产党的领导下，经过了全国人民几十年的共同努力，千年美梦终于在我们这一代变成了现实。我就写了一首《中国梦》。

中国人/爱做梦/千年美梦一脉相通/梦桃源/梦大同/梦一个天下为公/梦回归/梦嫦娥/梦一个小康繁荣/千年梦/新内容/共建共享神州新文明/千年梦/新内容/共享和谐/共享和谐中国梦。

2007年11月25日，吴晓莉采访我，题目是《感怀天下》。她让我通过《春天的故事》，《走进新时代》和《中国梦》的创作来谈我个人和天下的关系。我谈完了之后她给我做了一个总结，她说你一路坎坷却一生阳光，你怎么理解阳光人生？我说对于我来说——晴天雨天都是好天气，顺境逆境都是好经历，花季花甲都是好季节，月圆月缺都是好美丽。她听了以后笑得前仰后合。忘记了她是主持人。吃饭的时候，我们6个人陪她吃饭，她每个人送了一张照片，把这四句话分别写在了6张照片上。她说我们分享蒋老师的阳光人生。

这就是我的阳光人生，这就是我的梦，中国梦，谢谢中国的精英们！

现场交流

主持人：我听您讲了那么多的内容，特别是香港经历的时候我就猜到您有这样的回答。我想问您是什么能让您经受了那么多磨难之后仍然对社会怀着感恩之心。我想这种百折不挠的精神正是我们80后所缺少的，也是我最憧憬，最想要拥有的东西，所以非常想让蒋老师教给我如何能拥有这种人生理念？

蒋开儒(以下简称蒋)：最主要的是在残酷的斗争当中我体验到人性。那个时候斗争是非常残酷的，但是我感觉到有的时候是人为的，不是本性的，本来不是恶的，就是因为受环境影响就必须要那样。人性不是恶的，他有着很善良的一面。我从很多事情里面，比如说最困难的时候我们家吃的都不够，歌舞团的女孩子们省下口边粮，把一个月的粮票送给我。还有刚才说的保护我的人，在我们的人民当中人性美是对我一个最大的希望感。我就感觉到我们将来一定会过好的。

主持人：听了蒋老师的回答觉得您是一个心胸博大的人，您理解了这个社会当中的无奈，才能不怨恨。

蒋：理解非常重要，比如说给我贴了满墙的大字报，我就知道他们不是要运动，不是恨我，他们贴完了以后还和我喝酒。

主持人：能站在别人的角度上想问题，世界才会更加和谐。

观众：爱情是人性不可缺少的一部分，也是人性的主题，您是否写过爱情的诗歌，是否会创作爱情的诗歌？

蒋：我在前年大理创作的时候就写过一首歌《高原的海》。他们说还能不能写一首？你会不会写爱情歌？我说我是写爱情歌出身的。我就给他写了一首爱情歌。我说我要先开一个座谈会，18~28 岁的一帮孩子开座谈会。以前开座谈会都是爱党爱国，这次开座谈会题目是我的初恋。谈得非常好，我真没有想到孩子们这么坦诚。其中一个孩子说这样的话，我初恋的朋友分手了，我现在和他没有联系了，但是我还想他，却不能告诉他。这样的话他都会说，特别坦诚。他们嘴巴上还有一句口头语，心肝片。我就用心肝宝贝给他们写了一首歌，这首歌现在已经在大理流行了。云儿皱起了眉，风儿飘下了泪。善感多愁的你是不是想要一点安慰？哦，我的宝贝。天边掣起了闪，头上炸起了雷，心高胆小的你，是不是想要一个保卫？哦，我的宝贝。天边下起了雪，大地盖上了被，小鸟依人的你，是不是想要一个依偎？哦，我的宝贝。

观众：首先感谢蒋老师的精彩演讲，我有两个问题，我看过您的一些介绍，您现在居住在深圳。刚才您讲的时候没有提到，我想了解一下，您是在什么时候由于怎样的原因从北大荒移居到深圳的？您能不能简单介绍一下这是由于什么原因？

通过您的讲座我也了解到您写过非常非常多非常非常美的诗，很多被谱成了歌曲。这些谱成歌曲的很多一部分是先有的音乐再补的词，还是您先写好了词再谱的曲？

蒋：先写词再谱曲。我为什么到深圳？就是由于小平的南巡讲话。我开始觉得很奇怪，我要揭开这个谜。到了那里之后我就赖着不走了。当时我就带了2000块钱，只能找一份工作。找了工作之后不敢花钱，有3个月只吃盒饭。第一次到饭店去我就问了一下，太想吃青菜了。我说炒一盘青菜多少钱？他说5块。我说来一盘，非常果断地说出了这句话。直到第三个月，老板才给我第一次工资。为什么老板聘用了我？因为我写了3篇文章。我们老板是复旦的博导，专门写新闻的。他让我写的新闻，第一篇写给商报的发了，第二篇写给特区报的发了。第三篇写给人民日报，半个月以后人民日报也发了。我说老板，人民日报发了，老板说我看过了。我说老板，我已经来了有3个月了，很想请老板给我指点、指点。老板第一次和我那么亲近，拍着我的肩膀。他说你一专多能，谦虚好学，人才难得。我说老板，我还不是您的人才。他说那我们马上讨论。一讨论他有4个助手全部说我的好话，说蒋老师让他干什么就能干什么，干什么就能干好什么。老板说那就正式入编吧。4个助手还说了，这么大岁数光入编不行吧？给一个职务吧。设一个创作室吧，让他当创作室经理。我就当了创作室经理，就我一个人，就这么进来的。

开始接受我的时候也有一个故事，接受我的时候问我多大岁数了？我说57。他说我们这边平均年龄27，大了一点。有文凭吗？没有，只念过7年书。没有文凭我们这边也不行，过门槛就得大学文凭。我说我有奖状。我就拿出来了，全国第一。他说没有文凭有水平也行，我就这么进来的。

观众：您现在70多岁了还能保持如此的感性，您自己爱感动，也感动了别人。您这种纯净和透明是如何修炼的？

蒋：我最近和一个医学博士谈话，他说你怎么说话这么时尚？我就谈到了一点，内分泌。他问我关注什么，我说我关注内分泌。他说问别人都是关注血压高，脂肪多，你怎么关注内分泌？我说就感觉到内分泌好的时候，身体就特别好。影响内分泌的是阳光性思维和阴天思维，或者是积极性思维和消极性思维。所以一个人一定要保持阳光思维，保持积极性思维，保持正面思维，那你内分泌就非常好。要是内分泌不好的话就会头昏眼花，喉咙发干，胸闷腿沉。我保健的最好方法就是要有一个好的内分泌。

主持人：这个答案听起来简单，但是蕴含着一种智慧，内外的平衡。您说的内分泌就是一种人体和世界的和谐状态。

观众：1958 年左右您去了北大荒，人生二、三十岁正是经历爱情的时候，当时那个环境对您影响很大，您说了出身各个方面不是很好。当时的环境对您的爱情有什么影响？您的爱情对您的一生有什么影响？

蒋：最大的影响，开局都挺好，结尾不好。一见面就熟，但是一谈到婚嫁的时候就散。都是这样的，经过好几次。后来这个女孩子是我给她寄去了照片，寄去我的诗。她看了我的诗之后，别的什么都问了。她是秭归的，是屈原故乡的，对诗特别喜欢。她问我，你什么成分？我说地主。她说真的吗？我说真的。她感觉我说实话，就没有走，留下了。她是湖北的，到北大荒，这么结婚的。那一年我 32 岁，虚岁 33 岁。

观众：听了蒋老师的演讲，我觉得工作十年以后同样有非常多的感触。希望蒋老师给同学们一些建议，或者是给我们这些工作人的建议。我从您的经历当中能感到很多举重若轻的东西。同样我现在也从事文艺工作，我也能感受到您的歌曲，慢慢我能感受到很多的歌曲也是源自于您对生活的感悟和一种厚积薄发的功力。所以我想在现在这个环境里也希望听听蒋老师对我们这些后辈和年轻同学们的建议。您觉得在人生道路上什么是最值得坚持，什么是最值得信仰的东西？

蒋：刚才这位小朋友是张艺谋的合作者。奥运会开幕式他立了一个大功。奥运会整个的火焰是他设计的，他控制的。那是一点错都不能出的，清华的孩子就有这样的本事，向全世界展示了科技的力量。

刚才问的这个问题，我觉得最重要的是责任感。你们不是一般的孩子，你们是精英当中的精英。所以说你们的一切都和共和国连在一块儿。你们是千里挑一，万里挑一挑出来的。所以说你们的健康状况，你们的成就情况都和国家连在一起。我首先请你们特别关注健康。我一直保持冬泳的习惯，12 月下水。当然深圳那个地方 12 月也不算太冷，但是也没有下水的。一个你们要有健康的理念，还要有健康的方法，健康的方法比如说冬泳、太极拳、登山。每天一定要保持一定的运动量。你运动的时间使你延年益寿，花点时间是非常值得的。特别是对你们来说，你参加运动之后灵感就来了，我的很多歌词都是在运动中得到的。有一个导演要设计给我拍一个镜头，给我一摞纸说你写一句话扔一张，我说没有那样，我都是一气呵成，都是运动给我灵感。我们都要创新，创新哪里来？灵感。歌词不是靠技巧，是灵感。你们将来的设计也是，靠灵感。一定要把运动当作最重要的事情，一定要抽出相当的时间参加运动。

再就是逆商。智商你们都是最高的，情商你们也会比较高，但是我希望你们更要提高逆商。我听到很多有才能的孩子就是因为逆商不高出了事。我就特别希望每一个人都变成一个铁打金刚。

主持人：我们想请蒋老师说一句话，给我们这些 80 后，90 后的年轻人，表达您对我们的期望还有祝福。

蒋：你选择了清华，清华也选择了你。你选择了中国，中国就把重担交给你。

第四篇

谋划未来 起航人生

学海商海显宫力，谋职谋业谋人生

他，有着丰硕的学术成果；
他，有着高深的技术造诣；
他，有着辉煌的创业成就；
他，有着鲜为人知的成长经历。
宫力，为您指点迷津，拓宽思路，减少事业与财富之路上的障碍。

时间：2009年3月17日晚

地点：清华大学公共管理学院报告厅

嘉宾：宫力，北京谋智网络技术有限公司董事长兼 CEO。清华大学计算机系 1980 级校友，英国剑桥大学博士，创办北京谋智网络技术有限公司。曾任 Sun 公司中国工程研究院院长，微软 MSN 中国区总经理。美国 VVC 和 Bessemer 风投合伙人，参与十多家高科技公司在硅谷和国内创业。Java 平台主要设计人之一，被誉为“Java 在中国的最高智慧”。

我今天来这里是给大家帮点忙的，而不是来吹牛的。因为我看有些人讲他做了什么事就成功了，是没有意思的。成功都是偶然的，成功是不能复制的。他那么做了，成功了，你也那么做不一定行。比如红军两万五千里长征中，十八勇士飞夺泸定桥，你不一定要跟他们学。我今天谈一下自己的看法和经验，我也并不一定是按照这些看法和经验走过来的，我可能走得比较弯，但是可能会有捷径。

一直以来，清华里面确实有很多人，某天去听了谁的讲座，突然开窍了，从此以后就转变过来了，还比较成功。我想今天如果这里有一个人有了这种效果，20年后他站在这里说我当年听了宫力的演讲，现在成功了，我今晚也不虚此行了。

为什么我来这里演讲？一方面，前些天我看了一篇报道，这篇报道中引用了英国一位作家的一句话来讽刺牛津和剑桥这两所学校。他说牛津和剑桥的老师太忙了，天天忙着教年轻学生课程，没有时间教他们其他事情。学校的环境比较单纯一些，走的路也比较直一些，在学校里面上一般的课程和从校外回来的人讲的课程会不一样。

另一方面，我可能还有一点不太一样，在3个职业跑道里都跑了差不多10年，当然这10年是有重复的。

首先是研究学术，什么是做得比较好的？可能是写文章、当编委。我在国际上计算机安全领域的三个大会都当过主席，在所有有关的杂志都当过编委。大学4年级的时候有一个人来讲座，他是中学毕业，但是用初等代数证明了四色定理。我们不是很懂，也不信，我要避免出现这种情况。大家一般认为，学术的最高代表是在 *Nature*(《自然》)或 *Science*(《科学》)上发表文章。只要在上面有一个豆腐块大小的文章，在北京还不行，在其他省份就是本省最厉害的。我在《自然》上也有一个1/4的豆腐块，但不是学术性的文章。

其次在工业界，进入跨国公司 Sun，Java 平台刚开始的时候我就在里面。当时 Java 有三四个主要的模块，我是其中一个模块的负责人，算起来在工业界里也差不多待了10年。

再次是创业。在硅谷耳濡目染，看着别人创业，多多少少也想试一下。10年来我参与过十几家公司的创办，投过资，也做过共同创始人，也做过顾问。其中有比较成功的，有做到几十亿的公司。

清华人有很多优点，比如说专业知识好、学习出色、干活努力，毛病相对少一些。众所周知还有4个字的校训是蒋南翔校长非正式提出来的，广为流传，即“听话出活”。团结友爱，同学活动比较活跃。工作好找，出国申请比较容易，这些都是优点。然而，我的意思是，所有这些优点都隐含着缺点，因为有了这些优点，清华人有比较偏激的缺点。我可能为了让你有较深的感受，会说得比较极端。

下面分3个方面来讲：在校期间；关于出国；职场问题。

以自己的理想和兴趣为目标

在校期间，我认为有两个盲点：一是学习非常刻苦，花费了很多时间，但是遗憾的是所学的基本上都不是以后用得到的东西。我在1980年进学校的时候刚好要改革，软件专业要和数学专业共同开超级数学课，结果微积分学了4个学期，用的教材是苏联的8本教程。上了两年以后学校说就此一届，再也不上了。为什么不上了？这课老师教不了。其实现在想想微积分对我来说一点用处都没有。

你进大学的目的是什么？如果说进大学为了有一个很好的教育，学到很好的生存本领，以后能够舒舒服服地过一辈子就足够的话，今天晚上的时间也不用浪费了。因为你们从清华毕业出去以后随便找一个工作，在中国的社会里面肯定也是中上等的。一定要想你来这里干什么，这就引入了第二个误区，同学们太重视成绩。

我认为在清华要培养自己，但上大学不是养猪，说要把猪养到多肥，按照国家指标一量。培养自己不能总是拿国家考试标准培养自己，就跟上中学似的。中学生还比较小，老师说高考是唯一衡量标准，但上清华了就不应该再这样考虑了。国内这些考试制度是有一些道理的，因为国内不相信人，所以一定要考核。举例来说，中国的情况是牛顿在中国别想找到教职，因为第一条，他不是博士，在中国不是博士是不能在重点大学教书的，更不要说当教授。为什么牛顿当时没有博士学位就能当剑桥大学的教授？因为他能干就可以得到提拔。而中国的体制不一样，国家要考试。它是这么规定的，你是一定要照着通过的，但是不能盲目地进了它那个机器，耽误了自己。因为学习好跟成绩好是两回事情。

我们计算机系50年系庆的时候我说：千万不要把目标定为考全班第一名。万一很不幸当上了也没办法了，你们班其他人都太聪明了。为什么呢？当第一名你会痛苦一辈子。每年同学一聚会提的就是当年谁考第一，现在混得那么差。第二名是谁没人记得，只记得拿金牌那个人。从概率来看，100 个考第一的人里面有99个以后混得不行。

有一个说法是“二八定律”，花20%的精力可以达到80%的效果。如果要达到最后20%的效果要花费80%的精力，这类大致的划分意思是，你要在清华里够聪明的话，就花20%的精力达到那80%的学习成绩，把80%的时间拿出来做其他你能做的事，用剩下80%的时间硬抠那20%的学习成绩对于你的人生是极大的浪费。

在校期间的效率是最重要的，应该用最少的时间去完成基本课程，将节省出来的时间用于发展兴趣和爱好。每个人的都有自己的所长，而精力又是有限的，就应该用有限的精力取得最大的成果。

我不是说考85分就满足了，还是要争取考好，但是不要一味地说我的目标就是学习，你要想好你的目标是什么，用足够的时间学习就行了，学无止境。比如学外语要70%，或50%，或30%的时间。我们那时候外语水平比较差，要花相当多的时间。女同学对着一个外国男朋友说话比自学一年的效果好多了，这是无底洞，硬抠没什么意思。学习上成绩差不多优秀就行了，但是真正做东西的时候不能凑合。大家在高中的时候肯定是学校里的第一，省里面的前十，一进清华肯定打击很大，因为你不再是第一，不再是前十，赶紧接受现实。我那会儿一进屋，发现他们都很厉害，然后我说：服了你们了，我要换系。我也不是当时就想到这些道理，只是很自然地这么过来了，现在一回头觉得我很幸运，如果当时拼第一名就惨了。

那剩下80%的时间做什么？

首先，可以做课外活动，比如我参与过社团。如果你什么都不会可以学，说不定你会在某方面变得很厉害。那时候系里的女生有长得好看的，唱歌唱得好的，跳舞跳得好的。有一个女生觉得自己什么都不会，不过对足球感兴趣，她后来成了女子足球队的主力后卫，这也很好。一些志愿性的活动，国家的、校里的、系里组织的，都可以参加一些，而且不一定非要在寒暑假。

其次，可以跟其他学校的同学联系一下。以后你会发现你最好的朋友圈就是你的同学：幼儿园、小学、中学、大学。我们幼儿园的同学都很亲近，都是一个院里面长大的，所以最近还经常聚聚。你经常跟清华人在一起是好事，但是会觉得很单调。因为清华人都很像，都是社会精英之类的，走的道路也差不多，但如果是小学同学的话就很不一样了。我们有个小学同学是八级焊工，厂里技术的一把手，他的生活经验跟我的生活经验是完全不一样的，我可以从他那里学到很多东西。

第三，看书。我最疯狂的一个学期差不多平均一两天要看一本书。我建议大家看英文书，不要看翻译的书。看看国外的书会发现跟中国的书有很大的差别，不少国外的书内容全面，比如他说天是蓝的，他会解释为什么。中国的书大部分讲到天是蓝的就结束了，你也不知道为什么是这样。我建议大家看英文的原著，我现在看翻译的书就不确定这本书是不是那作者写的，因为有很多地方被翻译剪裁了。如果没有钱买原版书我建议在网上看国外的报纸。阅读新闻是了解外国人的生活方式、思维方式，以及学外语的最好手段之一。报纸上题目很杂，但是很实用，比新概念英语实用得多。我推荐两份报纸：一份是《纽约时报》，一份是《金融时报》。

第四，如果是搞研究的，攻读硕士、博士的，我建议你们看国外知名大学中知名科系的实验室的研究项目，网上有不少信息，不去看很可惜。有几个学生到我这里来请教，我建议他们看看国际上的一流专家都在干什么，有的人根本不看，有的人说看了以后没什么体会，我觉得这样不行。国内外搞研究的，我有一个最大体会是，要在国外抓一个博士生问他是搞什么的，他会从底向上说，先说细节再说大的领域概念，而问中国的博士生呢，是从上往下说，先说大的领域概念，说到细节，他往往不知道，说不清他到底在搞什么。

第五，听讲座，把在清华每年举行的各种讲座打一个分的话，平均值一定会高过你上课的平均值。可能你听了 50 个讲座，其中只有 6 个让你觉得学到了东西，但是这种潜移默化的影响是很大的。清华的学生比较骄傲，都说忙，不去听讲座，在忙什么呢？上自习。那没什么意义。

学习效率是重要的，学习时间是不重要的。打个比方，我是 PC 的话，CPU 的速度要增加，内存要增加，网卡要加速，处理事的能力要加速。很多人被提到高层的位置以后脑子转得不行了，这不成，所以说效率非常关键。还有一般人说要克服困难，不过别忘了要扬长避短，你的乒乓球打得好就去打乒乓球，高尔夫球打得不好就别去打。

总结一下，在学校里面的误区就是学习时间太长，重点不对，过于看重成绩。

应当充分利用各种资源，包括学校提供的资源、校友、自己的朋友，还有网络，在课本之外去充分吸收知识来充实自己，在这个过程中找到自己的兴趣和特长所在。

异国打拼为了什么

大家想出国的有多少人？已经动手准备出国的？(不少听众举手)大家出国干什么？

同学：体验生活；学习感兴趣的东西；读个文凭回国。

这些回答都很具体、很好，比如说这位说要感受生活的，出去就要多晃悠，不要每天待在实验室了，学习相对是次要的。很多人盲目出国，如果目标不明确的话，出去有很多不好的后果，花了很多时间，但是没有达到你的目的。这是第一个盲点。

第二个盲点，留学和移民是两回事，很多人把这两件事混为一谈。

什么事都有两方面，大家可能现在认为出国都是好事，有没有人认为出国有不好后果的？

同学：我去过新加坡，我觉得那边的学校学生非常少，一个学校里面如果有来自相同国家的同学可能会好些，否则会觉得很孤单。我觉得去国外要承受一定的寂寞。

同学：如果想回国发展的话会和国内脱节，会有人际关系网的问题。

出国有两个大问题。首先，出国就跟拔了你的根似的，有很大的伤害。人对自己的认知就会有疑问，刚出去的时候可能不太体会，慢慢待一阵之后你会天天问自己来这里干什么。奥巴马刚当选的时候一群朋友聚在一起，大家讨论得很热烈，我说这跟你们有什么关系，还津津乐道地谈？出了国你就不是社会核心了，是边缘人士。边缘人士从事业发展上讲坏处非常大。要是你在国内发展的话，人脉很多，办点什么事都可以找到人帮忙。要在外国办点事找谁呢？

第二个问题，我和一个研究寿命的专家聊过，他说一个人是不是长寿有很多的因素，比如说饮食、锻炼等，不过从统计上看，最重要的因素是社会关系。如果你生活在一个社会关系很多、很舒服的环境里面会长寿，反之如果生活在一个很孤独的地方，寿命就短。

一旦出国以后，你会发现你永远夹在两种文化之间。因为外国的文化和中国的文化是不一样的，你夹在中间很矛盾、很痛苦。所以说出国目的一定要明确，这就像轮船起航了，却不知道要去哪儿一样，后果难测。所以一定不要随波逐流。

出国之后需要一个人在陌生的环境中打拼，会面临文化冲突和生活中的种种困难，所以，在出国之前一定要有足够的心理准备和发展规划，这样才不至于在陌生的环境中迷失自己。

出国的好处是认知一种新的生活方式，不一定说外国的对，外国的好，但是多了解总有益处。衣食住行、理念、政治、文化，都是另一种系统。

还有一个实际的好处是英文过关了，在国外生活一年回来肯定信心大长，再见老外也不会紧张。现在很多同学没有出国英文也非常好，这点我很佩服。

还有一个好处是了解世界上一流大学怎么作研究。如果你是学者，你以后要教书要作研究的话，就需要去提高自己的研究水平，看看人家是怎么选题，怎么作研究，研究怎么严谨，这是非常重要的，也是可行的目标。

要想在国外工作也比较好，你可以去国外大公司，或者在著名企业工作一段时间，了解一下世界一流企业的工作情况。顺便说一下，你在国内的外企上班，不要以为那是外企，那是中国化的外企，那跟在国外的外企完全是两回事，要想真正了解国际一流企业的运作，一定要去人家的总部。

在国外一不注意就成了二等公民，那还算好的，一般会成三等公民。美国人是一等，长得比较像美国人的是二等，长得不像的是三等，长得不像又很穷的就是三等以下。很多人不是说美国是熔炉吗？看似往里面熔就行了，事实上融不了。一位专家研究了好几十年，说美国人已经不讲“熔炉”这个概念了。来一个东方人，你跟老外学会了怎么穿衣服，言谈举止也学会了，英文没有口音，也会谈论运动等话题了，似乎什么都准备好了，可是一见你，就知道你是哪里来的，因为你长得不像。那个专家的结论是，长相是人与人之间认同的最根本因素，长得不像永远无法认同。你要是去日本等亚洲国家可能还能混过去，你要去欧美就不行，在那里把自己搞成了二三等公民。你要在那里生孩子，把孩子都搞成了二三等公民，而且孩子还没法回来。ABC 痛苦得不得了，国外 ABC 只能跟 ABC 混在一起，还有苦说不出，没人愿意给自己打耳光，说自己一辈子很痛苦，然而事实确实是这样。

再升华到你存在的意义，就显得比较模糊。你在中国还可以上纲上线说为国家作贡献，为人民努力，你还沾点边，在国外的话，你存在的意义就特别虚化了——为人类做点事，能上升到那个角度也行，不过平时会很糟糕。我假设大家都是有想法的，就不能无所谓。所以说出国一定要有目的，不能盲目。

如果你今后想搞学术，想读个博士搞研究，我劝你要上好的学校，找好的导师，只有这样才值得念。如果说想搞研究，最后去了一个不入流的学校就没用，回国都没人认你。10 年前，一个普通的海归也吃香，现在必须看级别的。你会说书上写的某人从比较差的学校毕业最后还获得了诺贝尔奖，我的看法是成功不能复制。如果没申请到好学校，只是一般学校，这样也可以出去，在外国再往好的学校转，这种例子很多。清华的同学去了以后分很高，人家一看这个可以，你就能转学了。

要是真想了解产业的话，盯着几个公司去人家那儿上班，了解情况。

要是想了解文化就要多跑一跑。很多同学和朋友只在美国待过，这对于了解外国文化很不够。虽然美国和英国那么近，但差别很大的，各个国家都是不一样的，要多走走看看。

要避免一种现象，很多人一出国先想享受一把，就买一辆车，一看能找到工作就做一份工作，看人家结婚就跟着结婚，有人买房了也跟着买房，最后变成过日子去了。那就是经济移民，逃离自己的国家去另外的国家谋求更好的日子。当然经济移民也没错，但是去之前一定要想清楚，如果你真想当经济移民，一切思路就要随之改变。

出国多长时间回来比较好？我认为 3~5 年比较合适，出国一年半载确实太短，不管是做学术还是进企业，都没有足够的时间静下心来了解国外的事情。但是时间太长以后会有弊病，就回不来了，或者说你想回来的时候已经太晚了。

中国台湾地区 20 世纪六七十年代留美的人很多，80 年代台湾地区经济起飞以后，出国不归的人每年都在下降，回来的人多了。原来在美国的日本移民很多，但是日本移民和移民的后代在美国的人口在过去10年中逐年下降。现在最大的移民国家有墨西哥、菲律宾。你会看到移民的量和国家的经济情况是成反比的。不要盲目地追随，移民和股市是一样的。

我现在有很多同学、朋友再过几年就50岁了，这是一个尴尬的年龄，找工作不容易了。比如搞一辈子技术，特别是IT这行，搞到50岁基本上比恐龙还要差了，生存不行。在国外交新朋友很困难，美国人口本来就少，分布稀疏，美国人里面愿意和你交往的人更少了。按照正常结婚来看，到了50岁，小孩都上大学了。美国18岁以后小孩都和你没关系了，养老没人可以依靠。我有一个很好的朋友他就想回国，回来转转发现人家都不认识他了。因为他出国30年，亲戚、同学、朋友们不是不在了，就是失去了联络，回来又能做什么呢？虽然在国外认识的人少，但是在这儿认识的人更少，就很痛苦。

所以出国有利有弊，一定要在出国之前想清楚出国的目的。

在出国之前，应该确定自己未来的发展方向，是做科研还是去企业，是留在国外还是回国发展，一定要有确定的规划，一旦随波逐流，可能很难取得成就。

我的职场我做主

在职场，清华人的盲点就是虽然能力强，但是不能吃苦，什么事都希望人家准备好。毕业生进的都是大的跨国公司，待遇还很不错，这里也有隐含的危机。比如说你去了英特尔很好，突然英特尔宣布上海裁员2000人，你说什么都没有用。你在路上会遇到非常多的陷阱，但是我想也可以摆脱的。一般人都不会这么去想。我们那时候，学校的南大门贴着标语：清华，工程师的摇篮。学一个手艺，上一个班，挣一些钱挺好的，但你就没有思考了。为什么你上清华？你思考过吗？要有思考的意识，比如好找工作不一定这个工作好。端盘子这个工作最容易找，那是好工作吗？显然不是。

以前没有人告诉我这个想法，有人说不论是上班还是创业，首先要挣钱，挣钱要养活自己、养活家。等到他挣钱多了以后又不满足了，他不仅要挣钱而且是要做自己喜欢的事。这还不是理想境界，为什么这么说？设想一个人做着自己喜欢的事情，挣钱也不错，但是这个企业倒闭了，问题出在决定权不在自己这儿。既能挣到钱，又干喜欢的事，还要当家做主，如果你能做到这些就太成功了。其实能做到其中两件就很成功了，如果能做到3件不仅成功还长寿。

钱很重要，但不是最重要的。当你的收入达到一定水平的时候，最重要的是

人的追求，人的理想，自我价值的实现。

你的目标实际上应该是以最快的速度达到一个你能掌握主动的境界。最重要的是尽快挣到人生"第一碗金"。大家都听说过"第一桶金"这个说法，我认为是错误的。你想自由用不着一桶，一碗足矣。有一个人在外企上班，一个月挣15000，平时表现不太好，老板要开除他，这人恳求再工作几个月，然后他就退休了。老板很诧异，问他："你30来岁就退休？" 他回答："我家乡那边一个月1000 元生活就非常好了。我在这里一个月就挣以后一年的生活费。" 我举这个例子不是说大家要向他学习，只是说这人的分析是有借鉴之处的，你要找到自由是最重要的，不要想其他的事，什么爬大公司的台阶云云，那些都是假象。大家都知道在江湖上的人不能有牵挂，有牵挂就不自由了，人应该是自由的，这是另一种考虑。比如说你欠银行上百万房贷，有朋友说有一个项目非常好，你敢投资吗？不敢，你还背着百万房贷呢。国外有很多朋友都是这样，出国没有目的，在国外结婚，生孩子，买车买房，结果现在什么都干不了，因为要还贷。今后 20年定在那儿了，还得小心翼翼的，万一哪天被解雇了贷款都还不起。

我建议背包袱不能太早。背包袱的时候要想清楚了，这并不是能干的真正表现，还会是一个连累。很多人都会这样，特别想干一件事，但身上背了包袱就干不了。

我们都是专业出身，像汽车系、土木系等等，但这跟你将来毕业后搞不搞这个专业是两回事。不要以为你上了化学系这辈子就搞化学了，因为你化学系毕业后没有人会把你当成化学专家，你就是一个普通大学毕业生，就是这么回事。你要想清楚，你这辈子是要当专家还是要当通才，这是非常关键的一个选择。因为你当专家时间长了以后很难当通才，像 IT 这行经常有一些创业型公司，职位有 CEO、CTO等。一般清华的学生都是当 CTO 没问题，当 CEO 就差那么一点过不去。你积累的价值都在当专家那方面，想换一个职业跑道跑的损失是很大的。人家要让你换一个跑道跑，对他而言风险也很高，你一直在做技术，技术很厉害，做了 15 年到了总工级别，如果要做 CEO 连学徒都不是，搞不好人家损失也很大。你最好想清楚是当专家还是当通才。你是块木头，人家把你当木头用最好，你是块金属，人家把你当金属用最好。你是块木头，人家把你当金属，对谁都不好。

还要想清楚你是不是领袖型人才。你认为你是可以呼风唤雨的人物你就往前冲，东方不亮西方亮，肯定能冲出去。如果你不是领袖型人才自己使劲往上爬，累得很，成功的几率也不大。最好是看准哪个同学是领袖型人才，跟他说好了，你去哪儿我也去哪儿，这是你成功的捷径。比如当年长征了，你就跟着去了，现在长征老干部的待遇不会差。

有人讲我不知道自己是不是领袖级人物，你长这么大了，都上了清华，应该有个判断。可以问问你的同学你是不是领袖级人物，如果他们都告诉你不是，你就不是，这是捷径。

毕业的时候是一道分水岭，去国企、民企，还是外企，你今后的道路很不一样。你在外企上了5年班以后想去非外企的地方去不了，文化氛围很不一样，待遇也有差距。如果你在国企干了5年之后想去外企也去不了，你的工作文化不同，外语也不够好。不是说孰优孰劣，而是要想清楚，一条路走过三五年后想换到另外的道路就很困难了。

不要认为工资高的工作一定好。举一个例子，我在美国的时候有猎头给我打电话说，另外一家公司有一个活，问我愿不愿意去。那个活是拿一个产品走美国国家认证过程，可认证过程非常复杂，没啥意思，浪费青春。我说我干这个工作至少要给我3倍的工资。同样道理，为什么在海上搞石油的人工资高？因为出事故死亡的可能性也很大。

不管你是在学校、在国家机关还是在公司，要想想你干的事是不是主流。只有在主流，你才能干得好。比如你是打篮球的，只能在篮球队才能打出来，非要到手球队是不可能打出来的。比如你是搞IT的，在银行的IT部门上班就不是主流，在银行业钱是主流，你想发展就得去IT公司。我是搞软件的，因为Java去的Sun，一待就是10年。20世纪90年代中后期Java很热，当时去了以后觉得Sun是天堂，可10年以后总结说还是不行，因为Sun是一个硬件公司，软件对它来说是副业，搞得再好也不是核心。真正的资源都砸在核心上，不会在支流这里。所以我想一定要去软件公司，来到微软，到了微软以后发现微软中国不是微软的核心，不是核心就不给资源，这还是不行。主流比支流要好，在主流里做事对你所在的单位贡献比较大，你要天天想我为什么存在，有什么价值，这一定要想清楚。因为哪天人家想清楚了(你没有太大的贡献和价值)，你就没戏了。出国也一样，你出了国就是支流，回了国就是主流。

对于换工作，像我这种说起来也不错，三个跑道都跑得不错。但是我劝大家不要学我，其实很痛苦。你积累的势能、动能都在一个跑道上，你跑另外一个道路很可能要损失不少。即使你愿意损失，人家不一定收你。换工作、换行业不是很容易的。所以找工作的时候一定不要凑合，不要总想着说毕业一定要工作，哪怕随便找一个活干，别人都有工作，我没有工作不好。你最好进你想做的那行，这行稍微差点无所谓。比如说你学化学的，很喜欢化学，先进一个贸易公司，你会非常痛苦。设计自己的道路不要按照长征那么设，要按照高速铁路直通那么设。

要真想换工作，一定要干一行干好一行。有人常说因为什么原因选工作没选好就到这儿了，我实际上很不喜欢这儿，我总想去别的地方，这样的话成功的几率是很少的。比如说去一个餐馆端盘子，端得虽然很好，但是他一直想当演员。端盘子和当演员距离很远，不能转过来，但是人家能够看出来这个人干活精益求精，那么即使是干装修的活也可以把他喊来，他不懂可以学。如果总是抱怨这不好，那不好，你这个人再聪明人家也不敢收你，因为你没有说你能干好一件事情的。不管你做什么事，如果选择错了，那么只要干了就要干好。

找到一个能发挥自己所长的位置非常重要，一旦找到了，就应该在此位置上尽可能地去积累。在此之前，可以换工作，但是不能太频繁，而且，应该做一行爱一行，在每个位置上都应该尽自己最大的努力去让自己的工作做得完美。

总结一下：

首先，要认识到人生每一步都是你自己可以选择的。你现在已经成人了，工作是双向选择的，没人逼你，你不一定要干某一件事。任何一个关头你都可以选择做完全不同的事情，一定要去想，你一定要选，不要等40岁以后才想到当时可以做其他的事情。每一步都是可以选择的，而且选择权在你自己。

我有一个很好的朋友也回来了，现在是咱们学校很好的教授，他在40岁以后才发现其实是有选择的，他就放弃了很多别的，回到了清华教书。

其次，一定不要盲目地随波逐流。不要让人推着你走。像我实际上就是惯性把我推到了这儿，我是很幸运的。读大学以后干什么？不知道。人家都读硕士，那就读呗。人家都出国了，我也没有出国，后来有一个基金会的奖学金，你要不要考？考了。人家说奖学金在英国，我就去了。90%以上的人根本没有思考，毕业以后干什么？找一个工作。工作以后干什么？搞一个绿卡，搞绿卡干什么？当公民就待下来了，当公民干什么？不知道，开始天天琢磨退休后的医疗保险怎么办。

再次，干一行要干好一行，不一定要爱一行。一步一个脚印，你要踏实地走好。

第四，要想办法做自己想做的事情，当然如果你想做的事情就是挣钱多，你这人也挺好打发的。在座的都有一些想法，你要知道自己想做什么，如果不知道自己要做什么就很痛苦了。如果不知道的话，我就建议你们读书好了。如果大学毕业以后不知道做什么我就建议你读硕士，硕士还有两三年可以想，还没想清楚就读博士。

什么叫想？自己要有爱好，有激情，天天想我就喜欢那个事，有动力早起是没问题的。想做的事跟业余爱好是分开的，不要把业余爱好当作专业的事来做。比如说有人说喜欢摄影，了解专业的人都是怎么做的吗？了解了以后才知道不是只拿着一个相机跑，还要会用专业的工具，还要卖相片挣钱。这样了解了以后发现摄影还是作为爱好比较好。

第五，当主流要比当支流好。人生是可以自己选择的，不要随波逐流，要干一行干好一行，要想办法做自己想做的事情，当主流要比当支流好。

现场交流

观众：我是软件学院的本科生，我想请问您怎么看待一个本科生为了实现自己的理想和价值而创业？如果把创业当成另一种教育呢？

宫力(以下简称宫)：我个人认为本科生创业太早。不过如果你每天晚上都有一个声音跟你说“创业”、“创业”的话，那你就去创业。从客观上分析还太早，本科实际上是一个人教育的基本部分，一个人的教育还没有完成的时候你成功的几率是很小的。某人从哈佛出去搞了微软，那都是很偶然的事。如果你觉得学习有闲工夫，那创业也不错。我有一个朋友讲，以前创业有一个问题，创业的人没有管理经验，办一个公司雇了人以后不知道怎么管理。过去几年泡沫化把这个问题弄得更严重了，这些人既没有管理经验，连被管理的经验也没有，那就完全不知道什么是公司。我觉得本科生想真正创业的话一定要有高人指点，你把创业当做一个副业学习的话还是可以的。

观众：刚才学长说到不要太重视成绩，我想知道您当年的成绩怎么样？我知道要去剑桥大学这样的好学校目前还是要很好的专业排名的。我也认同学分成绩不是很重要，但是我要怎么面对因为学分成绩而失去的一些机会？

您说作为专家做得太长就会很难成为通才。比如说一个 IT 人士可以做 CTO，但是很难成为 CEO。但是一个通才，他的专业知识并不如他的员工，他怎么能够服众，怎么才能做到 IT 业的领袖人物？

宫：你作为女生，说话声音这么响亮是很好的，在公司里开会，你说话声音响亮，别人会认为你很有自信。

当时我们不排名，我们那时候推研是班里前 5 名，所以说我前 4 年的学分成绩应该是排在前 5。我说不重要的目的是说不要去追，根据你的实力水平，有一个权衡。一共有 100%的时间，20%的时间花在学习上达到 80%效果了，那么把剩下 80%的时间花在学习上追 20%的提升，还是花在其他的地方收效更大？我认为适当就可以了。如果你追排名，首先有一个偶然因素，你可能学习很好，但是考试考砸了。另外这不光是你的事，还是军备竞赛，你想当第一，你们班还有 29 个人想当第一，不是说你努力就能当上的。这样投入产出比一算就不值得了。学习成绩是要重视，但是不能说玩命地非要钻第一，学习态度要好，我还是鼓励大家好好学习。

我看双月刊的清华校友通讯，还看季刊的剑桥大学校友通讯。那些杂志里面每期都有一两篇是毕业生回忆在大学里面的生活，没有人说我学习努力，学习好什么的。大家来了清华，学习不可能不好，你的底线已经很高了，大家不提了，提的都是在那时候干了什么其他的事情。你会发现那些事情对于这个人后来的成长影响是很大的。

怎么当领导？既懂专业又能领导是最好的，但是很多领导是不懂专业的，这也没关系，这就是为什么有总工，为什么有 CTO 这个位置的原因，他可以领导其他懂专业的人。领导人并不需要知道具体的东西，但他要知道发展趋势，未来的公司定位，能融资，能销售，能吸引很能干的 CTO 来，这都是能够服人的地方。你又懂专业又能领导是最好的，但一般人很难做到。你脑子里要有一根弦，不要认为从专才到通才这个事想多了就能跨过去，那是很偶然的事情。

观众：我毕业已经一年了，从大三开始创业，到现在已经三年时间了。我觉得到了一定程度很难过一个槛，所以我想问如何确定自己到底有没有领袖风范，领袖的主要因素是哪些？

宫：测试自己是不是领袖人才的想法是我后来才有的，不是说我毕业的时候就认为自己是领袖人才，但是有一些苗头。2005 年，我们毕业 20 年的时候聚会，我上去发言。我说 20 年前，我们都在国家的主流边缘线上刚毕业，20 年以后我们都不在主流，我们要回归主流。一帮人就开始讨论你我是不是主流，还造成了一点小轰动。过了几天，一个同年级的同学给我看一个东西，是我毕业 5 年以后给他写的一封信，上面写毕业千万不能留学校，留学校不是社会的主流，一定要站在社会的主流里。他说你 20 年前就在想这个事，所以可能还是有点迹象的。

测试你是不是领袖很简单，你说明天我们去颐和园玩，大家都跟你去了你就是领袖，看你有没有号召力。你提出一个主张大家是不是都认可，这是很直观的方法。还有一个就是你信不信自己有，你要真是信自己有领袖风范，是的可能性就很大。这种领袖风范不一定是国家级的，可能会是在某一个领域里的。

观众：您刚才一直反复强调主流是优于支流的，而且不能随波逐流。我觉得很多时候在主流里的反而随波逐流。您认为目前哪些行业是主流，哪些行业是支流？更具体的是，在一个企业里面哪些是主流，哪些是支流？

宫：随波逐流，就是你在一个河里很被动，躺在皮筏上就下去了，可能原来不想去那个地方，但是漂着漂着就去了，没有主动性。

一个单位里面什么是主流，各个单位不一样。清华人一般认为在一个公司里面什么是主流？比如微软里面什么是主流？

同学：管理层、软件研发、销售？

对，是销售。为什么呢？公司没有销售是不行的，当然没有技术也不行。做技术的人最困难的是你很难说是因为这个产品好才卖得好，证明这个是很困难的。做销售的人很容易证明，从我手上走的单子一亿美金，我给公司挣了钱。在公司里面销售百分之百是最关键的，这对于清华人来讲就很痛苦了，因为我们这里没人学销售。你到公司里面看，有个搞销售的是一个非常浑的人，老板始终不会开除他，为什么？他会替公司挣钱。我不是说鼓励大家都做销售，但是你要能卖掉一个东西，你的生活能力是很强的。买东西是最容易的，卖东西是最困难的。所以说一个公司里面销售人员挣得一定比研发人员多。这对于我们这个工程师的摇篮比较难，不是说工程师一定要做研发，不能做销售，但销售确实不是人人都可以做的，是需要能把黄瓜当西瓜卖的。最理想的是我设计一个产品，人人喜欢人人夸，不费事就能卖了，但是这都是偶然的，大部分情况下销售是一个公司的主流。政府单位当然不一样了。副职一定是不如正职更主流，副省长不一定有市长的前途大。正职主掌一块地方，但是副的就不一样了。

观众：我们几个清华的还有其他学校的朋友一起，想做一个广告媒体，刚刚参加了 Google 的创意大赛，现在准备决赛了。创业是自己的一个梦想，3 年前就想做了，但是没有做起来，就想做点事，想盈利。

宫：想盈利就是抓住了关键。你们几个人没有管理经验，没有被管理的经验，就只能往前闯。但是你要知道自己没这个经验，想办法跟有经验的人聊一聊。上个礼拜一个朋友的朋友从美国回来约我说他办了一个公司让我去看看。我看了以后觉得存在一个问题，和谁合作，这是很关键的。和谁合作对于你公司以后能不能成功，成功以后怎么样，失败以后怎么样，都是非常关键的。有的人能一起做一点事，但是不能一起创业，可惜这些事他都没有想过。

他们 6 个合伙人，假设融资 100 万，往好里讲 VC 拿 30%，还有 30%预留，那他们还有 60%，每个人还有 10%。再 B 轮、C 轮稀释下来每个人可能就剩 1%了。我说等你拿 1%的时候和拿 10%的时候做事动力是不一样的。我说这个事是要想的，他不想，觉得八字没一撇就先来也可以。你们没有经验就在这儿，可能会有很多毛病。可以先找有经验的人谈谈，或者多读读书比较好。如果不这样的话就往前闯，如果你很幸运也许会成功。

观众：我有一个实际问题，我在国企，领导会说支流的工作也要有人做，我们怎么办？现在公司的组织机构都是矩阵式的多个领导还是存在，这种情况我们应该如何应对？

宫：抽象来讲，要想转型都要找机会。要站在他的角度上来讲，说清楚你去干那个事产生的价值，对于他来讲要高于你现在做的事。如果他觉得你能干好那件事，他一定会同意你转岗。但不能说我做研发做了 10 年，突然想做销售，人家说不可以。这时候怎么办？首先你可以靠近销售部门，把销售部门的事搞得比较清楚。那么你虽然是研发出身，但是你表现出很懂销售，这样会让人觉得风险不是很大。何况你在公司里跟公司外面的人相比优势在于信任。你在公司干了两年表现很好，领导知道你的能力，你说我能干好那一行，他不会很轻易就不考虑你的需求，而且会认为那件事你来干会比从外面招人来干好。当然你要等机会，要有空缺才行，或者自己创造条件。

观众：您刚才讲我们可以选择做专才或者是通才，您觉得作为一名通才应该具备哪些知识和能力？我所知道的比尔·盖茨或者是孙正义他们都阅读了非常多的书籍，这方面您有什么建议？

宫：你要当通才之前，一定要选好你的行业，跨行是很困难的。有一句话“女怕嫁错郎，男怕入错行”，你选了一个夕阳行业再有能力也没有用，可能你在那个行业做到第一，但是相对于朝阳产业来说还是不行。

你如果想成为通才的话，要把这个行业的各个方面都了解得特别清楚。你要想清楚这个行业都是什么生意，谁是顾客，生意是怎么做的，财务是怎么解决的，供应链是怎么弄的，产业链是什么。你要进入某个行业，站在外面是不能了解的，读书也太有限了。想当通才就要在各个部门都待过，别扎到一个部门就一直当到头。一定要去产品部看看，销售部看看，采购部看看，供应链看看，什么都看过了就是通才了。

我可以推荐几本书，要是搞技术研发的人，特别 IT 行业的，有一本讲当年施乐实验室的故事的书 *Dealers of Lightning: Xerox PARC and the Dawn of the Computer Age*(《玩闪电的人：施乐公司帕克研究中心和计算机时代的黎明》)。那些才是搞技术搞到家的人，真正的牛人。

还有一本是 *A Short History of Nearly Everything*(《万物简史》)讲的是早期怎么对人和地球进行了解。譬如说为了估算地球的重量，有人可以花两年时间在苏格兰到处找合适的山峰来做近似计算，所有的山都去了，最后测量出来的结果还是很不错的。又有学者远途跋涉从英国去印度观察某个稀有天象。在当时，路途遥远波折，他晚到了几天，没赶上，当即决定住下来，等5年后该天象再一次出现。结果最后回到老家时，别人都以为他早已过世。这种故事数不胜数。在过去的几百年中，早期的科学家为了了解人类所居住的世界，克服现代人无法想象的困难，付出难以置信的代价，非常令人感动。这种精神很难得，现在很缺乏。

我最近在看一些风险投资的早期历史，其中有几个成功者的故事。我比较喜欢看历史，看传记，我喜欢看真事和按理说是真事的事，虚构的事情属于娱乐。看书不是一两本就可以解决问题的。

观众：刚才您有谈到金融危机后有企业裁员的问题，您能深度地谈一下吗？金融危机若干年都会来一次，您认为去国企或者做公务员是不是一个很好的选择？

宫：你的前提是什么最安全。你认为金融危机了公务员最安全。其实最安全的是自己做什么事，不受人家的影响。比如开一个茶馆，工商、卫生打发完了以后基本上就没人理了，做得好和做得坏都是你自己的事情，所有的变量都掌握在你的手里。但是当公务员是不是一辈子都有保障，或者说在清华当教授是不是绝对安全值得考虑，当然比去公司安全。我这人不是首先考虑安全的人，要是那样就不会站在这里了。

主持人：今天的交流环节不得不告一段落，如果大家还想进一步了解宫力学长的话，可以去谋智网络访问宫力学长的博客。请您最后留一句话给我们的同学，表达您的期望。

宫：我体会最深的是要学会思考，花一定时间思考，不要盲目，不要人云亦云。

方圆通天下，德物载人生

昔日清华学子，
博观约取，方踏光辉大道；
今朝政商翘楚，
厚积薄发，方显大智人生。
方方与您分享人生规划与发展。

时间：2009 年 10 月 13 日晚

地点：清华大学经济管理学院舜德楼 418

嘉宾：方方，现任全国政协委员、摩根大通亚洲区投资银行副主席，2001 年任摩根大通中国投资银行首席执行官。1989 年毕业于清华大学经济管理学院。1991 年前往美国田纳西州范德堡大学就读 MBA。毕业后成功进入位于纽约华尔街的美林集团。1997 年，“北京控股”在香港成立，聘请方方为副总裁。

特别感谢钱颖一院长在百忙之中抽出时间来参加这堂课。本来邀请我的时候说是杨斌教授的一堂关于人生规划的课，我以为就是一个小教室，可能也就三四十个同学，没想到现场有这么多的同学，确实让我感到受宠若惊。

当杨教授跟我联系的时候，他说开了一门叫做“人生规划与发展”的课，我觉得非常有用，但要讲好却又很难，所以我很钦佩杨教授开这门课。我想如果我在大学当中也有这门课，我一定会选修的，因为这对我们的成长是非常重要的。但是这堂课到底应该讲些什么东西呢？实在是挺让我费思量的。2009 年校庆也是我们这一届毕业 20 周年，我还专门跟那时的同班同学回来，与现在的同学们进行交流。所以我今天还是把它当做经管学院的一门课程和大家分享，而不是作为返校演讲，我的主题还是围绕着人生规划和发展。

倚靠祖国、规划人生

在我们念书的时候，有一个所谓的人生观的讨论。当时有一篇文章叫做《人生的路为什么越走越窄》，可能很多年轻的校友都没有听过这个讨论，也没有看过这篇文章。当时刚刚从“文革”中走出来，中国百废待兴，有很多的问题，那一代年轻人感觉自己被耽误了，觉得有非常大的压力和非常强的紧迫感，同时感觉到整个社会的发展很多地方都不尽如人意，所以才有这样的讨论。

今天我们坐在这里感觉中国如日中天，中国的发展势头在全球范围来说都被认为是独一无二的。今年我也有幸参加国庆观礼。国庆 35 周年的时候我是中学生，当时的游行指挥部吸收了一些中学生，当时没有志愿者，我作为被吸收的中学生之一参加了一个夏天的工作，所以参加了 1984 年的国庆；1989 年国庆时我已经在清华了，我那时候是带了 87 级的同学去广场跳舞，所以也经历了 1989 年的国庆晚会；1999 年，那时候我在“北京控股”，作为北京市的代表也有幸参加；2009 年我是作为港澳的代表被邀请参加国庆。这 4 次国庆观礼给我的感受都非常深刻。

个人的成功依赖于国家的强大。因此，年轻人必须把握时代脉搏，以国家大环境和发展方向为依托，设计、规划自己的人生。为祖国发展作出贡献的同时，方能取得个人事业的成功。

因为当整个世界处于金融危机之下时，大家感觉中国无论是从国家本身的财政力量、金融体系的稳定性、经济的成长和政府决策的能力上来说都是一枝独秀的。我讲这个的意思是人生的规划离不开大的社会环境。人生只是我们所处的社会历史环境当中一个很小的分子。所以我们的任何规划、任何发展都离不开你所处的背景和你所处的地域的影响。所以说，皮之不存，毛将焉附？如果没有中国大的发展环境，各位的人生规划和发展的潜力都会有很大的不同。

TRY、SALE、DEALS 理论

我今天讲了半天，这里面包罗万象，我用 3 个词来代表，TRY、SALE、DEALS。我们做投资银行工作都是做的 DEALS，我们做的任何工作都是 SALE，在社会上做任何事情都是 SALE 的关系，包括你跟你的另一半谈恋爱的时候也是需要你把你自己最优秀、最有吸引力的地方展现出来。不管是做银行也好，做 IBM 的电脑工程师也好，做教授也一样，当你需要跟学生沟通的时候，需要把你对这门学科的认识 SALE 给他们。所以我今天就用这 3 个词。

理想——反省——激情

TRY 我用了 3 个词来代表，首先是 Targeting。任何一位同学能够坐到清华这个教室里都是经历了千锤百炼，所以当我们再往下走的时候最重要的是要有一个理想，就是你想做什么事情，这是非常重要的。大家经常说，人无远虑，必有近忧，这点在年轻的时候大家可能体会不到，但是当你的岁数越来越大的

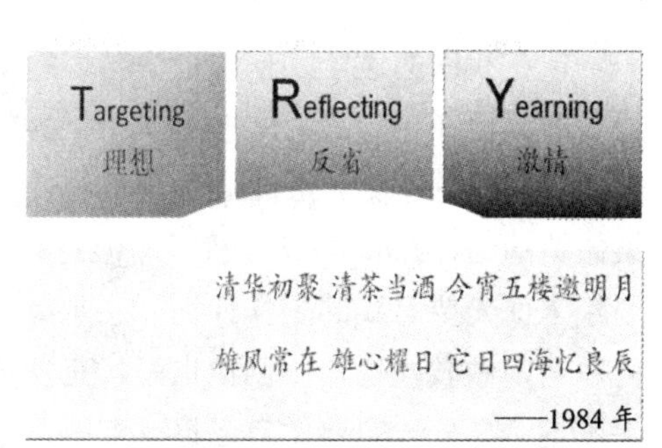

时候，回头看或往前看，你会感觉如果没有一个远大的抱负和理想，今天所有的事情都无从谈起，如果没有一个远大的理想其他都免谈。而这个理想一定要跟社会的大形势相吻合，如果没有中国的改革开放，没有中国30年的发展，经管学院也不会发展到现在。

第二个词是Reflecting。为什么说是Reflecting呢？可能刚进来的时候，在座的100个人都想做总理，但是等到毕业的时候变成了10个或者是50个。你要根据自己的发展和社会的变化不断地调整自己的目标，不断地反省。就像我们学的专业，刚进来的时候所有的同学学的都是一个专业，可是到毕业的时候学的就很广了，数学是和数学系一起学，计算机是和计算机系一起学。我发现经管学院数据库的深度比上海交大计算机软件系的还深。当然我觉得很自豪。后来这些人走上了不同的发展道路。

当我在清华的时候每看到某某有成就想我还年轻，我还追得上。今天我不这么想了，因为很多比我们成就大的都比我们年轻。你不断地反省，不断地给自己发展的动力，我觉得这是与时俱进，顺应潮流的。

第三个词是Yearning。就是你一定要非常投入地做一件事情。我进入摩根的时候前任董事长退休，他给我们留下了他成功的10大诀窍，其中倒数第二条就是一定要对你所做的事情充满激情。我试过很多次，中间也曾创业过，我先做投资银行，然后创业，后来又回到投资银行。创业的时候钱也很多，BEC给了我4000万美元，这些钱对于我们那个小公司来说做个10年、20年都没有问题。我是这个公司的老大，但是我发现那段时间我的压力非常大，我觉得这个钱花不好对不起股东，底下的员工也都是冲着我来的，也不能辜负他们。这个过程当中我感觉我跟很多人博弈的关系让我不太舒服，因为我感觉自己不太适合做这个事情。当然，当时的业务模式是有问题的，做到今天的话，如果不改变模式钱也会烧完的，这是给我很大压力的原因。

做任何事情都要充满激情，这是成功企业家的至理名言。曾经有人说过："每天的生活，我们需要活力、激情与专注。"我们何不尝试一下呢？

现在我做的这个工作也很辛苦，行业竞争非常激烈，我也经常要出差，而且很多时候要在很短的时间里对一个极大的风险进行判断，所以有的时候真的是有种担当不起的感觉。虽然很多时候项目并不是很大，1亿、2亿美元，但你如果决策做错的话，2000万就没有了。但是我就感觉，我非常享受这个工作。每天早上一起来就先要看我的工作计划，感觉如果没看，就没有精神。所以我就说你做任何事情，做教授也好，创业也好，有些人天生就是有创业的气质、创业的素质。除了这个之外一定要做自己最喜欢的。职业的发展是没有高低贵贱的，投资银行就一定比电脑好吗？不一定。很多做电脑做得非常好的，对人类社会的影响大大超过投资银行。所以这个不是最重要的。最重要的是，你不要看别人都报考咨询公司你也去，你一定要对这个事情充满激情。这个往往在大学当中体会不是很深，当你进入职业生涯的时候就会觉得越来越重要。所以我才提出，首先我们要 TRY，Targeting、Reflecting、Yearning。

学习——沟通——情商——坚持

从职业生涯和规划上来说，什么样的素质是最重要的？我认为能够让你的职业生涯取得成功，不管你是做银行，搞创业，做教授，还是做政府官员都需要具备的基本的素质就是 SALE。SALE 第一个是要 Smart，应该翻译成聪明。如果一个人真的是智商不高的话，那么你在未来的职业生涯当中就会遇到很多困难。我说的 Smart 不光是学业上的，还有你在待人接物，在处理周围事情方面。我说的是除了专业之外其他方面的能力。你要懂得做人，懂得做事，这是基本条件。

SALE

Smart	Articulate	Likeable	Energetic
学习	沟通	情商	坚持

盘古开天 学院殊绩还看今朝

精卫填海 同窗风流更待明天

——1988 年

孜孜不倦的学习是取得成功的必要条件。在学习书本知识的同时，也要重视学习做人、做事。在理论的指导下处理好实际问题，才是学习的最终目的。

第二个是 Articulate，我们的老院长也说过，我们叫做行胜于言，但是光行不言也是不行的。因为任何人要想成功不可能只是一个人做事，你一定要把你的想法灌输给别人，让别人相信你，跟随你，和你一起去做。不管是什么事情，你带兵打仗也好，做教授也好，都需要有行也有言。做我们这个行业也是一样，如果你没有沟通能力，成功的充要条件中一个条件就不存在了。对于大部分人来说一定要有很好的沟通能力，这里面包括在学校期间做社会工作，因为很能锻炼沟通能力。做学生的社会工作是最能够培养沟通能力的，因为你不用给人家发钱，也不用给人家封官，你却能调动千军万马，从贴海报的到印海报的，到门口把门的都能调动起来。领导力的第一体现就是你能够把你的想法传达给别人，让别人相信你，跟随你。

对于领导者来说，沟通能力很重要。良好的沟通能够提高工作效率，调动下属更积极、更有效地工作。

我们是做投资银行业务的，所以经常有人说我只需要跟屏幕打交道就好，因为我的竞争对手是市场，不需要跟任何人打交道，只要我的投资回报高过市场的回报就赢了。实际上完全不是这样。最优秀的投资经理实际上是一个非常善于跟人沟通的人。包括巴菲特，他每年的午餐会都做了非常好的公关和策划，他把钱捐给了慈善机构，同时又把他的投资理念传递了出去。所以沟通是成功的一个要素，在职业发展当中必不可少。

第三个我要说的是 Likeable，就是你这个人得招人喜欢。如果一个人不招人喜欢，性格很孤僻，很古怪，就很难成为一个大的领导者，也很难成为一个成功的专业人员。你做任何事情都是要感染别人，把你的观点卖给别人，东西卖给别人，思想卖给别人。如果你不受人喜欢，你很难在职业上有一个很好的发展。这不光是你这个人的性格，还包括你的修养、涵养、待人接物的分寸。

最后一个，也是最重要的一个，那就是 Energetic，要能坚持。我想没有一个职业生涯成功的人士不是靠坚持下去的。我现在有很多机会跟一些成功的企业家沟通，帮他们做一些事情。许多创业人员，包括我自己，在创业过程中也有过失败。但是我觉得有一条是共通的，很多人能够做下来靠的就是坚持。我跟我女儿在讨论的时候经常说，跑步的时候当你跑 400 米觉得很累的时候，别人也很累，你再坚持跑一步可能就把别人超过了。对你做的事情要有坚定的信念和毅力。做投资银行也好，做教授也好，做学术研究都是一样。

持之以恒、坚持不懈是成功的不二法门。“锲而舍之，朽木不折；锲而不舍，金石可镂。”古今中外的成功人士，往往都是执著追求梦想并永不放弃的人。

自律——实效——诚信——纵横

最后是 DEAL，做好任何事情都需要有这四个基本素质。

DEAL

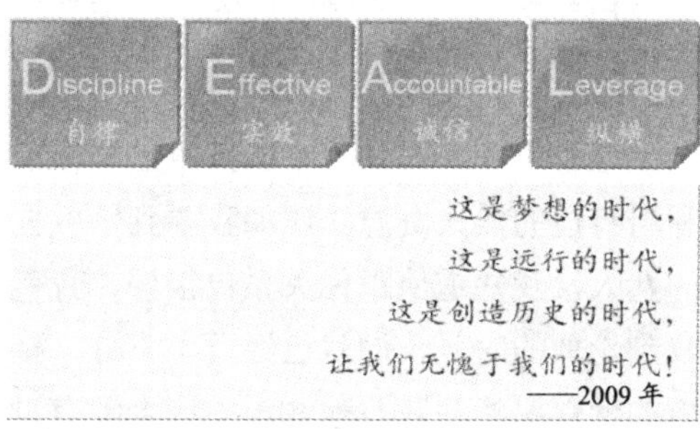

第一个是 Discipline，要有自律。在高中的时候因为要考大学，在学校有老师卡着你，在家有家长盯着你，一旦进了大学你就开始放松了。你要记住在大学当中也有很多老师盯着你，包括你的思想、宿舍卫生等等。当你走进社会的时候，你会感到越来越自由，管你的人越来越少。这个时候你在做事情的时候就一定学会自律，包括坚持，对理想的追求，对做人做事的一些基本原则的坚持，这些都是非常重要的。不管你是什么样的政治信仰，基本的素养必须具备，首先第一条就是要自律，要能够有纪律性。

第二就是 Effective，要有实效。在大学里，学习很重要，在工作当中更重要，因为没有人管你的时候，你可以做的事情非常多，但是你能做好的事情就只有一件。可以赚钱的事情千千万万，但你能赚到钱的事情可能只有一件。你把那件事情做好了你就是阿里巴巴。从这个角度一定要强调效率、实效。原来我有一个习惯，比如说这一天的 E-mail 一定要看完，E-mail 里面的附件也都会看完，但是现在觉得越来越不可能了。我就只看主要的，不断地在反思和筛选过程中提高效率。不然你就每天陷于这些事务性的工作而没时间想别的事情。

第三个是 Accountable，要有诚信，这是清华一个非常大的优势。大家都说清华的毕业生有一个优点，就是不管能力大小，交给他的事他一定会去办，办不成他也会给你解释原因。我觉得这是一个非常好的素质，也是非常好的品牌。这个品牌我们一定要保住。我们在跟校友打交道的时候经常有这种感觉，你这个人有诚信，能够靠得住，在关键的时候我就希望把这件事交给你做，因为我知道你靠得住。

你必须以诚待人，别人才会以诚回报。因此，付出真心你也将得到别人的信任。这是一切伟大事业的开端。

最后一个是 Leverage，纵横。在当今社会，做任何事情，单枪匹马一定是做不成的。我们要学会利用不同的资源，比如清华的校内资源、校友资源，你本身专业的资源、家乡的资源，包括你自己的优势。在职业生涯当中这个当然更重要，你需要了解到周围有些什么样的资源，怎样利用好这些资源，这和我们前面说的，做一个被别人认可和信任的人是有联系的。你使用他的资源的时候他会让你用，因为他知道下次他找你的时候你一定是靠得住，能够帮他的。

在当今这个信息爆炸的时代，怎样整合信息、利用资源，是取得成功的必备能力。因此，年轻人必须提高自己搜索信息、整合资源的能力。

这个道理，大到一个国家也是一样。在摩根这样一个机构里面，我们也需要利用身边的熟人资源。比如我要到伦敦去跟你谈一个项目，我们之间有一个共同的熟人，我知道他跟你关系也很好，我就会告诉你我跟他是什么样的关系，这样我到伦敦的时候我们就已经近了三分，接下来谈事情就会非常容易了。为什么伦敦的伙伴愿意帮我？他知道中国今天有世界上最大的资产管理公司——中国投资公司，他也知道以前中国到海外去都是要把海外的资本引入中国，但是今天我们要做的很多事情是把中国的资金和企业带到海外去。因为我们手中握有 21000 亿的外汇，现在我们要做的事情就是把这些钱用好以实现增值。我今天是拎了钱包跟你开会，所以我们这些做投资银行的才有了当今在世界投行业的地位，也使清华大学顾问委员会有机会把世界上最优秀的企业家、最顶尖的金融家都吸引到清华来开会。我相信清华经管学院的顾问委员会是可以和世界上任何一个管理学院的顾问委员会相媲美的，因为我们可以影响更多的东西。

学会利用身边的资源对于一个学院，对于一个学校，对于我们每个人来说都很重要。当然前提是你要自律，讲诚信。2009 年我们毕业 20 周年的时候，84 级有一个纪念册让我写一篇文章做序。我说我们这一代是非常幸运的一代，因为我们都生活在中国崛起和发展的大的历史潮流。也许在座的同学和我的感受一样，我们生活在这样一个大的时代，中国崛起的时代，中华民族崛起的时代。让我们共同努力，无愧于我们的时代。

现场交流

主持人：谢谢方方学长。您在一个小时的时间里用11个寓意丰富的词给我们上了一堂课。我想除了学长您的商业智慧、慈善之心，您作为企业家独特的文学情怀和爱国精神也让人印象深刻。

您曾经多次提到两个“场”，一个是中国，一个是清华。您觉得我们在面临这样一个大形势时，中国最大的机遇是什么？清华的学子又应该做什么样的准备抓住这个机遇？

方方(以下简称方)：今天经管学院或者是清华校友发展的方向、潜力应该说确实比1989年我刚毕业的时候大得多，因为你们的平台更大了，更厚实了，国家提供的机会更多了。从这个角度来说，我们这个国家的场和清华的场都更加强大了。

回过来再说你这个问题，我觉得机会和机遇是非常多的，对于经管学院的学生来说至少是两个方向。一个是把世界带到中国，把世界最先进的管理理念，最先进的技术，最先进的商业模式，最先进的人文思想、管理思想、经济思想带到中国，为中国的发展和繁荣作出贡献。还有一个发展方向是把中国带向世界，包括把我们的资本带向世界，把我们的产品带向世界，把我们非常独特的经济发展的道路带向世界。

主持人：时代赋予了我们机遇，赋予了我们走新的中国道路的前程。在我们人生规划当中可能会面临各种各样的抉择，这里面职业的抉择也是非常关键的一块。方方先生演讲当中也提到过，您一开始是在学校任教，然后转道做投资银行，从做投资银行又回到经营企业，现在从经营企业又回到做投资银行，并且取得了非常好的成绩。您在回顾这段历程的时候曾经感慨：“人生，真的没有办法设计。”我想请问方方学长，您认为大学生的人生规划是不是应该及早去做？

方：刚才我说了第一点，要有自己的目标。我想做任何事情都必须有自己的目标。这个目标不一定是一成不变的，而是可以改变的。定目标也就是做规划，做规划第一步就是要规划你的理想。还是回到我说的，第二你要有与时俱进的心态，第三你要能够有坚持的精神。

杨威教授开这门课程是非常有意义的，哪怕你今天能够记住一两个观点，今天晚上的时间也没有白花。

主持人：在座的同学也很多，而且是来自各个不同的院系，刚才在聆听了方方学长的报告之后一定会注意到一点，方方学长对慈善事业非常热心，在安徽捐资建设了希望小学。而且在即将到来的清华百年校庆中，方方学长为建设新的清华学堂作出了非常大的贡献。最近希望小学有个 14 岁的小女孩患了重病，方方学长积极向社会呼吁，为她筹集善款。您的做法我们认为可以作为一种大爱。您的这种对于社会，对于他人的大爱，是从自己特殊的经历中提炼出来的吗？

方：这是正常的人生发展中的一个部分。当你步入中年的时候你会想到很多帮助过你的人，但是这些人都不需要我的帮助。我们能做的事情就是把这种精神传承下去，通过我们自己的行动把它传承下去，帮助一些需要帮助的人。这也是一种人生态度，另外也可以让我们的第二代有机会了解，我们的成长环境跟他们今天的成长环境是不一样的，我们的成长环境有的时候真的是吃不上饭的。我希望能让他们知道社会的发展还是不平衡的，还有很多需要帮助的人，让他们能够及早的认识到这样一种社会现象，参与这样的活动。

主持人：活动进行到这儿，现在同学都非常热情，一定也有很多的问题想问方方学长。接下来就把时间交给大家，请大家提问。

观众：我是 MBA 在读的同学，想请问一个问题，对于在读的 MBA 同学有什么忠告？

方：对于 MBA，每个人的专业背景不一样，我的课程当中，对于我最大的帮助一个是会计学，一个是沟通、商业写作等内容。我觉得 MBA，除了课程之外，对商业模式的认识也是很重要的。我不知道你将来是进企业还是自己创业。如果创业的话对于商业模式的认识是最重要的。商业模式错了有再多的钱也会烧掉，商业模式对了没钱事业也会坚持下来，所以你要把商业模式想清楚再去做。我以前犯过这个错误。如果你想继续回去做企业的管理，最主要的是要把沟通这方面的东西学到。除此之外那些软性的，比如校友之间的联系当然也是很重要的。就我个人来说，形成一个好的思维模式也非常重要，因为我们现在搞投资，每天都会收到很多的商业建议书，我在潜移默化当中形成了这样一种思维，就是我一看哪个不符合就不用去浪费时间了。如果你在 MBA 当中及早地形成这个思维就会少走弯路。

观众：我觉得在座的各位都对您的人生经历非常感兴趣。我想问一下，在您的人生当中遇到了哪些重大的人生选择？您能不能根据自己的个人经验告诉我们怎么做这样重大的人生选择？

方：我第一个重大的人生选择就是考经管学院。当时我在决定报考之前还专门拜访了我的前辈，也是考取了经管学院的 83 级的同学。我问他经管学院是不是学出来都能当厂长、经理？他说厂长、经理是培养不出来的，是自己锻炼出来的。当时经管学院的分是比较高的，从保险进清华的角度来讲我应该填报一些招生比较多的专业，因为经管当时一年全国就招 30 个人。我当时之所以要选择经管学院是因为我觉得我可能比较善于跟人打交道，而到经管学院会比到其他院系更能发挥这方面的优势。这是很朴素的想法。

还有一个重大的人生选择就是从我自己做老板变成又回来打工。这也是一个挺大的选择。我创业的时候投资者给了我 4000 万美元，资金上来说完全是不担心的。但不到一年我就对创业有所认识了，第一是商业模式不对，虽然有很多钱，但是前方的路不明。第二就是我做事情对成本的控制不行。因为做惯了投资银行后，对很多事情的看法和你做一个小公司的看法是不一样的。对于门卫和茶水阿姨到底该给多少工资，你做投资银行是体会不到的，你看到的都是今天到底是投 10 亿美元还是 11 亿美元。我自己也不喜欢这个事情，一大早就得考虑工资、成本，所以我干脆把公司卖掉，再回来打工。对此很多人都不理解，但是我自己今天感觉到我做的决策是对的。当然，这要根据自己的能力和自己的爱好来做。我感觉一旦创业，你从茶水阿姨到最大客户都要考虑，有的人就非常善于做这个，有的人就不一定会做。这是我对你的回答，希望对你有帮助。

观众：我是经管大一的新生，我想问一下您在清华期间收获最大的是什么？请您介绍一下。

方：我觉得在清华做过两件最好的事情。一个是花了些时间做社会工作。这是非常值得的，虽然当时很辛苦。我女儿跟我讨论说她们学校也有学生会，我就鼓励她去做，她说初一还不让选，我还是鼓励她。不管做什么事情，都是一个领导和被领导的锻炼。不管你是拿了一瓶糨糊贴海报，还是做了学生会主席，这些经历都会对你有所帮助。所以我觉得这个事情也是清华非常好的传统。做学生工作，如果能把团队带动起来，把人团结到周围，锻炼你的沟通能力、领导能力，也能进一步完善自己的人格。

观众：我是美术学院的。我有两个问题，第一个问题您已经回答过了，大学阶段最重要的是什么。我听您提到了社会工作还有锻炼身体。但是您一直没提到学习这件事情。我想问一下学习到底应该放在什么高度？还有一个问题就是，对于您来说，选择自己喜欢的事情很重要，当初您选择了投资银行这个行业，您在选择之前怎么会知道自己会很喜欢这件事情？

方：大学生学习是不用讲的事情，就是这么定义的，你就得做这件事。我说的做其他的事情都是在搞好学习的基础上。前面讲过，我自己也有这个经历，搞了运动会以后很投入，自己也很锻炼，但是学习成绩差了，老师说方方你先别干了，先把学习搞好。不是每个人都要得第一，但是学习很重要，并不是说你学的知识对你将来有多大帮助，而是说这也是一种态度和一种自信心。

你的第二个问题也是跟社会有关的。我在读完 MBA 找工作的时候，当时中国还没有投资银行，我就问周围的人，MBA 毕业以后什么工作拿钱最多？人家就说是投资银行和咨询公司。当时也分不清什么是投资银行，对它完全没有概念。在这当中我也到北控这些国企做过，还自己创过业。但是我最后还是觉得这个是比较适合我的。如果你能够在大学期间发现了你最中意和喜欢做的事情那是非常幸运的，就应该一条路走下去。我经常鼓励年轻人要多试一试各种各样的生活，各种各样的工作。美国很多大学生都是试了很多不同的工作，最后才找到了一个他最中意的。

观众：刚才你说到大学生活的一些琐碎的事，我想问一下，当你毕业之后，从你以前的经历当中，你认为你的核心竞争力是什么？是什么支持你在各种职业当中游刃有余地走过来？你的差异化竞争是在哪里？和其他人相比较，你有什么样的差异化使你走到了今天？

方：我觉得我的核心竞争力，一个是能够坚持，这也是清华给予我的自强不息的精神，它要求我不断对自己提出新的要求，这是每位在座的清华同学都应该得到的清华精神。自强不息的这种精神，对我的帮助非常大。

我的另外一个核心竞争力就是大家还比较信任我。当你在做一个竞争性非常强的行业时，难免要面对很多的竞争对手。所以有的朋友跟我讲你做了这么多年好像说你坏话的人还真不多。我想这也与清华厚德载物的培养是有关的。你要有诚信，要重实效，行胜于言。

如果说有差异化的竞争力，我觉得一个差异化就是我能够比较快地理解坐在我对面的这个人需求是什么，他有什么想法，他追求什么，他的优势是什么，弱点是什么。这对于做任何工作都有很大的帮助。这一点很多是我在大学期间做学生工作的时候锻炼出来的，是通过观察，通过接触锻炼出来的。

观众：我是来自中央民族大学市场营销专业的大三学生。在新一轮国际人才的竞争中，一个中国的学生如果要出国，他不仅仅是需要学会一口流利的英语，很多时候是基于对于本土化的了解，才能在国外的竞争中有一个本土化的优势。我想的是怎么了解本国的国情？我是学市场营销专业的，如果我想出国的话，我想问一下去哪个国家好？欧洲好还是美国好？去美国的话是哪个大学好？如果是去常春藤的话，是哪个专业更好？我是非常喜欢投行这个行业的。比如说我毕业了，拿到了学历之后应不应该回国？因为中国这么强大。

方：认识国情没有别的办法，就是通过社会实践。我在清华的4个暑假，每个暑假都有机会走出去做一些社会实践。我大一的时候是跟我们班一个同学徒步从清华18号楼出发走到张家口拉练，只带了10块钱。大二的时候我跟另外一个同学坐火车到了丹东，沿着渤海湾搭车或者是坐农民的车一直走下来。虽然说没有考察到什么真正的高深的经济理论和经济实践，但是对于我对社会的认识还是很有帮助的。大三的时候朱院长给我们安排做技术改造的调研，我跟一批同学去了山西、内蒙古考察，最后到了上海，我还跟当时在上海做市长的朱院长做了汇报。大四的时候我就带了一个团到安徽做科技扶贫。现在看来做的这些工作都不重要，重要的是学到了很多东西。

关于你出国的问题实在太细我没办法回答，我自己也没有这方面的经验，但是你要是有这个想法，有很多资料可以查。

观众：我是大一的新生，您也说过您在创业的时候有一段时间很有压力。当您情绪不高的时候，或者当您压力大的时候是怎么调整的？是什么力量支撑您走出低谷的？

方：压力肯定是有的。通常我会找我的同事讨论，或者找我的夫人征求意见。我夫人也是经管学院的，她很多情况下比我要高明，所以我经常请教她。现在我也经常跟我女儿讨论一下，有些问题听听她的意见。最重要的是，你要在这个过程当中有很多知心的朋友，多听听他们的意见。听周围的意见不是最重要的，最重要的是你要能想通，一定要把自己从这个坑里挖出来。我想通的是当时有人对我说你千万不要放弃，你现在有4000万美元，你花20年都花不完，你着什么急？为什么要把公司卖掉自己还要重新开始一个新的职业呢？我自己想了很长时间，最后我就觉得做一件事情还是得坚持几个原则：第一要自己喜欢；第二要对社会有很大的影响力；第三是做这个事情能帮到我的朋友。我经常跟我的客户说我有两个机会，一个机会是我帮到你，一个机会是没有机会让我帮到你。这些都跟我的性格很相符，最重要还是要自己想明白，只有自己明白了，才能自我解脱。

主持人：嘉宾陈老师也有问题想和方方学长交流。

陈老师：我代表清华领导力研究中心问一个问题。方方学长为我们讲了他自己的很多经验。在领导力里面也经常会谈到典范的力量。比如说在成长的历程中，或者在您的心目中有一个典范，这个典范可能是现在的某一位领导者，或者是您在成长过程当中某一位师长。您心中是否有这样的典范？

方：不同的年代是有不同的目标、不同的典范的。对我而言，应该说没有一个典范是贯穿过去从入学到今天的20多年的。我记得我考大学的时候，当时有一个典范是林言志，他和我是一个中学毕业的，他在清华大学当了学生会主席。我就觉得我的校友在清华当了学生会主席，我也应该往那个目标努力。其实我在学校里和他接触不多，我来的时候他已经走了，但是听了很多他的故事，这对我也是一种激励。我们现在经常能够在政协会上碰到，我和他讲起的时候，他说都不知道对我有这么大的感召力。

后面在职业生涯当中，刚开始的时候只是想努力把今天要做的工作做好，根本没有时间抬起头来想事情。就是每天到了办公室以后开始做事，做到晚上十一二点回去，回去以后就休息，第二天再来。后来有一段时间曾经有过一个目标，我们这个行业当中有一个非常成功的投资者，他做了一些事情我觉得非常好，我就一直想成为他那样的人。但是做了一段时间以后，我又觉得我不是一个很好的买家，因为我手不狠，他可能又不是我最好的典范。现在我在想我应该做好的事情，就要在职业发展方面能够不断地开拓新的领域。我觉得这是与时代潮流紧密相关的。

我在上小学的时候最大的理想是做一个地质勘探师，因为可以游览大山大河，这对我有很大的吸引力。后来我有一天看到一篇文章说有一种东西叫做卫星，它在天上转一圈就把地下的矿藏都查清楚了。我觉得地质工程师的工作就没有意义了。所以说我没有固定的典范。

陈老师：比如说像巴菲特？

方：巴菲特我真的没有想过，他和我们的年龄差得太多了。而且他做的事情不一定是我能够做到的。他在投资时的一些机会和理念在我们今天的社会上不一定能够抓得住。这是我原来的看法。这次金融危机我看了他的几次手笔，觉得他确实是有独到之处的。但是应该坦白地说，我没有把巴菲特作为自己的目标。

主持人：今天的提问环节进行到这里。接下来请方方学长送给在场的同学们一句话。

方：已经想好了，就是我前面说的 TRY、SALE、DEALS。

第五篇

纵横经济 运筹于心

德银“富爸爸”，财智象牙塔

理性投资与盲目投机，何去何从？
资产保值与财富升值，谁主沉浮？
熊市突围与激流勇退，路在何方？
王清先生为你拨开迷雾，分享投资智慧。

时间：2009 年 5 月 20 日(周二) 19:00

地点：清华大学经管学院伟伦楼 508

嘉宾：王清，德意志银行有限公司董事总经理、私人和工商企业银行部总裁。王清先生现负责德意志银行中国零售业务，包括私人理财、工商企业银行和个人消费信贷。在加入德意志银行之前，王清先生曾任花旗银行北美分行副总裁、花旗保险代理公司财务总监、中国银行个人金融部产品总监。

非常荣幸今天有机会到清华大学与大家一起交流一下我对投资的一些认识。投资跟做学问是一样的，是永无止境的。我自己做了十几年的投资，各种各样的操作方法都用过，所以我想把这个心得和大家分享一下。

投资，永无止境　思考，独具匠心

理性投资

首先，我们需要阐明投资的三个基本问题：第一，投资与投机的区别是什么，如何分清你是在投资还是投机；第二，投资的方式有什么，投资应该关注什么问题；第三，有效的投资原则及投资分析。

投资与投机的区别。格雷厄姆说，投资是一种基于全面的分析，确保本金安全和满意回报的行为，不满足这些条件的行为就被称为投机。

投资首先要保本，第二要达到一定满意的回报，而且还是基于一个全面的分析。投机是一种更倾向于本能的行为，是比较感性的行为；而投资是一种深思熟虑后的行为，是一种比较理性的行为。所以你的投资决定做出以后，一般在短期内是不大会改变的。投机是别人做这个东西发财了，我跟着他做一把，但自己却没有分析过。

金融理论中提到的高风险高回报是对投资适用的，但对投机不适用。投机的风险和回报之间没有必然的关系。有的人高风险没有回报，或者是高风险负回报，高风险把钱全赔没了，也有可能是运气好，低风险高回报。所以在这种情况下，长期来看，投资的平均回报比较高，投机的平均回报比较低。投资需要知识，投机需要勇气。

投资是诚实的、理性的活动，不是赌博、碰运气，否则就是对自己的财产不负责任，对自己不负责任。

投资的方式有很多种，从时间层面来讲有长期、中期、短期、每日交易；焦点层面包括价值是否被低估、增长潜力、发展冲力、内在价值；资产层面有股票、债券、货币市场工具、商品(黄金、石油)、外汇、衍生产品。

有效的投资原则与投资分析。投资跟马克思主义的劳动观不一样，它是一种工作，当然别的方法也是工作。首先你要估测涨的空间和下降的风险，然后每做一个投资之前都要认真估算做这个投资如果涨能赚多少钱，如果赔了能赔多少钱，要赔的话最多能赔多少，我能不能接受等等。这对于你做事业，做发展，基本上都是很重要的。

你要获取高额的回报必须要承认做任何东西都可能会犯错，因为投资是有很多不确定性的，你只能提前假设一些条件。很多事情你清楚的时候股票已经不是这个数了，已经涨了很多倍了。你写几个假设，这几个假设要不断地监测，这个假设到底对不对，如果对了的话就可以接着做，如果基本假设错了话就要承认错误。因此投资是跟做学问一样老老实实的，错了就是错了，因为这是我自己的钱。你错了以后不能有侥幸心理。很多人存在侥幸心理认为错了没关系，还有别人能抬上去，把我救出去，或者是我已经赚了不少钱了，可能还会涨呢。我的观点就是说你一旦认为错了，你就出来，要止损。

所以第一是判断你的增长区间，我一般投资股票上涨要达到100%，跌不超过10%，如果每个股票都是这样的话，多做几个，你的空间就更大了。第二是要持续盈利，就是说你要先保值然后赚钱，今天、明天、下个月，持续地赚钱。持续是对潜力的分析。你的分析必须很清楚，用一套系统化的方法，在股市风吹草动的时候你能够岿然不动。在这两个前提下，第三就是要在机会来的时候赚大钱。怎么抓住机会赚大钱呢？要顺势而为，大的趋势来了，你就赚钱了。

那么你是不是应该把你的整个思想都集中在一个趋势里呢？我认为应当分散在许多个趋势里，这时候就要有资产配置。而只有资产配置还不够，还要有进出点的选择。任何事情在一个趋势里不是一帆风顺的，可能会上会下，可能有一些波折，这时候你要把进出点选择好。进的点太高，大趋势也会有调整，可能一下子就下来 20%，即便基本的假设都没有错，但是这个时候你就已经对自己失去了信心。所以进点要选好，选好了你就能够有抗风险的能力。系统化方法无外乎两种：一个是基本面分析，有 top-down 和 bottom-up 两种途径；另一个是技术面分析。一些经济学家使用 top-down，像我们德意志银行的马俊先生，就是研究全球范围内美国怎么样，中国怎么样，各个行业怎么样。而 bottom-up，就是对一个行业做全面的分析。理论上讲两种途径结果应该是一样的。我是建议你在刚开始的阶段选几个你看得见、摸得着、真正有感觉的行业。在这几个行业当中用 top-down 和 bottom-up 做一下研究。

投资原则：承认投资不确定性，勇于承认错误，停止错误；系统化方法估算涨降空间，不受风吹草动影响；顺势而为，跟进大趋势；分散多趋势，配置资产，选好进出点。

我觉得基本面分析是最重要的，在这个基础上再做技术面分析。技术面分析是解决进出点的选择问题。大户对于小股票是造出来的。我就造过，把一个一天交易量只有 10 万股的小股票造上去的话，你只要买几十万股完全可以打满。别的人一看不知道是什么事情，在后面跟着买了，而你就在上面抛掉了。但是我劝你不要这样做，因为强中自有强中手，这种做法就相当于邪门武功一样，早晚会有一个强手把你打死。所以你只要做好基本面分析，你就不用害怕。

很多人在数量分析上算得更细。美国的经理不看绝对的回报，而是分几块，金融一块，能源一块等等，然后用 bottom-up approach。今年如果说能源可能会好，能源占的比重就稍微大一点。美国的纳斯达克从 1995 年的 749 点涨到 2001 年三四月份的 5048 点，这个时候格林斯潘说太高了。之后两个星期内就从 5000 多点跌到 3000 多点。那时候很多人从银行里面拿钱，指数很快上去了，上去以后又下来，后来从这里一路下跌。若股市出现这种情况的话，往下走很多人就会做反弹。但是做反弹很难，你买到以后涨上去了然后又下来了，你说你卖不卖？因为这个时候还有可能升到高点。所以很多人赔钱什么时候赔的？不是开始下跌的时候赔的，而是在后面不断探底赔的。探底的时候一天反弹可能会达到 5%、10%，如果股票选得好可能会有 20%。但是很多人想象这是一个新的长期趋势的开始，所以舍不得卖，不仅舍不得卖，在美国你还可以到银行把股票抵押借钱再买。我有很多朋友开始的时候有几千万美金，到最后就剩 5 万美金了，那还算好的，还有家破人亡的。大趋势在往下走的时候你千万要想到，股票的价值是不是真实的。

股市跌的时候市盈率从高往低走，回报也往下降，这是双重因素。美国那时候有很多很有名的公司从 600 块钱跌到几块钱。反过来涨的时候市盈率和回报都会往上升。纳斯达克在开始下跌的时候，高盛的一个人讲一辈子只有这一次的机会，应该赶快买，于是股价很快就上去了，过了一个星期又是一个“一辈子只有一次的机会”，再过一段时间这个“机会”又来了。所以要保持自己思考的独立性，不要别人怎么想你就怎么想，“听其言，观其行”，不仅要听他怎么说，还要看他怎么做。别人买的话怎么会告诉你？经过这么长时间，纳斯达克从 2002 年开始回弹，到现在又回到 2500 多点。

所有的股票涨的时候，大家都说这次和以前不一样，和别的国家不一样。美国人认为他们有互联网公司，互联网公司本来一分钱不赚，开始说可以看收入，后来看点击数，再后来点击数都不看就可以上市了。刚开始的时候美国 IPO 有 10%~15%的公司上市，上市之后虽然有一年的锁定期，但锁定期可以不断地定向增发。这些增发都卖给了市场，而到市场的钱已经托不起那些股票时，股票自然就跌了。

股市即使下跌也还会有振荡，所以这样的“一辈子只有一次的机会”就非常多——很多人喜欢把失败看成是新机遇的到来，他们的想象力令人钦佩。但更要提防别有用心的人利用我们对成功的渴望。

长期趋势投资

长期趋势投资是特别有用的一种投资，原因主要有如下几点。

供需严重失衡。供需严重失衡的时候需求量很大，但是供给量不足，只能高价去买。像中国的猪肉、房子就是这样。讲一个大家都知道的例子——中国房地产。中国房地产行业是从20世纪90年代起来的，90年代中国出台了几个重要政策。中国以前的房子都是单位分配的，你在这个单位就是要一直干下去。单位分配房子给你，你跟领导关系好，分到的房子可能就大一点，跟领导关系不好，或者是工作表现不好，级别没上去，就是小房子。中国在20世纪90年代是什么政策？以后逐渐不再分配房子，国有企业、国家机关都不再分配。这就出现了大家自己买的房子。这是一个政府政策。其次，中国的银行开始做房屋按揭。这两件事促成了中国房地产行业的发展。新中国成立以后房子盖得很少，上海人特别惨，平均一个人占一两平方，家里是上下铺这样住，这就造成了房子严重不足，从一个人平均4平方到一个人平均24平方，这首先就是一个很大的需求。第二个需求是中国城市化。中国以前80%是农业人口，到现在已经有44%的城市人口。所以中国的城市化率从20%达到44%，这个过程使中国人从农村迁移到城市，这就使城市需要房子，造成中国的房地产增长很快。第三，中国人的工资也增长很快，我刚毕业的时候工资才100多块钱，但是那时候已经很高了。现在你们在学校里生活一个月也不止100块钱。那时候家里如果有1万块钱的话叫做“万元户”，那是很有钱的。所以中国个人收入增长也是一个重要因素。这3个因素在一起就造成的房价大幅增长。所以做房地产挣钱，这很正常，因为抓住了大趋势。

农业发展也是一个大趋势。中国人口增长很快，毛主席去世的时候中国才8亿人口，现在已经有13亿。发展中国家像中国和印度，生产结构发生着变化，因为吃的肉多了，一斤肉大概要四五斤的粮食作饲料。但是耕地在减少，温总理特别关心中国的18亿亩土地，这是绝对不能少的。中国采取了这样一个政策，这对于长期粮食能够基本保证自给自足是非常重要的。中国粮食价格在某些地方是世界粮食价格的20%，所以现在有很多人从中国走私粮食出去。农业肯定要发展，所以与农业有关的产业都会发展。

新政策出台。中国在世界具有举足轻重的地位，一定要知道中国领导人在想什么。你们生长在这个时期应该感到非常荣幸，非常骄傲。你们一定要了解胡主席在想什么，温总理在想什么，他们讲的东西非常透明，有连贯性，中国的发展是非常明确的，这一点从2003年胡主席主持工作以来非常明显。比如中国关于环境保护非常重视，把环保、节能减排作为基本的政策。这就对能源、环保领域提出了极高的要求，必然促进有关行业的发展。

新生活消费方式的改变。互联网产业在中国刚开始诞生的时候只是一个概念，后来为什么中国的互联网公司发展起来了？因为中国上网的人数越来越多。中国每年有几百万大学生毕业，德国这些国家都很害怕，因为没有一个发达国家能像中国有这么多人成长起来。这些人有知识，有文化，就使得互联网的使用大大普及。互联网作为一个传播媒体在火炬传递的过程中，在汶川地震的事情上为树立中国人的形象起了很大作用。互联网的使用以前仅限于工作人员，现在全民普及。随着收入的增高，人们在互联网上的消费也不断增加。

那么怎么样才能发现大趋势？

针对这个问题，我主要讲3个要点：

首先，要先知先觉，更应该笨鸟先飞。我前面提到过，你要不断地想问题，尽早发现大趋势，就要多多学习胡主席的讲话，温总理的讲话，想清楚他们在想什么。中国作为世界上举足轻重的大国，公共政策的方向是非常重要的。

夏洛克的一磅肉，这在投资界是相当流行的一个典故。尽管夏洛克是受到谴责的，但是我们应该审慎决策，保持自己的实力，不要让割肉的权力落在对手手里。

其次，不要太早进入，跟随趋势，力争前列不求第一。发现趋势以后不要最早进去，否则容易成了别人的教材，为别人做了铺垫，为别人前赴后继创造条件。你要看清楚，但不要太早进入。这也是索罗斯讲的话，你要跟随大趋势，因为大趋势可以传达十几年几十年，你怕什么？想清楚了再做才能成功。所以力争前列，不求第一。很多事情最早做的人现在都不再做了，很累。

第三，注意长期趋势和周期性趋势二者之间的区别和转化。除了趋势，还要注意周期性行为。趋势和周期性行为之间也是可以相互转化的，就是说矛盾是相互转化的。趋势可以变成周期性的活动，周期性的活动也可以变成趋势。在中国，钢铁行业绝对是一个周期性的行业。当经济处于高潮的时候，造船，造汽车，造飞机都需要钢铁，需求量很大。钢铁的价格在涨，很多人就增加了很多库存。当经济发展到高峰时候，上游产业对钢铁的需求量开始减少了，拥有库存的营销商就要减少钢铁的资产，钢铁行业在这个时候面临的需求量就开始减少，然后利润开始下降，企业对铁矿石的需求也开始下降；而当经济低迷的时候，同前面相反的关系使得钢铁行业又开始发展。中国最早的钢铁企业也是一样，在20世纪80年代国企改革开放的时候，很多钢铁行业倒掉了。可是中国的发展使情况有了转变。本来是有二三年或三四年的周期，但是由于房地产行业与汽车工业的发展使钢铁行业得到快速发展，首钢、宝钢都赚了很多钱，让钢铁行业从一个周期性的行业变成了一个长期发展的行业。

另一方面，所谓长期趋势是发展时间长一点的趋势，任何趋势由于高额回报率的吸引，它总会到某一个时刻回报率下降而达到平衡，所以也会从长期趋势走回周期性的发展道路。你要注意这个变化，不要抱着一种趋势不变的思想。

这有一个长期趋势的例子，就是 JDSU，这个股票是做光导纤维的，在美国 20 世纪 90 年代做股票的人都知道它。1995 年一股的价格是 3.44 块，现在是 12.55 块，但这是把五股合成一股以后的价格。这只股票历史上曾经从 3.44 块涨到 1120 块。这个行业是一个技术含量低的行业，都是手工做的，但是因为美国当时所有的地方都在铺光纤，这个公司就拼命发股票，发债券，股价从几十块钱一下涨到了 1000 多块钱。这个公司市盈率达到了 600。这是什么意思？就是有人愿意为一股付的价格是这个公司最高盈利的 600 倍。假设这个公司还是赚这么多的钱，600 倍的钱我都给。这就是一个大趋势。

但大趋势到后来也会逆转，这个公司的股价后来一跌再也没有起来。赚钱的话前面可以赚一把，后面可以赚一把——这个公司到强弩之末的时候买回来，在美国是可以做卖空的。如果这两个方面都把握住的话做这个股票就发了。

另外一个案例，跟着这个大趋势的人也赚了很多倍。这就是著名的思科公司。思科是美国 20 世纪 90 年代涨得最好的。以前电话通讯都是老式的电话通讯，思科是新式的，由于互联网的发展，使得其通讯设备的需求量发生了重大的变化。每一次大家都认为思科发展代表了通讯行业的发展。它的 CEO 讲的东西大家都相信。它的股价从 7 分钱涨到 79 块，从 1995 年涨到 2000 年，5 年涨了 1000 倍。所以大趋势掌握了，我不是说你一定要在 7 分钱买，笨一点 10 块钱买也涨了七八倍。所以一定要掌握大趋势。我要强调的是大趋势的投资，这个股票涨到 1 倍的时候把它卖掉，剩下的钱就是别人送给你的，你可以把这些钱投入到另外的大趋势去，这样就是跌下来你也不怕了。

从中国来看，我特别看好几个行业，一个是农业。我知道中国人的生活水平在不断提高。你觉得农业很好，你就等着，等到别人发现的时候大规模地做，别人就认同你的观点。早那么一点点发现，坚定不移地去做，你就会赚钱。全球最大的化肥公司，加拿大的 Potash Corp。1995 年我买了这个股票，那时候它每股是 5.45 块，当时没涨多少，在这么多年涨到了 142 元，这时候就没有必要再做。你要等趋势到这时候就会赚很多，所以在前面不要急。

AGU，这也是加拿大一个化学公司，股价从 10 块钱涨到 15 块钱我就卖掉了，涨了 50%，我觉得很了不起。后来这个股票涨了 70 多倍。这告诉我们什么问题？你发现一个趋势的时候仅仅是第一步，一定要挑领先的公司，最好的公司，它比别人看得远，能把这个行业大部分的利润引领上去。中国发展得这么快，同类的公司看上去是一样的，一定要挑准行业领导者。

结合这几个事例我们来继续讲周期性和长期趋势的相互转化。这也是我看好的一个企业，Titanium Metal Group——全世界最大的钛合金厂家。中国那时候没有什么飞机，我到美国一看有那么多机场那么多飞机，就想中国以后的飞机数量肯定会增加。这是我作为中国人的优势。当时我就研究跟飞机所有有关系的公司，觉得这个公司最好。那时候美国航空业还不是很景气。原来这家钛合金厂家又跟波音签了一个长期的合同，后来由于波音把长期合同取消掉了，所以股价开始下跌，最后到2毛3了。到2毛3的时候，我就想航空业也不赚钱，他们不会花大钱买。但是我们必须要有信心，知道这只是一个周期。后来中国航空业真的发展起来以后，它涨到了40块钱。这个事例说明你一定要跟进大趋势，看到很明确的一个特征之后大量吃进。

这就是长期趋势投资几个需注意的方面，首先是产生长期投资趋势的原因，包括供需严重失衡、新政策的出台和新生活消费方式的改变。投资要点是要先知先觉发现大趋势；但是发现大趋势不要过早进入，而要跟着趋势，力争前列，不求第一；要注意长期趋势和周期性趋势二者之间的区别和转化，在趋势投资里面要跟准行业领导者。

做好资产保值是财富升值的基础。认准大趋势，稳中求胜。不当出头鸟，获益而内敛。

熊市投资

股市有几个重要的指数，当一个或几个主要指数低于最近的最高点20%的时候就可以称之为熊市。有几种很重要的行为需要注意：

首先，不要散布熊市谣言，如果在熊市中有所斩获最好不要大肆声张。吉姆·罗杰斯在美国的时候利用熊市赚钱了，然后就四处宣传，因此大家都恨他。你赚钱了，别人干得不好，别人心里会不舒服，就像现在中国发展了，法国、英国他们心里不舒服一样的道理。所以千万不要散布熊市谣言，更不要大肆宣传。

其次，熊市的时候要降低投资预期。去年很多股票涨了2倍、5倍、10倍。但是如果熊市来了不可能涨那么多，你就要想能涨个10%、20%就够了。所以熊市来了，这个估值要进行调整，因为以前公司是高速发展的时期，每年可以增长百分之几十，这时候它肯定会减少。

再次，不要急于探底。很多人都是在探底的时候死得很惨。探底的时候赚了20%、30%，他很高兴，就一直抱着，可是股市不会很快反弹，振荡几下又会一直跌下去。熊市不是每年都有的，是很多年才有的，一旦出现要持续一定的时间。

熊市投资要注意什么？一个是现金类产品，银行存款、货币市场工具或者是票据。另一个是卖空，水平高的人可以卖空，但卖空很难，一般我不建议做卖空，很多人做卖空拿不住。罗杰斯做过卖空黄金，他在400多块钱一盎司的时候收购黄金，一个月之后涨到800块钱。像他那样不割肉的人是很少的。他一直捏住了，赚钱了。很多人到600块钱就把所有的钱都搞走了。卖空的时候不要认为是你认为的高点。很多人认为3000点是高点，4000点的时候又认为是高点，自己的钱都被市场挤出去了，失去信心了。所以探底和卖空是一回事，你一定要保持自己的实力，有实力就有信心。卖空我觉得应该是在后期卖空，不要作为一个先行者。第一批冲上去的人肯定是要死的，前面的都是烈士了。

还有一个是高流动性的债券。很多人就想着，某个债券回报很高，但在熊市的时候，为别人付那么高利息的债券总是要有风险的。你要买政府债券，高流动性的债券。

熊市突围、急流勇退，需要你冷静的判断和果断的裁决，需要你保持敏感的反应力和沉得住气的耐心。

要点总结：首先一定要区分清楚投机和投资。做投资的话先不赔钱，然后每次赚小钱，机会大了赚大钱。第二个是做趋势投资、长期投资。第三个是做熊市投资。

现场交流

观众：您对现在中国的股市有什么看法？

王清(以下简称王)：我对中国股市研究得很少，我是美国籍的，所以根据中华人民共和国的规定，我是不能做中国股票的。但是我对中国长期看好。另外，中国同样的股票，在A股市场的价值比在同样的香港市场价值要高，市盈率也要高，但长期来讲这两个市场的价格不会差得太远，迟早会趋近。短期来讲我没有什么看法，我对中国长期是非常看好，我非常有信心。

观众：我想请教两个问题。第一个是虽然说股票可以做很多的分析，但是事实上在一些时候，我们还是比较无奈的。比如说有一个很著名的美国大基金的实验，股票投资在很大程度上还是存在靠运气因素的。我想请问一下，您作为一个资深的投资者，您是否也有过这样的困扰？第二个问题是，我想请问一下您是怎么看待中国在纳斯达克上市的这些公司。您对他们的前景有什么样的看法。谢谢。

王：做股票我想多少是要靠运气的。但是我想说的是，有的人不知道他在股市里面怎么赚钱的，有朝一日也不知道怎么亏钱，所以完全靠运气肯定是不行。想要做得好的话一定要比别人吃苦，比别人多花心思，比别人想得更深，比别人做更多的分析，只有这样才能赚钱。有了你的观点以后才能够坚持，寻找比较好的进入点。

进入纳斯达克的公司不能一刀切地来讲。去年我也投了一些觉得还是很不错。中国很多公司的价值是很吸引人的，有的市盈率已经有50几了，他们美国公司的市盈率也就十几。但是我不是说你就要买这些股票。中国一些公司有发展前景的话，你当然可以考虑买它。

观众：我想问一下您刚才说的很多关于大趋势方面的问题，未来5~10年内您对哪些行业的大趋势比较看好？您刚才说到了农业，您说您比较看好。未来是否一样看好？

王：第一个大趋势就是中国的发展，你们都要珍惜这个趋势，都要为中国的发展做一份贡献。中国在地震灾害中展现出来了空前的，包括在火炬事件中展现出来的这样一种向心力、民族凝聚力，加上中国经济的实力和中国人的聪明和勤奋，所以你们一定要把握这个趋势。要好好学习，为国家、为人民作贡献。

第二个趋势，我想是新能源开发。能源这个问题一直没有解决，节能减排方面是一个趋势。

第三个是农业的趋势。全世界大概有7亿人处于吃不饱饭的状态，我想这个问题不是一时半刻能够解决的，所以这也是一个大趋势。

另外还有比较小的，没那么大的趋势，比如说中国的互联网产业我一直是看好的，觉得这里有一个比较好的趋势。再小一点的趋势就是游戏，像史玉柱他们搞的这个也是个趋势。但是这个趋势不要急，要等待它发展再做。

观众：关于对外投资您有什么样的判断？

王：我现在基本上变成一个趋势投资者了。首先我觉得趋势必须要对，趋势不对的话我是不会做的。第二我还要看，不会在高点去买一只股票，在它回落的时候仍然有信心去考虑它。一个公司的资产负债表很重要。有的公司负债负得很多，这个公司经营比较差的时候就会倒掉。你会看到有的公司总是有新的计划出来，但是之前的从来没有兑现过。不但要有好的思路，而且要有好的执行，它说到的要能做到。你要找到一个人，这个人能够脚踏实地的把事情做出来。在做股票的时候有一些小公司，你会发现这些公司刚开始它的交易量会非常小，在某一个时刻它们的交易量开始大起来了，是以前的10倍、20倍，但是股票还是不怎么涨。这时候就是大户开始买了，大户看好了你就去做，不要太早。因为太早的话没有大户来做，你必须要理清这个思路。大户是最早进入的，但也要靠思路的，而他在电视上讲的时候就会讲自己的一些故事，一讲老百姓就信了，然后也跟着大批地进入。

观众：我想问一个关于美国次贷危机的问题。美国次贷危机主要是由于资产证券化后，一些评级机构没有进行客观的评级，造成了整体问题。因为评级是由被评级的公司付钱，这必然会造成一个不公正的评级。怎么能保证公正的评级？中国在资产化当中怎么样做才能避免危机的发生？

王：现在很多人把责任推到评级机构。我觉得作为一个评级机构是有责任的，但是更重要的责任在于发行次级贷的银行。银行对这个人为什么要发贷款？如果我们把前面的源头把握住了，比如说我们中国坚持比较严格的信贷管理制度，严把审贷标准，这个问题不会出现。美国有一个很简单的情况，这个房子10万买的，银行可以借你12万，这就鼓励别人投机了。那些穷人，像毛主席说的一无所有不就命一条吗？他就借了，问题就留给银行了。是在这个地方犯了错误。还有是在追求利润的风险管理上犯了错误。这些原因导致了评级机构在贷款证券化以后做出不客观、不公正评级。

中国的证券化是从2005年开始的，工行、建行、国家开发银行做了几个试点。我觉得要在审贷上把好关，明确什么样的企业不能贷款，这样就没有问题了。不要因为在次级债里面出现一些问题，就把次级债所有的问题都否定掉。我们要吸取教训，该做的做好，该管的管起来。应该建立有很大流动性的市场，这对于银行业务也是有好处的。

观众：您刚才说在投资股票的时候跟着大趋势特别重要。但是我想问，如果您现在是某股票行业的巨头，您怎样看待和处理您与强有力的竞争对手之间的竞争，您会怎样判断他们的行动和想法？

王：我不管别人怎么看，因为我的是我做，他的是他做。我不会把我所有的钱放在一个趋势上，我是放在很多趋势上，有的股票放在初期，有的股票放在中期，根据各个行业的不同情况去做。这样我就不用怕了。看到很多趋势可以持续很多年的，所以不要选择别人做了什么东西，而是想我自己。我会发现很多错误，这些错误如果发现就要想怎么改正它。改正自己的错误是极其必要的，而不是总去关注别人怎么干。有的人告诉你的可能只是一个假象。中国市场上很多人喜欢用消息做，但是你应该思考的是，消息传给你的时候已经有多少人知道了。这一点很重要。很多人觉得他有消息，但是你要知道有多少人知道这个消息了。你一定要保持独立思考，独立判断。

独立思考，独立判断是王清先生贯彻在整个讲演中的主线。这点与一般人眼中的随大流、炒买炒卖的无思想投机行为是大相径庭的。

观众：您做了这么久的投资银行，也取得了这样的成就，您对这个职业的看法是什么？我们想进入金融行业的年轻人需要做一些什么样的准备？

王：我的本业是商业银行，投资是我的业余爱好。我这么多年的业余爱好一直是投资，但是做得还是可以的。我想作为投资行业有几种，比如说做投行的是把公司做上市，做兼并，当然是很有意思的事情。做基金管理人也很好，你帮别人赚钱，当然你也很高兴，因为你为别人创造了价值。我想这都是可以的，包括做商业银行，帮助这些公司、这些个人发展好。我的一个说法是我们德意志银行在中国是和中国发展息息相关的。

我最早是学土木的，后来学了海洋工程。所学的专业和能不能进入银行界没有太大的关系，关键是要找到一个分析问题、解决问题的方法。一个好的教授不仅是传授知识，而是传授方法；一个好的学生也不仅是学习知识，是学习方法。如果你有一套好的分析问题、解决问题的方法，那么做什么都可以，所以我觉得还是把注意力放在方法上。我在美国刚开始念书的时候没有钱，我就天天看《华尔街日报》，做了大量的笔记，再把我的笔记拿去跟华尔街的人讨论，别人觉得我的认识已经非常深了。只要你想学，一定会有办法学。尤其是中国现在机遇这么好，你们这些人这么幸运，在中国最好的学校里。

观众：您的第一笔投资是什么时候开始的？投资什么项目？当时的想法是什么？

王：我是1995年开始工作的。我上学的时候没有什么钱，上班了有钱了就开了一个账号，5000块钱的账号。我买了两只股票，那两只股票都赚钱了。一家是做零售市场的KM，本来是美国零售市场的第一，但是后来被沃尔玛用农村包围城市的办法比下去了，成为第二，但还是很有实力。我是用价值投资的办法来做这只股票的，这个KM只有6块钱，沃尔玛当时是30几块钱，我想这支KM涨到十几块钱肯定没问题，我就买了一把，买了一个多月以后已经涨到了8块钱。我想6块钱涨到8块钱已经是30%几的回报了。我就把它卖了。第二个股票是APCO，这是一家小公司，是给拥有汽车的人卖汽车里面的一种保险，盈利特别好。我当时3块钱买的，半年涨到了5块还是7块，我就卖了。这两个都是用价值投资的理念买的。

观众：王先生在讲股票市场的时候下面很多同学眼睛都发亮了。不知道王先生您是怎么看待大学生炒股的。

王：这是一件好事，越早进入股票市场我觉得就越好。投资这个东西，你做得越早越有经验。因为很多东西你见过了，一定会坚持下去。不要股票跌了就怪别人，做得不好怪你自己，不要怪股票专家，不要听他们的，也不要怪他们，要坚持做分析、总结。没有钱的时候小做，有钱的时候大做，赔钱的时候小做，赚钱的时候大做。就是说你对这个市场不是很清楚的时候就不要做，当对市场很清楚的时候，你觉得你看得很准的时候就大做。

主持人：请您送给同学们一句话，作为您本次演讲的结束。

王：顺应大趋势！

经济腾飞，挫折前行

他们都是当今社会的精英，有的开办了中国首家企业门户，创造了互联网业内的奇迹；有的拥有丰富的资讯管理经验，曾供职于各大国际知名公司；有的建立了国内最强大的创业投资关系网络，被誉为中国创业投资界青年一代的代表人物；有的是国际著名的能源专家，在业界享有盛誉。他们都有怎样的成功秘诀呢？他们的挫折观、止度观和品牌观又是怎样的呢？

时间：2008年6月5日晚7:00

地点：清华大学西阶报告厅

嘉宾：张冀光、马为民夫妇，均毕业于1970年，清华大学无线电子学系。张冀光先生现任中国企业网控股有限公司总裁、铭万公司总裁。马为民女士是铭万公司的副总裁。他们都是铭万公司的创始人。

丁杰：时任摩立特集团北京分公司的董事经理，摩立特集团中国客户业务的联系负责人。他在中国、加拿大和美国有着13年的咨询管理经验。

倪正东：清科集团创始人兼总裁，在过去的几年里，他领导他的团队将清科建设成了中国最有影响力的创业投资顾问和研究机构，并建立了国内最强大的创业投资关系网络。

童媛春(嘉宾主持人)：国际著名的能源专家，1985年清华大学热能工程系本科毕业，曾在北欧中国咨询有限公司、美国甘为真咨询有限公司任职，现任中国联中有限公司董事长。

主持人：这个活动是清华搭建的一个非常高级的交流平台。提供这个平台的是以史宗恺书记为代表的清华的老师们，清华的莘莘学子就是财富的矿藏。

首先请各位学长给在座的小学弟、小学妹分享一些心得。

兢业严谨，时刻准备

张冀光：各位清华的学弟学妹们，大家晚上好！很高兴能有这样一个机会跟大家坐在一起，借这样一个机会和大家分享一下我们在人生道路中所经历的一些酸甜苦辣也好，经验教训也好，将我们所走过的弯路告诉大家，希望大家走直路，让清华学子更快成功。我想说的第一句话是：在座的同学们，我们赶上了一个非常非常好的时代。如果我们不能用自己的智慧、青春、学问报效这个国家、这个民族的话，我觉得我们愧为一个清华人。

马为民：简单的事情重复做，我觉得这是一生中最宝贵的财富。我总是想海尔的张瑞敏，他是海尔的首席执行官，400 亿资产，全国最好的企业家之一，他这样的企业家在他的《首席执行官》的封面写了两行字：永远战战兢兢，永远如履薄冰。他封面上的照片都是皱着眉头的，非常严肃。永远战战兢兢、永远如履薄冰地对待工作，对待自己的人生，非常认真，所以才能成功。

丁杰：我们是一家管理咨询公司，每年都要到清华招聘员工。台上的其他几位嘉宾现在都是在自己创业，有着自己非常成功的事业。而我是一个打工的，而且是在给外国人打工。因为我们摩利特公司是一家美国的咨询公司，主要做战略方面的咨询。但是我不是从大学毕业就直接到了咨询行业，也不是直接就给外国人打工的。我自己也有一段创业的经历。我今天反而想把这段可以说是失败的创业经历跟大家分享一下。我想这对大家可能更有帮助。

1999年的时候，互联网非常热，现在在座的马学长、张学长也是从那之前就开始创业。当时我也感觉到自己是清华经管系毕业的，也有一些IT的背景，在国内之前也做了几年医药方面的——营销管理工作。所以当时我和几个同学一起创立了一个专门做医药行业的B2B网上交易的网站。当时我感觉这是一个非常有前景的事情，而且自己又有行业的背景，又有IT的背景，应该说是可以成功的。我和几个同学一起做了很多的工作，公司也做起来了。但是市场环境变化得非常快，真正把业务模式深入到传统的业务当中，你会遇到比原来预想多得多的困难，各种显性、隐性的阻力都与你对抗。所以在这个时候，我就感觉到创业可能是一个非常好的发展道路，但是这个道路不是所有的时候都对所有人敞开的。在这个特定的历史环境之下，在你拥有特定的资源、在你有特定的个人能力的条件下，你可以尝试创业，但在大部分时候，这条路不是一条非常好走的路。在这个情况下，最后我做了一个很痛苦的职业选择，就是把这家公司关掉，又重新开始了我新的职业发展生涯。这等于是把我个人又重新清了一下零。之后我加入了咨询行业，我觉得有这样一次人生的职业发展挫折，从时间上看我可能后退了几年，但从另外一个角度看，这也教给了我很多人生发展的经验和教训，可以让我做咨询的时候能够更加深切地理解很多坐在我桌子对面的这些企业家的想法，或者是我桌子对面的管理者的一些想法，对我反而是一种帮助。

刚才讲了一个小例子跟大家分享一下，也是说可以有非常多的人生发展路，究竟哪一个能够成功，有机遇的方面，有机会的方面，但也有你个人准备、你的天赋的方面，最终如何把握好成功要靠我们有准备的头脑。谢谢！

机遇只给有准备的人。幸运、天赋加上积累，就能把握住成功机会。

倪正东：我是1974年生的，4岁读幼儿园，4岁之前什么都不知道。改革开放的时候，我去读幼儿园了。一直在湖南的农村，山村里面，兄弟姐妹5个，没有人照看，所以4岁就读书了。很小的时候就有一个梦想，考清华。我1992年参加高考，考了我们那个县的第一名，我想清华没问题了。结果等到最后，等到很多同学通知书都来了，没有我。后来去了湖南大学。当时去湖南大学第一天我想的还是要去清华。我一直在讲的我不是嫡系的清华，因为我本科不是在这儿念的。但是我一直是一个清华的梦想者。我比较幸运的是能进入清华，人生中经历了很多难忘的事情都是在清华。

1997年的时候我们创立了清华学生创业学会，1998年的时候就办了清华的创业大赛。第一个梦想，以前学生都是被分配工作，我们能不能自己择业，自己创业？从1998年到现在一直在做事。虽然人生不能说是成功的，但是至少在中国的创业投资中肯定有清科，肯定有倪正东。我觉得能做这件事情人生非常幸运。清华是一个十字路口，在这里我改变了命运，所以我要感谢老师，感谢学校。

主持人：这一轮自选动作下来，大家发现每个嘉宾都有不同的亮点。

丁杰学长给我们树立一个新的典型，那就是清华人如何走职业经理人的发展之路。

张学长和马学长更不用说了，你们相互配合，吃饭的时候我跟两位学长交流，我说清华传统倡导同学们为祖国健康工作 50 年，他们俩不仅为祖国健康的工作 50 年，还要健康地爱恋 50 年。而且我问以后金婚的主语是什么？他们说还在酝酿当中。我要说金婚的庆典，一定要把清华当做一个分会场，这是对他们衷心的祝福。

下面进入指定动作的环节。各位学长在创业道路上和职业发展上，无论取得什么样的成绩就是要挖掘这些成功人士背后处理情商的力量。在情商这个大的框架下就引出了 3 个主要的与之相关的话题。

第一个话题，也就是指定动作的第一个动作就是挫折观，或者是与成败有关的处理风险、处理危机的能力。

第二个话题我们叫做止度观。因为在科学的道路上或者是在前进的道路上，有一句话叫做行百里者半九十。在事业发展当中，你会发现有这样一个规律，成功人士往往能很好地止度。什么意思？就是该收手之时敢收手。你准备了 100 份干粮，准备走 100 里路。当你消耗了 70 份干粮的时候发现已经走了 90 多里了，这时候你怎么办？很多成功人士选择了见好就收，特别是在企业的发展历程当中，股票也好，基金也好，这一点非常难把握。很多不成功的人士，我把他们算成是烈士，他们一定要以剩下 30%的资源达到 10%的目标。但是往往看他们的历程耗尽了 30%的资源，甚至透支了他们的资源也没有达到。我想从这个角度来提出第二个话题：我们在创业过程或者是发展过程中，这个止度观是怎么确定的？

第三个话题是最近一个比较热的话题，个人品牌、企业品牌与机构品牌。因为我们都受益于像母亲一样的祖国，像园丁一样的母校。我们到美国什么都没有，遇到困难看黄历。我背着清华的牌子，拿着清华的毕业证就闯天下了。但是这个品牌是园丁给我们这些花朵的。在你们发展的过程当中如何作为一个高级的劳动力或者是有知识的劳动力，将经历商品化到品牌化的转变，而且面临着个人品牌与企业机构之间的品牌关系。所以第三个指定话题就叫做品牌之路。

坚定信念，善于总结

张冀光：每个同学都希望成功，都渴望成功，但是不成功是必然的，成功是偶然的。其实成功的标准人人都不一样。每一位同学在你们离开校园以后要选择一个方向，不要把方向选择错了，你可以选择成为一个优秀的职业经理人，像丁学长，你也可以选择创业，都可以。但是你选定了以后就要坚持做下去。所以我想这是一个最基本的要素，或者是原点，或者是出发点，当有了这样的出发点以后，下面要做的事情就是坚持下去，每个人的一生，会遇到各种各样的困难。

成功起点：选定目标，克服困难，坚持为之。

遇到困难的时候我有一个体会就是"厚德载物"，就是清华的校训。这个感受或者是这个感觉我也是几十年以后才有所体会的。我跟为民在第二次创办公司时只有我们两个人，那时候我们第二间公司离上市只有一步之遥了，已经进入了辅导期，准备在中国主板上市。如果能上的话，那会是中国第一只互联网股份。在那种情况下突然变天，我们两个人空手离开了那家公司。我们做了6年，从一个员工开始到鼎盛时拥有5000人，成为当时中国最大的互联网服务公司，但当我们不得不离开的时候，只有我们两个人，而且我们两个人已经超过了60岁。那天把我们赶出来的是两间上市公司的主席，力量的对比是非常悬殊的。这个情况下，我深深体会到了"厚德载物"这4个字的分量。就是我们两个已经接近退休年龄的60多岁的老人家，重新创业，重新开始。我们重新开始的时候，一个月之内陆陆续续地有百名员工和干部来到了我们的小公司，为什么？他们追随的是一种人品，或是一种氛围，或者是一种德：厚德载物。但是不管是顺境或是逆境，德是最重要的一个环节。我们可以没有钱，我们可以没有资源，但是我们不能没有德。

选择自己的方向、坚持"厚德载物"的校训，这是应对挫折的根本措施，也是不能失据的防线。

马为民：怎么看待挫折？我会想这个挫折是什么？是我们自身的原因，是我们不能干这个行业，还是说我们根本没有这个能力，还是说社会的条件不对？一次失败，只有你去思考，才能明白，从这次失败中学到很多的东西。我们两个人的价值里面很重要的一条是我们经历过这么多次失败又能重新再来，这是一种价值的体现。2007年我们经历了非常大的困难，就和员工讨论，如果这个困难是没有市场了，中国的中小企业不需要互联网了，或者是有了新的技术产生把互联网代替了，我们走新的路。如果不是这个问题，那么问题全出在自己身上。要从自身改造，从自身解决问题。

经历这么多次失败又能重新再来，这是一种价值的体现。善于思考，善于总结，失败才是成功之母。

主持人：非常精彩，夫妻剧场的主角给我们两个重要的启迪。遇到挫折怎么办？厚德载物，坚持不懈。下面让我们来听听丁杰学长的见解。

丁杰：遇到挫折的时候，我非常同意张学长说的，谈挫折首先要谈什么是成功，因为挫折是你没有达到原本希望达成的目标，所以你感觉到挫折。很多时候这个挫折感很可能不是因为你自己做错了什么事情，而是因为你一开始设定那个目标就有问题，你朝着一个不可能实现的、不适合你的、几率非常小的目标努力，很容易就会产生挫折感。

设定恰当的目标是成功的先机。

回到我自己的问题，当时我也是在互联网高潮的时候做了创业。但是由于时机，由于对行业的理解，由于自己所拥有的资源在那个时候是不可能继续再进行创业的事业了，我改变了方向。挫折反而在很多时候强迫你思考究竟你这个人想干什么，你最喜欢做的事情是什么，你从什么当中最能得到快感，你最擅长做的事情又是什么，你比别人在哪些地方更有竞争的优势。成功的时候很可能模糊了好多东西，什么我都可以干，运气又很好，反而挫折的时候水落石出，到底喜欢什么、擅长什么更清楚。所以，我觉得把真正的挫折转化成你未来的发展方向可能会得到最好的结果。

挫折促人思考。

主持人：这也是一个非常精彩的解读，当你设定一个目标的时候，经历一个弯路，可能要对自己的位置做一个重新的定位，选择一个很好的定位，然后再坚持不懈，再厚德载物，一样可以做一个成功的经理人。

倪正东：无论是在读大学，还是在读研究生的时候，包括现在，我都特别喜欢看人物传记，美国那些总统、苏联的总统等等。我在清华的时候想：人生总是风风雨雨。当时南非的总统曼德拉在监狱里面住了27年；红军长征经过很多年才最后成功……很多事情不是随随便便成功的。创业初期，我们公司有5位创始人，都是清华的，经管学院经济系系主任的学生。后来互联网整个市场不好，他们有的去了哈佛读书，有的去了加州理工，清华的人有很多可以选择的道路。我当时觉得创投可能在中国是有发展的，因为中国要发展新经济。我们最困难的时候是2001年，只有3个人，我自己不发工资了，我给同事发一半的工资，我说半年以后再补发给你们。后来这个行业好转了，携程上市了，百度也上市了。我体会特别深的是企业经历九死一生，生命力是很强的。从2002年时的3个人到现在100多个人，我们在北京、上海、深圳、香港、硅谷都有办公室。我现在比较年轻，我们董事会有4个人，其中一位是以色列人；一位董事是美国5家银行的CEO；香港的董事是联想创投的创始人，联想上市，他赚钱比柳传志还多，是联想赚钱最多的人。

我觉得最重要的一点还是目标明确，我记得清华大学最清楚的一句话还是行胜于言，做什么事情不在于你说什么，关键是路是走出来的，事情是做出来的。

行胜于言。成功之路是脚踏实地走过来的。

主持人：第一轮下来，面对挫折每位学长都给了非常精彩的解读。怎么从失败当中吸取教训，吸取营养，从挫折当中总结经验，再图发展。在吸取不顺利经验的时候，要从自己身上去看，也可以从别人身上看。正如《劝学篇》里说的：君子生非异也，善假于物也。善假于物就包括从别人身上吸取教训。成功人的传记对你们没有用的，因为成功是很难复制的，"空城计"你再唱一遍是唱不了的。所以要从别人的身上，从自己的身上学习失败，善假于物。我相信这里更能发掘出来挫折观带给我们的财富。让我们感谢领导和几位嘉宾对第一轮指定动作的表演。

量力而行，尽力而为

张翼光：我觉得首先最重要的是把自己的目标定好。你到底要做什么样的事，到底要做什么样的人。不管是70步还是80步是朝着你的既定目标去实现的。

你把目标定下来了，你认为市场没有问题，客户没有问题，技术没有问题就勇往直前地往前走。到底能走到什么程度就看你的决心有多大。豪言壮志不一定总是科学的，但它却表达了人们在困难与未知前的气势。你有没有决心投身这个行业里面，为这个行业做出点贡献？为中小企业做出点贡献？我觉得这是一个目标。所以我觉得遇到问题的时候，最主要的还是一个坚持。

马为民：我这个人是属于比较笨的人，所以总将简单的事情重复做、坚持做。比如说清华毕业以后我就在工厂里干了7年，同一个岗位上解决同一个问题：在八一电台排故障。7年给我什么？它让我觉得世界上没有不可克服的困难。所有的机器都要出厂，怎么想办法解决故障问题，是我每天都必须战胜的困难。最后他(指张翼光)告诉我，说我们厂不需要你这个工程师。我就停住了。停住了以后干什么？到政府去工作，科委、科技部。在政府的工作从普通员工做起，一直做到处长，也是做了15年，也是兢兢业业地做，也觉得很开心。他告诉我，你的官大不了，因为这个处长是你的傻干、实干干出来的，单以你的性格当不了处长，再往上当局长、当部长，是需要搞政治的，你不能，你太简单、太直白，不能干这个。他说要是你干得不顺就去卖大碗茶。所以我45岁就从科技部下海寻找创业的机会。从零开始再去做事情。到什么时候该停止，可能我自己看不清楚，但是他在旁边告诉我。

主持人：从他们俩的解读上让我们有一个体会，怎么来定位你的100里是比较重要的。这个定位要看你有多少份的干粮。基本达到目标以后再追求下一个一百。丁杰学长，我们想听听你精彩的止度观。

丁杰：因为我是打工的，所以很多时候没有机会定目标，更多的是别人定了目标我们来执行。所以我就更多谈一谈执行这方面。我感觉清华，包括刚才也说了，我们有“行胜于言”的校训。而且清华人也历来有这样的传统，是非常踏实，非常听话的。但最近，我接触到一些应聘的同学，感觉有些人并没有非常好的贯彻清华的校训。

我们经常说你这个人再怎么专业别人都不会说你过分专业。你一定要沿着你这个专业走下去，不管目标是高是低，哪怕就是扫大街这样简单的工作，也要把它按照扫大街的技术标准扫好。我觉得在我所从事的职业经理人的世界之中，这种言行一致的能力比实际定目标的能力更为重要。

倪正东：张学长在回答的时候，我想了4个字：量力而行。什么事情都是量力而行。我现在可能赚1亿美元办不到，但是我现在赚1000万美元、3000万美元是可以的，这样人生就很有目标了。我们不管是做什么事情，创业也好，做职业经理人也好，做政府也好，还是做教授也好，最重要就是让自己觉得拥有一个快乐的人生，你做的事情是你觉得很开心的事情。我觉得这点非常非常重要。

量力而行，快乐人生。

我最后再讲一点，在2000年新年到来的时候，当时俄罗斯的总统叶利钦突然宣布放弃总统职位，这让我觉得非常震惊，一个在高处的人能放弃一切的东西，回去喝酒、钓鱼，这个事情就非常有意思。我觉得不管是做总统、校长、成功的企业家，还是成功的教授，人生一定在你被约束的时候要做自己觉得非常开心、非常快乐的事情，这样才不会痛苦。很多创业者讲如果创业是一件痛苦的事情那就不要创业。如果创业是快乐的事情，就和张学长一样来创业吧。

主持人：第二轮的指定动作表演下来，同学们的感受怎么样？简单凝练，都有非常鲜明的特色。两位学长的观点是选定目标，见好就收，及时地选择新的目标。丁杰学长虽然谈的是执行层面，他做咨询行业的发展路径，但这也是要经历一个选择目标的历练。倪学长认为要大胆的取舍，善于选择。实际上禅学的最高境界就是有舍才有得，所以你是不是最近在修炼禅学？

品牌创新，精神恒久

倪正东：人生其实是上上下下的，用清华的校训来说，清华人还是比较务实、低调的，不太抛头露面。去年清华校友办的公司中我知道的就有5家公司上市，很多都是非常成功的，但他们也很少被报道。一个企业的品牌跟公司创始人CEO的品牌是紧密联系在一起的。一个什么样的 CEO 就决定了什么样的企业文化。清科这个公司，有很多地方可能不好，但是这么多年，这个品牌还是与我自己的性格非常有关系。我在公司强调5个精神：

第一个是创新的精神。每天都在说我们要做一个创新的国家，这个非常重要，没有创新的话这个企业就会死掉。

第二个是要有奋斗的精神。一个企业跟人一样，没有奋斗精神，这个企业也会被淘汰。我们在读书、在做企业、在打仗，都一样，不进则退。

第三个是团队精神。

第四个是专业精神。

第五个是创业精神。

创新精神，奋斗精神，团队精神，专业精神，创业精神。

我提倡的文化也就是这样。对于一个企业来说，个人品牌非常重要。无论是微软、Google、百度，还是分众，个人品牌都是非常重要。我就觉得我们做企业的品牌，你有很多东西可以没有，但只要是品牌还在你就会有客户，会有忠实的用户。

丁杰：个人品牌一定要创新，非常有自己的特色，有一个差异化优势。怎么来形成这样一个差异化的定位？品牌里面一般都分成两大部分：一部分是所谓的硬性指标。如果是一个产品的话就是这个产品的性能到底怎么样，遇到人可能就是人的一些具体的技术到底强不强，你会不会做这个。品牌有的时候在软性方面是最重要的，对于产品来讲就是对一些这个产品或者这个公司个性的联想。这是一个非常令人亲近的公司，还是一个非常进取咄咄逼人的公司，还是一个非常传统的公司，这种联想不是跟具体的产品性能相联系的。作为人来讲，软方面的品牌甚至更加重要。大家从一开始可能就要非常鲜明的知道我这个品牌里面硬的是什么，软的是什么，最核心的这几个支柱是什么，我能不能把软的硬的结合在一起讲成一个非常动人的故事。大家了解一个人，认识一个人都是希望看到一个活生生的整体，而不是几个支离破碎的片段。只有把它联系成一个完整的故事，你自己的内心才能不断得到加强。

至于公司角度，大家正是刚刚走出校门，走向社会的时候，最核心、最重要的是要找到你的“黄埔军校”，找到有这样声誉的品牌的公司投身进去。哪怕这个公司不一定是和你的专业直接相关的，但是今后它会变成一个事业，成为创业或者是职业经理人发展的最好平台。清华对所有人来讲也许已经是一个很高的平台了。我现在做的很多项目、客户，可以说有相当一大部分都是由当时的清华同学介绍的，或者是整个清华网络来帮我一起串起来的。清华对于我来说就是我的“黄埔军校”，是我们在座每一个人的“黄埔军校”。毕业以后如何找到、建立一个新的平台作为你未来事业起飞的基地，我认为这是非常关键的。

主持人：丁杰学长讲得非常精彩，他找到了3个支点，即个人品牌、服务企业的品牌以至于清华的品牌这3个重要的支点支起了他稳定的发展平面。你们就更有特点了，夫妻也是一个品牌。夫妻品牌，个人品牌，乃至于企业品牌，你们有哪些体会能够跟学弟学妹们分享？

张冀光：谈到品牌，我们的体会是有点不一样的。每一个人因为定的目标不一样，这个品牌是需要还是不需要完全是由于每个人个人发展过程当中随机而定的。主持人说它是一个副产品，它确实是伴随着你的事业、你的目标形成过程当中的副产品。我们公司里面所推崇的是团队的文化。因为任何一个天才都不可能服务于千千万万的中小企业，一定是需要千千万万个 IT 顾问服务千千万万的企业。它就决定了这个品牌一定是一个团队的品牌。

马为民：我们在创造品牌的时候其实个人真是什么都不是。我们两个人也就是两位老人家。我们走在大街上也就是牵着手的两个退休老人的形象，跟个人没有什么关系。但是企业要有品牌。因为我们这个行业的特点是依靠团队创品牌，依靠服务创品牌，还要依靠产品创品牌。我们两位是清华人，在创造这个公司品牌的时候，不自然的就会把清华的精神在我们的公司里贯彻。我们自己做了一个 PPT 的教材，清华精神和铭万文化。铭万文化源于清华，源于它的自强不息。铭万人的歌曲第一句就是“超越昨天，挑战的斗志不熄”，就是铭万的创业精神。我们务实的态度，团结、团队的精神，很多东西都是源于清华的精神。所以我们专门有一课“铭万精神源于清华”，我觉得清华的文化在铭万公司里得到了很好的贯彻。这种文化使得4000 人能够非常团结，朝着一个目标服务中国社会的中小企业。

主持人：从几位学长分享的体会上大家可以看到，坚持不懈、量力而行、认准目标可能是我们人生历练当中比较重要的素质。而这些素质又和我们清华的校训紧紧联系。

下面进入更精彩的环节，就是要把时间交给今天的淘金者，你们要从矿藏的拥有者身上挖掘哪些你最需要的精彩财富。然后每人以1分钟点评结束今天的讲座。

现场交流

观众：我们在大学阶段应该做什么样的素质准备？

张冀光：我想很多很多素质都需要准备，但是其中有一条，我想年轻的朋友应该有一个阳光的心态。因为这个非常重要，每个人都会遇到困难，不管是家庭困难、事业上的困难、经济上的困难、找工作的困难等等，你一定会遇到很多。你用什么样的心态对待这些困难、对待人生是决定命运的关键。所以我想我们在离开校门之前应该有一个阳光的心态。这也是我们在公司里面跟每一位员工必讲的一课，因为我们的工作不容易，每天出去说服这些中小企业家，有时话还没说完，老板就说“滚出去”。这个心理落差非常大。我们不断地跟员工讲阳光的心态，而且这个心态的确能为你带来一个美好的未来。

丁杰：我接着马学长讲的学习态度，我觉得学习方法也非常重要。这是终身的学习，在课堂很多学习是老师把这个知识包装成一个学习的模块，让你来记忆，让你来学习。人生课堂没有那么多成熟的教材，你学习的方法都需要自己从头开始进行思考：怎么来识别一个问题，怎么来解决这个问题，怎么来总结经验从而凝聚知识？所以我想如果在学校有机会的话，大家应该主动地进行拓展学习。

倪正东：大学的时候首先还是把自己的专业学好。这并不代表你将来一定是做你的专业，但是我觉得人是有原则的，你做一件事情要把它做好，这个心态养成的话会变成一种习惯。你在学校里如果是一个非常好的学生，在外面会是一个非常好的职业经理人或者是创业者。

第二个强调的是，在保证学习好的前提下，尽可能多地参加一些协会，到研究生会，到学生会参加一些社会工作，这个非常重要，可以锻炼沟通、交流的能力。清华出来的这些人，你说谁不比谁聪明？谁都不傻。你说谁比谁勤奋？谁都很勤奋。但就是在沟通能力、交流能力方面，同学之间的差别还是很大的。

观众：非常感谢4位嘉宾给我们做了非常好的座谈。我的问题是各位学长怎么看待现在改革开放中人才外流现象？

张冀光：人才外流和内流其实都无所谓，只要你是一个金子绝对不会埋没。但是我想强调一条，中国最近的20年、30年给年轻人提供了非常非常巨大的机会。很多很多的海外学子都回来，包括我的两个儿子。我的两个儿子都是伯克利大学毕业的，他们读完了研究生以后都尽早回到了国内，赶上这班车很重要。

倪正东：我经常到各个地方跑，跑很多的学校，也到经管学院去给MBA讲课，以前我是听课的，现在是讲课的。我发现MBA班里的外国人非常多。我去MIT、去哈佛、去斯坦福，原来斯坦福每年有5~10个中国的MBA，现在他们每年百分之百都回来，没有一个留在那儿。去哈佛的，都是回来的。去年，我们接待了中国的VC，大概一个七八十人的MBA代表团，美国最好的10所大学回来的。后来据我的统计，70%~80%都进到中国的VC行业。我现在一点都不担心人才外流的问题，中国在发展，是世界上最大的发展中国家，很快我们在未来可以看到，再过几十年，中国肯定是世界上最强大的国家。我担心得更多的是外国人到中国来，更多的外国人来学中文。我们看到很多全球大公司的老板们让孩子到这里学习，许多孩子都在学中文。

观众：首先感谢4位嘉宾精彩的分享。我有一个问题想问倪正东学长，您学了7年力学以后怎么想到改做管理？那是一个怎样的学习过程？

倪正东：不管学什么专业，我从小就为一个梦想做一点事情：能管一个人就管一个人，能管10个人就管10个人，能管100个人就管100个人。1998年的时候，我跟研究生系的几个学生一起办创业大赛，我们也不知道会这么成功。刚开始打电话找赞助的时候打了1000多个电话，共筹到了67 000块钱。当时是学生活动中拉赞助最多的一个活动，所以才办得很成功。当时想发展民族产业，我们请了很多企业家到清华来演讲。

后来我改变了，毕竟GRE也考了，托福也考了，系里面也都在联系，我们一个宿舍里4个人出国了，我也算成绩比较好的，也是非常犹豫。作决定肯定是很艰难的，任何一个决定都不是很容易的。现在看来这个决定可能是对的，但是也有可能是错的。其实人生的魅力就在于有很多不确定性，就因为这许多的不确定性，所以才可能精彩。人生就像一个旅程，你在作决定的时候肯定需要作很多评判。只要你努力了，我觉得不管结果有多差，你也会发一些光，散一些热，这就非常好了。

观众：我有一个问题想问张学长和马学长。您创业是从1995年开始的，之前这段时间，1970年毕业之后到1995年的时间，想问两位都在做什么？最后怎么决定下海创业的？

张冀光：我们这一代人，中国改革开放30年，我们30年前、30年后都赶上了。那个时候就像刚才丁学长讲的，国内的条件就是给你增加一级工资——8块钱，给你一个50平方米的房子，那已经是非常非常不容易的事情了。其实我们在学校里叫“新工人”，现在已经没有这个名词了。那时候我们没有学到什么东西，清华给了我们一种精神——自学精神，也使我们学到了很多做人的道理。我们学的专业知识比起各位在座年轻的研究生、博士生来讲都少很多很多。我们也经常一起聊，清华到底给了我们什么？实际上是一种做人的原则和治学的精神。

我们做过普通的工作，在科研机构、政府机关都做过，甚至于像她刚才提到的，她是中国最早的一批，清华往外输送的干部，这是国家兴旺发展的一种表现，非常好。清华的学子有高学历，能够在国家各个岗位上确实是国家之幸。她是国家最早的一批年轻处长。但是清华工程师的气质决定了她不会成为更高一级的领导。因为工程师是很认真的。我们那个时候就是要做红色工程师。我们中间选择了很多不同的路，要选你的方向，你要达到什么目标。我们做过很多很多工作，甚至于做很普通的工作。比如说刚才倪学长提到的联想的创办人，当时我们也做过计算机的进出口。但是不会做很多我们不懂的东西，比如说人际关系，刚才马学长也好，丁学长也好，跟大家提到了要与人沟通。当然与人沟通有不同的层面，我们不太会请客、送礼，或者是做这种关系。所以在生意的发展过程，下海以后游泳老是喝水。我们最后选择了互联网这个行业，因为这种新兴的技术确实给我们的经济带来了一种新的生命力。所以我和马学长是属于这个行业里最早的一批人，我们 1995、1996 年就开始进入了中国的这个行业。因为能够持之以恒地把一件事情做好，才有今天的机会跟大家一起分享一些经历。

马为民：作为女同学来说，我想讲一下你到底应该怎么走。每个阶段可能有自己不同的责任。比如说毕业以后，我们当时是当工人，那就老老实实当工人，我当了 7 年。后来又有机会到机关工作，我从一个普通员工做起，也是认真去做。这时候其实还有一个责任，即家庭的责任。有人跟我说你应该去上学，我说孩子这么小，我去不了，得先把小孩带大。这也是你的责任。一方面当你的处长，一方面要照顾家庭，你就不能说创业。等到孩子上大学了，老大在伯克利大学毕业了，告诉我说："妈妈，我不会跟家里要钱了，我知道你们是怎么从零开始，怎么白手起家的。"还说弟弟上学他来管，到美国去全部由他来负担。从那个时候开始，我们做互联网。做得最困难的时候，我们发不起员工工资，儿子帮我们交房租，整个过程当中，每一个阶段完成你该做的事，认认真真尽你的责任。

观众：我想问 4 位学长一个问题，能不能给我们这些即将走向社会，有可能创业的学生们一点创业过程中的经验和建议？比如说在创业团队的组建过程中应该注意哪些问题，怎么配合这么默契的？

马为民：我们在处理公司问题的时候有一个原则叫做不同求合。这是我们公司倡导的一种文化，包括我们公司的老总都是两位，一个管销售，一个管行政。这两个老总怎么做到不同求合？把一个目标确定了以后，剩下的就是互相尊重和换位思考。不用非要强调我怎么厉害，我怎么正确，谁正确。去考虑怎么达到目标，这样换位思考和互相尊重，我觉得什么问题都可以解决。

张冀光：我自己的体会是同学们在创业过程当中一定要有合作伙伴，这条可能大家都承认。既然一定要有合作伙伴，我想我们应该多一点“和”的文化。市井当中有这样一个说法，两个日本人可以做成什么，但3个中国人就打架。这个话对不对姑且不去管它。但是“和”能够成事这一点我觉得是很重要的。清华的同学各个都是很优秀的。你的合作伙伴也有很多优点，一定不要仅看到自己的东西，要讲一点“和”的问题，能够成就我们很多很多的事情，也符合胡总书记提到的和谐社会。

主持人：下面进入最后一个环节，每个资深学长为今天在座的学弟学妹们以及在校所有的学弟学妹们说一句寄语。

丁杰：再过几十年之后，回首你一辈子的人生，你会发现在清华的时间是最快乐、最无忧无虑的，所以你们现在好好享受吧！

倪正东：人生非常短暂，做一个清华人应该自强不息，争取为祖国、为自己健康工作50年。

马为民：我希望所有的清华人走到社会上以后都能过上幸福的生活。这个幸福是一种心态，什么样的心态会比较幸福？我觉得知足、感恩、宽容、善解就会使你生活得很幸福。

张冀光：我希望清华的学弟学妹们在即将离开快乐的校园和校园生活时，能确立一个目标，就是做对社会有益的人。

调试危机，驱动未来

在危中寻机，他怎样解读金融危机；创新加企业化，他领导的微软团队何以常葆青春；谦虚和用心，他如何在工程师、经理人、丈夫、父亲的角色中转换自如；信心与坚持，他言传身教为青年学子树立了什么榜样。透过历史，解读当下，放眼未来，一起走近亚洲研究院院长洪小文博士。

年轻就是财富，年轻就是信心，年轻就是不竭的动力。这是洪小文博士为年轻人给出的最佳注脚。

时间：2009 年 5 月 25 日晚

地点：清华大学主楼报告厅

嘉宾：洪小文博士，现任微软亚洲研究院院长。1985 年获台湾大学电子工程学士学位，1992 年获卡耐基梅隆大学计算机博士学位。1992 年至 1995 任苹果公司 Apple-ISS 研究中心的技术总监，1995 年加入微软总部任高级研究员。洪小文博士爱好旅游、高尔夫、棒球、美式足球、科幻电影、恐怖悬疑电影、古典音乐、重金属摇滚乐等。

谢谢各位同学来此听我的演讲。今天来到了财富论坛，虽然我平时是做 IT 的，手不经钱，只做资讯，但是资讯就是知识，知识就是获取财富的力量。今天我将给大家介绍在金融危机时，IT 技术的创新如何重要，如何给大家带来财富。我演讲的内容主要有以下几个方面。

历史。做研究要从历史知道未来，产生一些指标性的方向，这样可以把工作做得更好。

在金融危机的背景下，IT 的重要性以及创新的重要性越发凸显，什么是创新，为什么创新那么重要？

在我们这个国家，我们这个社会，我们这个世界，我们同学应该如何应对金融危机？

金融危机是一个转机，我们要用乐观的心态面对它，始终相信明天会更好。

历史的经验：在危中寻机

我个人真的很喜欢历史，我上大学的时候经常去历史系。历史像一个明镜，可以借古鉴今。在座的是研究生，我们做论文第一步就是要看现在大家做得怎么样，以前别人做过什么东西，学习这个就可以让你知道未来做什么可以有突破，怎么做才会有创新。下面我给大家讲讲我看到的历史。

在工业革命时期，历史上曾出现过"1873 年恐慌"。蒸汽机的发明直接带来了蒸汽火车的问世，同时也掀起了铁路投资的热潮。这是因为一些国家的铁路建设允许私人的参与，于是大量的私人资本用于造火车、建铁路，形成了很严重的泡沫。那时候的泡沫有多严重？全美国 364 条铁路有 89 条破产。这时候有一家公司，叫通用电气公司(GE)，它的创始人爱迪生发明了很多东西，其中最有名的是电灯泡。这家公司的利润和规模当时都位居世界之首，而且至今已有 100 多年的历史。除了电灯泡的发明和生产，火力发电、水力发电、核能发电都是 GE 的长项。GE 公司的成功不仅是一个公司的成功，它还带来了第二次工业革命，带来了一个崭新的时代。因为旧的以蒸汽机为代表的经济模式开始向以 GE 用电为标志的新经济模式转变，这标志着电力时代已经到来。

1929 年的大萧条导致很多银行倒闭，个人财产蒸发，股市崩盘，一直到"二战"后期才慢慢恢复。与上面讲的历史一样，有一家公司在那个时候兴起，带动了另一次革命，这个公司我想在中国知道的人比较少，它是了不起的 RCA 公司，以制造收音机、唱盘为主营业务。RCA 是 GE 的子公司，大概在 1900 年成立的。但是它是在大萧条的时候开始兴起，做收音机、唱片、唱盘，然后到电视，整个家电带动了另一次工业革命。刚才说了瓦特发明蒸汽机有了铁路，铁路以后有了

GE 的电力，而 RCA 的贡献是把所有的家电带头做起来了。大家所看到的电视，不管是黑白的、彩色的、红外遥控的都是 RCA 这个公司所创立出来的。而今天 RCA 合并到法国的汤姆森公司，依然是世界领先的家电制造商。

让我们回到 1975 年的经济危机，当时通货膨胀率超过了 15%，就是说每买一样东西每年要多花 15%，直到 1985 年还有影响。20 世纪 80 年代我刚到美国的时候，那时候的定存利率是 13%。即使你把钱存到银行一年有 13%的利息，但因为通货膨胀，13%也不值钱。猪肉，牛肉，每年都涨 15%，就算有 13%的利息，实际购买力仍然逐年下降，个人收入也达到了 10 年新低。但这个时候一家公司诞生了，就是我今天服务的公司。比尔 • 盖茨先生在 1975 年创立了微软公司。尽管当时经济形势十分严峻，但比尔盖茨先生还是义无反顾地成立了公司。微软公司的成立对于整个人类来说具有十分重要的意义，它使人类进入了计算机、个人电脑时代。如今个人电脑无所不在，它在人们的生活中充当着必不可少的角色，所以个人电脑的诞生也可视为一次新的工业革命。

1991 年亦是一个很特别的时代——第一次海湾战争爆发。战争的代价是美国经济紧缩，我深受其害。那一年我拿到博士学位，找工作特别困难。无独有偶，当时盖茨邀请我现在的老板到微软成立微软研究院，这就有了后来 1991 年成立的微软亚洲研究院。那时微软是一个很小的公司，唯一的业务就是 MSDOS 系统。但即使在这么困难的时候微软也坚定做创新，从而成就了今天服务全球的大公司。回想起来，正是 1991 年的坚定使我们有了今天的成绩。微软的另一个重要创新之举是，在 1991 年于斯坦福大学的线性加速中心成功研发了第一个互联网。互联网的问世又带来了一次革命，可见一项新技术的诞生不仅是一个公司的投资，而且为整个业界建造了一个划时代的新工业革命契机。

1998 年，亚洲金融危机波及东南亚、四小龙和中国内地。而 1998 年正是我现在所服务的单位——微软亚洲研究院成立的时间。大家想想 1998 年的微软，虽然知道有亚洲金融危机，但仍然成立了第三个研究院，并发展到今天的规模。这件事再次证明在经济困难的情况下，着眼创新、投资未来的重要性。我感谢10年前比尔 •盖茨和我老板的英明，在那么艰难的情况下仍义无反顾地成立了研究院。

过去的 10 年我们做出了很多成绩，今天我们有超过 230 位员工做基础和应用的研究，发表了很多高质量的文章，其中有 25 篇得到 best paper awards。我们把技术带给中国，做了很多的技术转移。作为中国人我最骄傲的一点是微软研究院 95%以上的员工都是中国人，我们的创新就是中国人的创新。

讲了这么多历史，这里面有什么共同点？这些共同点就是越是危机的时候越是创新的时候，新的革命往往由此诞生。

工业革命的步伐越来越近，以前要几百年才有一次工业革命，100 年才有电力，经历50年有了家电，再过50年有了PC，再过50年有了互联网。那么这次的金融危机会带来怎样的转机？我想答案就在各位同学。你要把握这个机会，下一次工业革命就是属于你的时代。

历史告诉我们，在逆境中独具慧眼、心怀抱负、勇于创新，方能迸发出强大的力量，把握新的机遇，引领时代潮流。

创新：IT产业的源动力

在美国这样的一个高度工业化的国家中，有50%的政府和私人企业的花费都是和IT相关的，GDP的每一块钱都和IT有关。直接把IT公司的营收和收入加起来的话能占到GDP的15%~20%。所以金融危机对于所有的IT公司都是有很大影响的。

金融危机以前很多人想读商学院，读经济之类的，但是金融危机以后，华尔街的人变成过街老鼠，人人喊打。因为做商业银行这些都是买空卖空，没有替社会带来真正的增长。银行业、华尔街应该很重要，但是不应该占那么大的比例。真正应该的是创新，提升工作效率，而不是在买空卖空，你借我钱，我借你钱。当然，这很重要，但是不能过度。

在这么困难的时刻里面，怎么样做很好的投资，最后不仅能够保证一个公司变得更成功，同时也带动了一个产业的前进。

我相信在清华跟IT有关的科系大概占1/4，我想在座很多同学学的都是和IT相关的。IT在今天这样一个时代当然已经非常重要了，特别重要的几件事情我想讲一下。

一个是企业的灵活性，即远程。由于航空业从2008年到现在先来一波石油大涨，他们的收益很高，接着金融危机，对航空业的影响非常大。有很多商业的会议就被远程取代，像微软、思科这些公司都尽量能够做到仿真，在远处开会能够让大家身临其境；学校很多课程也都靠远程的播放能够让一些远处的学生享受得到，这个是未来发展的大趋势。

二是虚拟化。我们今天做这些服务的时候，经常会讲很多东西变化性相当高，比如说我想做一个服务，我必须在江苏摆几台服务器、西藏摆几台服务器，这样可以服务客户。但是金融危机发生以后，当年的估计就可能产生不准确性。要是把江苏的服务器拿到河南去用就不是很灵活。但用软件就可以很容易地做Dynamic IT，这样可以使企业的成本运行效率增加非常多。

三是云计算。微软推出了Windows Azure，这个概念跟租和买很像。在经济好的时候大家都买房子，在这个时候大家先租租看，花的代价比较小。云计算就是这样，今天大家如果想创业，创业需要服务器，是买1000台还是买100台，你不知道，可以先租用。这样对于一个企业，特别是小型的企业、新兴的企业有很大的益处。

微软是全世界公司里面投入研究和开发经历最多的公司。我们未来一年之内将要在研发领域投入95亿美金，远远超过任何一家公司。而现在全世界最赚钱的公司是埃克森美孚，他们的投入都不能和我们相提并论。

IT行业发展的趋势强调了创新的极端重要性。它贯穿于这个产业的方方面面，也是微软赖以发展的源动力。

信心：一个我们大有作为的时代

我们该如何应对金融危机？

首先我想一定要有信心。为什么需要信心？如果对未来没有信心，就相当于大家对未来的偿债能力没有信心，大家就不会提前消费，透支消费，而是拿着货币持观望态度。美国消费很大的一个特点是个人不储蓄，总借一大堆钱买一大堆东西；而中国总要储蓄，每个人都省钱，每个人都不买。而今天的金融危机如果大家都不买产品，工厂就倒了。存钱应该是适度的，每个人一定要有这个动机，愿意花钱，愿意消费。中国的中央政府、地方政府都有刺激方案，目的就是要促进国民消费。

另外一个了解金融危机的方式是泡沫论。其实我们这个社会经济就是靠一堆泡沫来支撑的。比如说你今天想买最新款的手机、最新款的计算机、最新款的游戏，这个其实就是一种泡沫。我们说这个好你就去买，这就是一种泡沫。以前为什么没有出问题？大概八九年前有行业垮掉的时候，有其他的行业接着来支撑。这次，或者说1929年的经济大萧条不一样的地方是所有泡沫都没了，各行各业都遭殃，要不买都不买，不是说有消长。所有泡沫都灭了怎么办？怎么救这个东西？

只有一个东西可以造泡沫，那就是政府，政府可以印钞票。这可能是没有办法的办法，也可能是最好的办法。今年刚得经济学诺贝尔奖的普林斯顿大学的教授都认可这个刺激方案。因为大家都垮的时候就靠政府造泡沫。泡沫就是需要一些非平常的东西。为什么说泡沫是好的？政府是希望把一些民间企业救起来，可以形成泡沫的接力，可以使经济不断滚动起来。你从历史上来看，100年前有铁路，铁路不行的时候电力接起来了，电力不行了家电起来了，家电以后到了PC，PC下来以后互联网起来了。这也是学习历史很重要的一个启示，泡沫和接力很重要。到都不行的时候就靠政府来造泡沫，大家对政府要有信心。这点在每个国家的政府都有一致的共识。

此外，我们还要认清经济的真正动力是创新，例如增加人的工作效率；二是产业化，比如做企业或者创业。我在美国求学工作20年，深感美国强大在这两个地方。所以创新加上企业是最能够推动发展的原因，这是西方，特别是美国“二战”以后五六十年以来的立国之本。微软的发展也是建立在创新的基础上，在我们的研究院里面只有创新，创新再创新，才会有未来的发展。

而在座的各位，我们的青年学生也要有信心，金融危机一定会过去。我们看人类的历史，中国的历史是越来越好，你们不但对未来要有信心，对自己也要有信心。事实上今天金融危机也是一个很好的机会，只要你专注你自己的本行，就一定能成功。中国的企业经常是什么都做，高科技的企业也做房地产，房地产很红的时候，大家闭着眼睛也赚钱，但是现在只有真正懂房地产的才能赚钱。比如微软现在的楼是第一次买的地，因为我们不懂房地产。像戴尔公司只做PC，也不做软件什么的。我几乎可以预测，金融危机过了以后，一些房地产公司会发展，那些做网游的也会发展，养猪养得好的也会发展。所以大家不要一窝蜂，要专一。做学生要把学生做好，以前可能书还没念完就创业，现在要把书念好。大家把握机会把自己的功力更扎实地学好。不要忘记创新加上企业化，不但是你们的未来，也是中国的未来。

信心实际是一种执著的精神。除了对大环境的这种执著坚定，对青年自身的成长也必须要有一种执著的韧劲：不懈追求，方能成功。

中国，金融危机后的明天更美好

我第一次做类似的演讲是2009年1月的时候，当时更是愁云惨雾。大家说这是自大萧条以来最严重的金融危机，可能要10年、20年，甚至永远不会恢复。但当时我就很有信心。

中国其实是非常棒的，大部分中国人是有储蓄的，我们又有很大的内需市场。中国的保八没有什么了不起，了不起的是保八有望。你问巴菲特，问温总理，问克鲁曼，每个人都认为保八有望。今天你说西方各个国家，亚洲的日本，现在GDP都是往下掉10%以上，中国还可以保八，中国比起其他的地方都要好很多。我看金融危机对中国的影响比起别的国家真的要小很多。

很多人说现在是我们自大萧条以来最差的时机，其实是不对的，今天的生活跟20年前，30年前相比好太多了，特别是我比大家虚长几岁，二三十年前的生活怎么能跟今天比。今天是唐朝以来最大的盛世。你们跟自己比，10年前，5年前的生活比现在好吗？很多报道说现在的生活差得不得了，这是胡说，根本没有那么糟。甚至于最近都已经有一些恢复的迹象。首先是股票市场，全世界的股票市场最近两个月都涨了30%，股票市场还是反映了对未来的期许。我觉得这是一个很重要的迹象。

我把自己看到的和大家分享一下，我有一些台湾地区的朋友看到了一些消息。过去几个月股票涨最多的区域就是台湾。大家知道中国台湾的电子业，和手机相关的，他们不只做代工，要恢复之前，比如说今天要做一个PC，要先下一个订单。去年年底的时候他们也是最先看到工厂没有订单，最近的订单是100%满了。前几个月工厂5天只开工两天，现在是5天甚至是7天开工。台积电董事长说所有离开的人都回来了。这里也要感谢祖国，几样东西的需求最高，一个是笔记本，还有一个是山寨机，以后会有一个很好的未来。中国的汽车销售还在增加，汽车在1月、2月的时候销售奇差无比。美国人买车是把旧车换掉，中国现在车卖得好是因为很多人第一次买车，特别是二线城市，三线城市。你可以从卖车的量推算出一辆车平均要几年才换。卖的车越多代表人换车的频率越高。1月、2月的时候美国汽车销售量做一个外差，平均一台车要几年？(7年、10年、20年)平均是45年。显然不可能，几乎没有车可以保持45年。说明大家紧缩过头了。我们说可持续发展，这叫做不可持续紧缩，这是我发明的一个名词。总有一天要恢复正常，因为没有车可以放45年。今天大家不买车，将来车可以卖得非常好。大家一定要有信心，因为紧缩到一定的地步一定会回去。

情势对于在座的同学来讲是很乐观的，如果大家像我这样的年纪可能不会那么乐观。在两年、3年，了不起5年以后经济恢复，年纪大一点的，像我这样40好几，经济恢复以后年纪上高不成低不就。但是在座各位年轻人，今天好像大家公司紧缩，雇人没有那么多，经济恢复以后，需求就会非常多。大家知道“二战”以后的“婴儿潮”，大家的家长大部分就属于在婴儿潮时期出生。他们5年以后也差不多要退休了。你们再等几年找工作的时候，各行各业对人才的需求量会非常大，就业市场可能变得特别好。这就是为什么我说大家要对未来有信心。

我是非常乐观的人，我们说借古鉴今，我们要从自己的错误里面学习，从而把这个社会，把我们的国家建得更好。因为这个原因世界也会变得越来越好。今天大家是学生，大家要把自己的东西学好。

狄更斯有一个有名的小说叫做《双城记》，里面有一句名言：最差的时机是最好的时机。我把它用来做今天的结论。今天的经济环境是不是很差？的确，从历史上几个点来看的确是一个很差的时期。但是哪一个人，哪一个公司，哪一个国家可以利用这个机会做一些很智慧的投资，在重新洗牌以后都会成为未来的赢家。我就以这点与大家共勉，未来会更好。

在危中寻机，有着深刻的哲学道理，危机是考验个人能力的试金石，也可为国家民族复兴提供可遇不可求的发展空间。

现场交流

微软成长的启示

主持人：非常感谢洪院长给我们带来的精彩演讲！从您的演讲当中我们可以看到微软对创新是非常重视的。您作为微软亚洲研究院院长，作为一个世界顶级技术创新团队的管理者，您是怎样衡量一个技术的？是看重技术的商业性，还是技术本身的学术性？

洪小文(以下简称洪)：我觉得学术性可能有时候大家讲得太学究化，技术的最后还是要普及化。大家能记得的历史上有名的发明，比如刚才提到了像爱迪生的发明、RCA 的发明、微软的创新、互联网，事实上都是普及到每个人都用得多的东西。但是讲这个并不是说商业，商业是跟着而来的。有一部电影当中说，如果真的有这样的愿景，我要做一个东西造福人类，事实上钱都是跟着来的。你不一定要造福全人类才能赚很多钱。技术的商业性并不是关键，关键是这个技术是不是能让一般的用户享受到。我非常相信，如果你有这样的技术，不仅可以赚到商业的契机，在学术界肯定是一个很重要的发明。所以这两个东西不见得有所抵触。

主持人：作为微软这么一个大型的企业，确实是有足够的资金和人力来进行技术创新，那对于一些小型企业，或者一些自己创业的公司，他们可能没有像微软一样的充足的资源，那他们应该如何坚持技术创新呢？

洪：其实大公司有大公司的好处，大公司有比较大的资金可以做一些大项目。但是小公司也有小公司的优点，因为小公司没有那么多包袱，可以按照自己的理想去走。其实万丈高楼平地起，GE、微软开始都是很小的公司。比尔·盖茨成立微软的时候也是一个很小的公司，就是有一个理想，希望每个人桌上都有一台个人电脑，他也达到了，甚至变成了全球首富。我可以很负责任地告诉你，成功的企业家一个必备的条件就必须是他是一个有理想、有抱负的人，他当时很年轻，甚至可以不读书但仍然执著于这个理想。我的建议是：跟着理想走，实现了你的理想，财富就会自然而然地到来；在没有达到理想以前，不要为了钱而迷失你的方向。微软到今天还是坚持做软件，因为我们认为软件是无止境的，可以用软件帮助每个人挖掘出他们无穷的潜力。我深刻的相信未来30年微软还是在做软件，这是坚持理想的重要性。

主持人：在当今物欲横流的社会中，即便是一些小型公司，也应该抗住金钱的诱惑，坚持以自己的理想为目标，不停朝自己的理想前进，这样才能成长为比较成功的企业。在美国硅谷，有很多优秀的企业都是以技术创新为推动力，成长为如今的IT巨头，如微软、苹果、Google、雅虎、亚马逊等都是由年轻人在车库或者地下室创业最后成功的，甚至形成了一种独特的“车库文化”，但是在中国的IT行业却没有形成以这种文化，您怎么看待这个问题的？

洪：一个企业的成功真的要至少用10年、20年、30年才行。微软1975年成立，1986年才上市，1991年我们还是一个小公司。真正可以持久的企业，还需要时间才能看得出来。中国改革开放30年，特别是创业也是近10年，像清华、中关村这里是中国的硅谷，我相信现在有很多中国的“车库”，这些小公司假以时日的话，有一些东西就会积累起来。我个人对此是持乐观态度的。

如果今天同学们对创业有兴趣的话，我可以讲今天的环境跟二三十年前不一样了，今天的成本比以前小很多。比如说互联网你架设一个网站就可以做互联网的公司，早期我们还要找软件，在工厂里面做产品。今天在中国做互联网卖东西给远在南美的人都可以。这样的好处就是你可以多尝试一些东西，你有更多的机会可以创新。但你同时也要能够耐得住寂寞，要成为了不起的公司，甚至一个百年企业，还是真的需要当作一个长期的理想来做。

主持人：我也希望中国能够早日形成创新文化，也希望不管是10年之后，20年之后，在座的同学之间能够出几个IT巨头，这也是一种美好的愿望。说到人才，21世纪人才是最关键的，人才也是企业技术创新的关键因素。您能不能结合您个人的经历，给我们讲述一下我们大学生应如何培养自己的创新能力？

洪：我不敢讲创新有一套公式，创新还是一个比较难的事情，你要做一些别人想不到的事情。我把我自己的一些经验和大家分享。不敢讲你照那样做一定会有创新。大家也会觉得创新是不是只有IT，计算机才有？其实不是，创新在任何地方。你看一个东西你以前没有看过，你喜欢，那就是创新。比如说插花，插出一个很好的作品，画画画出一个很好的作品就是创新。我提出一点，在二三十年前和现在的想法完全不一样。以前我学的是电机，后来学的是计算机。那时候跟学理的同学想法是一样的，认为聪明的就是要学数理化，文学、艺术实在没有什么意思，没有什么挑战。所以就念了工学院。那时候对于文学，或者是对于艺术的接触非常少，几乎没有。把时间都花在解一些数学难题，做奥数题之类的。但是我现在想起来当初真的是很愚蠢。我觉得有一点入宝山空手而返的感觉。大家想想一个文学作品或者是一个艺术作品，之所以有人会重视，一定要不一样。你今天写一篇文章，或者是一个故事，别人已经写过了，绝对不会有人买，也不会有价值。你画得再好，别人已经画了，你只是临摹。所以每一个文学作品，艺术作品就是创新。我们学理工的应该好好地看看文学艺术，学文的他们是怎么样来学习，怎么做他们的文学作品，艺术作品，从里面你们或许可以找到一些创新的灵感或者是步骤。清华有美术学院，也有一些文学系，你们也可以去那边听听课，感受一下艺术的创新过程是什么样的。我觉得艺术作品和文学作品本身就是很美的东西，你可以享受，并且能获得很多创新的灵感和启发。

举一个例子，我去微软之前在苹果公司工作，贾博士，他大学里学的就是设计。苹果这么多年的创新是有目共睹的，或许和我讲的有一些关系。大家是研究生，尤其在这么大一个学校，文学和艺术都有，千万不要像我一样傻傻的入宝山空手而返。

平凡与平衡：深刻的人生哲学

主持人：不知道今天在座的文科同学多不多，我倒是有一个比较好的建议，在座的文科博士可以转一下学科。理科的同学也可以转一下学科。刚才我们谈到了创新技术和创新能力的问题，此外，我们非常想了解您的一些人生理念。您在学术上和事业上是非常成功的，您曾经说过：成功者也是平常人，我们都非常想知道您是怀着怎样的心态来看待事业中的得与失的？

洪：我不敢讲自己有多成功，我公司的同事、老板都是非常成功的人。我也结识过比尔·盖茨，我可以告诉你，比尔·盖茨也是一个平凡的人。有了不起的成就，但是没有了不起的不平凡人。因为比尔·盖茨也和我们一样有两只眼睛，一个鼻子，也是很普通的人。我看到了他平凡的一面。

我说一些成功人士的美德，他们都很谦虚，越成功越谦虚。2009年是五四运动90年，我们这一代中国人，对于中国古时候的东西还是有一些批判。与发达国家相比，的确他们有很多东西值得我们学习。所以我选择做理工。但是越往后想，老祖宗给我们儒家思想，比如说待人处世的态度，谦虚，什么东西都能够考虑到一个事物的两面，中庸之道，塞翁失马这样一些理论，使我个人成长受益特别大。

我在微软的成功，我想中国的传统思想对我的帮助非常大。我看到一些西方的同事，包括比尔·盖茨先生，也是越成功的人越谦虚，给我的启发也很大。我们常常说中学西用或者是西学中用，我们怎么能够融会贯通，这是目前这代中国人，这代年轻人很重要的一件事情。而现在西方人反过来学我们的东西，MBA 必学《孙子兵法》，每一个策略几乎都可以用《孙子兵法》的每一计来形容。最近几年孔子学院在全世界各个地方的诞生，外国人开始学习儒家的思想，其实西方在学我们很多东西，我们自己更应该把它融入我们做事的行为中去。

主持人：的确是越成功的人越谦虚，正如刚才洪院长给我们带来这番精彩的讲话当中不仅让我们感受到了他广博的学识，也让我们感受到了他独特的人格魅力。您作为微软亚洲研究院的院长，一定很忙吧。听说您曾经在一天之内出席了4个不同城市的会议，那您是如何平衡繁忙的工作与家庭生活的呢？

洪：我不敢讲自己做得非常好，只能说一点可以给大家的建议。我也经常建议我的同事做这样的事情。我想到公司以后，特别是你做事以后几乎每个人都会用日历。比如说跟谁约了，我每天看到这个日历就会做一些准备，今天出来穿的服装，要知道第二天做什么事情。你也要把家庭当作事业，把你家庭需要做的事情也放到日历上。周末如果有一个聚会可以放在日历上，或者是你女儿有什么钢琴比赛，更重要的，你要放松。根据家庭的计划，我一年都会定期有几次度假，小孩暑假的时候，寒假的时候，五一、十一的假期，这些都先放到你的计划当中。如果安排计划以后就不会再安排其他的了，如果有其他的事情就会想办法解决。很多人说没有时间度假，我想是他们的方法不对，如果他们把家庭放在与事业一样重要的地位上，就会兼顾了。这是我关于家庭的小小心得。而对于个人来说，怎样减压？随着年纪增长，对于艺术的喜好，对于各种不同美丽事情的欣赏，我觉得更珍贵，更知道怎么评赏。我出差很多，就常常会利用到了某一个地方，看看那个地方的人情世故，我将此当做一种自我减压的方式。我如果今天到了一个城市，晚上回到旅馆比如说 10 点多了，我可以做 3 件事。首先是拿出笔记本确认今天的邮件。第二个事情是可以到旅馆附近走走，调节一下身心。第三个选择是可以打开电视，一台一台转，看看有没有什么新闻。我尽量地调试自己在任何时候做一些我最想做的事情。采用这种方式会觉得虽然工作很忙，但是我可以维持一个比较快乐的心情，比较没有压力的心态。

观众：从您的讲座当中，可以看到创新对于社会，对于企业渡过危机是很重要的，我们看到这次危机当中一些大公司，包括微软也有裁员的计划。您怎么看待在金融危机中，技术创新和裁员对于公司的作用？

洪：我们在微软不用“裁员”这个字眼。我在前一个公司的确经历过裁员。我们在微软叫做“优化和调整”。做调整也好，做优化也好，有几种不同的定位。一个是公司不行了，很急迫的必须要做。苹果20世纪90年代市场不是很好的时候有这个必要，我们已经入不敷出了。假如说你在家里负责生计，你发现入不敷出，一定要砍，这是一种调整。微软今天绝对没到那种地步。如果到那种地步一定也会做的。微软在金融危机中做的是调整和优化，Office14 很多东西要续，没有金融危机的时候大家什么都买，现在大家可能只买基本的东西。我如果开一个杂货店，我要卖一些什么东西大家会买？我们就说这个不太被关心，大家不太会用，不太会买，可能就把这个砍掉，这些人可能就会调整做其他的东西。我们做的是这样的事情。做一些小的调整。这跟公司入不敷出不一样。因为微软现在还是蛮健康的，虽然我们可能少赚一些钱。微软今天用于研发的95亿美元大部分不是开发做下一个产品的技术，而是下下个产品的技术。假如说微软今天只是为了多赚钱或者少赔钱就砍太多，那你觉得微软今天最大的问题是因为未来几年赚不到钱？或者是赚钱不够吗？新的云计算也好，手机也好，我们关注的是未来给企业带来的威胁和挑战。微软最需要注意的是未来。所以微软今天对于研究院是非常非常重视的。研究院不可能替微软在未来3~5年赚很多钱，但是微软为什么继续做研究？因为公司更重视的是5年以后，10年以后，当PC有所改变，计算机有所改变的话，我们是不是可以继续掌握商业先机，是不是可以为用户带来很多的益处。所以我们今天做的调整是对于最近的几个产品，或者是在一些商业部门做一些很细微的调整和优化，这样的影响还是非常有限的。

每个公司都要做一些调整，只是有的公司调整力度大一点，有的公司小一点。我想大部分公司都不需要做那么大的调整，但必须要调整以后才能生存。微软调整的目的是为未来做好更充分的准备。

观众：刚才您谈到了很多关于研发上的投入，微软近10年来在这方面的投入是稳步上升的，到了现在95亿美元也是相当可观。微软的营业值是更快上扬的。四五年前，比如说2003年有连续两三年达到20%多，甚至28%，今年又会持续下降，降到14%。您对这个问题是怎么看的？虽然在上升，但是对于营业收入来说上升幅度还是很小的，前几年达到了非常高的高度，今年为什么会下降到10%那么多？

洪：微软大概一年的销售是600亿美元，95亿的话大概是16%多。但是如果看营收的话，大概去年是160亿美元，95亿是占一半以上。跟其他公司来比较的话，比例上还是非常高的。这个比例是增加，不是减少。我们这几年员工常常抱怨说微软的股票不往上涨，华尔街不是很高兴。华尔街不希望我们用太多的钱做研发。你想想我们少用一些的话，我们的股票就可以涨得更多。微软更多看重的是未来，我们很坚定我们的理想，我们觉得投资未来是对我们的持股者最大、最好的营收。所以我们对于研发的投入不管是总数还是比例上是非常高的。不管是跟同行比，还是跟所有的行业比较起来。

主持人：我想提出最后一个问题，也是跟财富论坛有关的，我们知道不同人对财富的理解是不同的，您对于财富是怎么理解的？

洪：财富这个东西最重要的是无形的财富，特别是对于在座的同学。假如说你们已经七八十岁我就不会讲这种话，因为你们已经退休了，可以享受，看看世界，可以去旅行，这都需要金钱。对于现在的你们来讲，财富最重要的是自己的实力，自己的信心，将来有一个很好的人生规划，不但可以赚钱，你的生活一天比一天好，一天比一天快乐，成家以后可以把家庭弄好，给你的小孩很好的教育，觉得对于家庭，对于社会有所贡献，这个财富我想是更重要的。在这里就包括你的学习，包括你的父母给你的人生观，你自己可不可以独立思考。当然财富也不能说完全不重要，因为你要创业，你需要借钱，你可以跟家人借，跟父母借最好，不够的话可以跟银行借。这个论坛叫做财富论坛，我相信绝对不是那么没有格调的谈钱，而是谈未来如何在各个方面有更多的财富。这是我对于财富的想法。

主持人：我也相信在座的各位同学听了今天晚上这场讲座以后一定会把这些收获当作人生的一笔财富永远珍藏。我想请您给清华学子一些寄语和期望。

洪：如果我今天讲的东西在未来若干年中让你的人生财富有些许的累积和增加，今天我就不虚此行。这个目标不见得那么容易，希望5年以后，10年以后我们再见面，你们可以告诉我目标达到了。这是我最大的成就感。

讲到给大家的一句话，我觉得看到在座的每一个人充满着朝气，很年轻，年轻就是本钱。你们最有本钱、最有权力对未来充满乐观，我要送给大家的话就是明天会更好！

后记

清华学子“财富论坛”自2000年创办以来，经历了10年的发展变迁。身为曾经的“财富人”，我们参加了多次论坛的策划，亦经历了多次现场的精彩与生动。面对现场热情激昂的氛围，面对嘉宾彩线穿珠的妙语，面对同学敏锐犀利的提问，面对交流中碰撞出的火花和灵感，我们一直在思考如何才能将这份精彩延续？如何才能将溢满会场的睿智和才思带给会场之外的人？这本《水木会客厅》，终于了却了我们心中的夙愿。

珍罕之物不藏于斗室，必与人共赏；沉睿之思不囚于寸土，必与众共享。我们根据现场录音和笔记，将每一场演讲的声音转化为文字，认真修改，保存精粹，合理布局，串连成书，希望能带给更多人智慧的启迪和共鸣。

此辑《水木会客厅》，吸取上一辑财富论坛嘉宾演讲录《财富·清华》的优点，将不同类型嘉宾的演讲内容进行分类整理，提高了本书的严密性和逻辑性。书中第一部分为“爱国奉献 精神高峰”篇，篇中嘉宾或为神舟功臣，为祖国航天事业作出卓越贡献；或为清华儿女，心怀满腔热忱与激情投身事业。这些鲜明的人物，以及其身上散发出的精神光辉，具有撼人心魄的力量。第二部分为“运动拼搏”篇，此篇中嘉宾有众所周知的世界冠军邓亚萍，也有与命运顽强抗争的残奥英雄，他们身上所展现的奋斗不息的精神、精益求精的态度、永不放弃的决心，让人敬佩学习。第三部分，着重打造艺术氛围，嘉宾均为造诣深厚、享有盛誉的艺术家，或活跃于电影电视，或执笔于红色歌词，访谈中畅叙成长经历，展现心路历程，使人深切体会到这些艺术家德艺双馨的人格魅力。在第四部分中，商界成功人士畅谈人生理想，分享奋斗经验，交流职场感悟。第五部分，有金融强者分析金融时势，讲述自身的职业选择和奋斗历程，催人奋进，发人深思。

书稿即将付印，回顾本书从筹划到定稿，从校订到成章，每一步都凝聚了编者的“财富人”的辛劳与汗水。“财富论坛”的开办，是在学校领导和老师们的支持与鼓励下，由研究生会的同学们着手联系嘉宾、策划流程、准备场地，众多清华人全程参与、倾情投入的结果。我们将论坛的精华集结成册，让这本合辑记录下现场嘉宾的智慧，也记录下清华园里丰富多彩的校园生活。

在本书的编撰过程中，清华大学研究生会的很多同学都以饱满的热情参与其中，他(她)们是——生命科学学院：生研62班沈晓文、生研09班郭科；建筑学院：建研4班罗威；微纳电子系：IC82班甘霖、81班吴佳；软件学院：软研081班黄斌、软研093班郭甜甜、软研093班李志刚、软研102班王珏、软研101班赵海虹；化学系：化研08班艾晓妮；经济管理学院：经硕093班孙倩、经硕093班雷健、经硕091班周依静、经硕091班徐子凌、MBA09级P1班韦思颖、经硕104班王豪、经博10班王童姝；法学院：法硕92班陈小明、法硕092班陆拂晓、法硕82班陈思；航天航空学院：航硕09班覃乐；计算机系：计研094班金洪伟；电子系：无研11班杨清、无研091班杨从渊；化工系：化研4班周凯；人文学院：文硕5班赵福平、文硕5班王宇成；化学系：化研08班宋盼淑；公管学院：公管硕09班丁孟宇；美术学院：工艺美术系研09班王莉莉；材料系：材博10班汪海锋；环境学院：环研1班赖玢洁；医学院生物医学工程系：医硕10班陈志凯。

编者

2011年4月于清华园